대
사
증
후
군

허 택
소설집

대사증후군

차례

대사증후군 _ 7

살인 미수자들 _ 59

몸속 바람들 _ 83

어깨를 내리다 _ 107

발가락 내 발가락 _ 133

오늘의 추상화 _ 155

여보! 여보! _ 177

매일 포장마차에 출근하다 _ 203

달빛 같은 은빛 물결 _ 227

작품 해설 '대사증후군 세대'의 고해성사,

그리고 다디단 잠의 희망 정홍수 _ 256

작가의 말 _ 264

수록 작품 발표 지면 _ 266

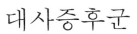

대사증후군

2014년

혈당 300mg/dl 이상, 만성 당뇨병 · 고혈압 · 신부전증

이제 와서 송장까지 치우란 말이냐? 난 싫다. 아내가 못마땅하다는 듯이 아들에게 쏘아붙인다. 엄마! 아들의 목소리가 격하게 올라간다. 아내는 여전히 고개를 삐딱하게 카페 창밖으로 돌리고 있다. 설렁탕집에서부터 아내는 간혹 힐끔거리며 나를 쏘아보기만 했다. 이미 송장을 보고 있듯이. 아빠는 혈당 수치만 높을 뿐이야. 많이 좋아졌어. 걱정할 정도는 아냐. 아들이 단호하게 아내를 달랜다. 다시 한 번 아내 입에서 송장이란 말과 싫다는 말이 거리낌 없이 튀어나온다. 네 아비가 우리를 속이고 있는지 모르겠냐? 저 꼬라지가 송장이지, 정상이냐? 엄마! 아들이 화를 냈다. 약속한 1억 원도 마련 안 됐다면서? 아들의 역정을 피하고 싶은 듯, 또다시 쓸데없는 약속을 들춘다. 내가 마련하면 되잖아. 이미 화가 솟구친 목소리로 아들이 아내에게 말한다. 내가 끼어들 틈이 없다. 두 사람 대화만 듣고 있을 뿐이다. 그저 커피잔만 만지작거리고 있다. 익숙한 목소리들이 좁은 카페를 꽉 채우고 있다는 생각만 할 뿐이다. 간혹 카운터에서 아르바이트 여대생이 큰 목소리가 날 때마다 힐끗힐끗 보곤 한다. 아들의 목소리가 점점 커지자 아내는 살짝 말꼬리를 내린다. 너도 알잖아. 네 아비가 그동안 제대로 아비 구실이나 했냐? 내가 너희들 키운다고 얼마나 고생했냐? 아들의 얼굴이 아내의 목소리에 따라 누그러진다. 이제 다시 합치세요. 저는 곧 용접공 취업 비자로 호주로 떠납니다. 언제 올지 모르니 제발 마음 편하게 떠날 수 있게 해주세요. 아들에게서 처음 듣는다. 아내도 처음 듣는지 나처럼 놀란 눈으로 아들을 본다. 아들이 크게 보인다. 어깨 처져서 내 눈치만 보던 여드름투성이 모습은 전혀 찾아볼 수 없다. 이삼 년 전 나를 원망하며 술에 빠졌던 얼굴이 아니다. 내 속이 잠시 편안해진다. 아내가 발끈한다. 저 송장 같은 아비를 내게 떠맡기고 너는 홀가분하게 떠나겠단 말이지? 아내는 내 곁에 있었을 때나, 없었을 때나 언제나 희멀겋고 번지레하다. 입술을 실룩거리는 것도 언제나 같다. 나는 싫다. 1억이라도 가져오면 간병인 노릇 하듯 하겠다만. 너희들 뜻대로 이혼은 안 했잖아. 이미 나는 그들에게 폐품이 되어버렸다. 고작 62세 나이에. 아침에 그들에게 하려고 했던 말들이 머릿속에서 싹 사라졌다. 육 년여

만에 아내와 한자리에 있다. 그동안 아내와는 가끔 자식들 때문
에 전화만 했었다.

2008년

혈당 300mg/dl 이상, 대사증후군 응급 환자가 되다

2008년 초겨울, 나는 집에서 매몰차게 쫓겨났다. 아파트 문이
열리자 아내는 씩씩거리며 나를 쏘아봤다. 입가에 그녀가 즐겨
먹는 아귀찜을 붙인 채 고래고래 고함을 질렀다. 한 발자국도 내
집에 발 들여놓지 마! 55평 아파트 현관에서 한 발자국도 내딛지
못한 채, 아내의 손찌검에 의해 문밖으로 내몰렸다. 85킬로그램
의 몸뚱어리가 쿵 소리를 내며 문밖 시멘트 바닥에 나자빠졌다.
마치 오뚝이가 뒹굴듯이 반 바퀴 뒤로 뒹굴다 앉았다. 쿵 소리에
아내의 손힘이 얼마나 센지 놀랐다. 아파트 문이 꽝 닫혔다. 앉
은 채 아파트 문의 열쇠 구멍을 봤다. 녹슨 열쇠 구멍이 눈에 들
어왔다. 언제부터 녹이 슬었지? 아내는 문을 열 수 있을까? 주머
니를 뒤졌지만 나는 열쇠가 없었다. 내 명의로 된 집이 맞는지?
한 번도 열쇠로 문을 열어본 기억이 없었다. 언제나 나는 초인종
을 눌렀으며, 아내가 무심하게 문을 열어줬다. 그래서 아내는 내
집이라고 당당하게 말했나? 나에게는 집에 들어오라고 말할 식
구가 없었다. 아들은 시카고에서 실용음악을 한다고 몇 년째 집
에 오지 않았고, 딸은 오사카에서 디자인 학원에 다니고 있었다.

그들은 매달 3백만 원 정도의, 내가 부쳐준 돈으로 부족한 것 없이 생활했다. 이제 나는 그들에게 3백만 원짜리 아버지 노릇을 할 수 없게 됐다. 아이들이 나를 아버지라고 불러줄까? 아들딸의 얼굴이 갑자기 떠오르지 않았다. 그들이 머릿속 어디에 박혀 있는지, 도저히 찾을 수 없었다. 그들도 이제부터 아파트 문을 쉽게 열 수 없을 것이다. 그리고 아내가 그랬던 것처럼 나를 내동댕이칠지 모른다. 일어나려고 손을 시멘트 바닥에 디뎠지만, 허리에 힘을 줄 수가 없었다. 불뚝 불거진 아랫배만 보였다. 일어나려고 힘을 줄 때마다 불룩한 아랫배만 출렁거렸다. 이십여 년간 내가 만든 기름 덩어리였다. 이 기름 덩어리 때문에 아내에게 쉽게 떠밀렸다니. 겨우 일어나 벨을 누르고 문을 꽝꽝 쳐봐도 문 안에서는 조그만 소리조차 들리지 않았다. 아내는 이 집을 지킬 수 있을까? 지킬 수 없을 것이다. 이미 대출담보로 은행 소유가 되어버렸다. 내가 월 천만 원짜리 남편 자격을 잃었단 말이지? 그래서 나를 쫓아냈다. 엘리베이터를 타고 싶지 않았다. 엘리베이터를 타면 한없이 땅 밑으로 추락할 것만 같았다. 한 걸음 한 걸음 아파트 비상구 계단을 내려갔다. 비상구 계단은 어둠에 묻혀 있었다. 터벅터벅 계단 밟는 소리와 출렁출렁 아랫배 움직이는 소리만 들렸다. 계단의 끝이 어딘지 아리송했다. 아랫배가 너무 출렁거려 숨이 찼다. 그때마다 계단에 앉곤 했다. 이십여 년간 아내는 나에게 무엇이었지? 궁합이 맞지 않았나? 계단에 앉을 때마다 머릿속에 의문만 계속 맴돌았다. 1층 계단에 내려오자 의문을 멈출 수 있었다. 다행이라고 생각했다. 1층 아파트 입구에 걸려 있는 거울과 마주쳤다. 거울 속에 흉측한 거미 한 마리가 보였다. 저절로 눈살이 찌푸려졌다. 정기 건강검진을 받을 때마다 내과 주치의가 "매우 심각한 복부비만입니다. 그러니까 전형적인 거미형 체형이 되신 거죠. 건강을 돌보세요"라고 했다. 의사의 말은 귓속으로 파고들지 못했다. 오히려 기름 덩어리로 채워지는 아랫배가 신분 상승의 표시라고 떵떵거렸으니까. 처음에는 남몰래 아랫배를 슬슬 만지면서 볼록해지는 것에 흐뭇해했다. 배꼽 아래 물렁거리는 뱃살을 만지작거리는 것이 습관이 됐다. 아랫배의 물렁살은 손아귀에서 기분 좋게 만져졌다. 차츰 남들 앞에서 보란듯이 아랫배를 쑥 내밀면서 만지작거렸다.

정책기획실 팀장으로 있을 때였다. 불룩해진 배를 만지작거리며 다니자 눈치 빠른 팀원들이 나에게 생일 선물로 악어 벨트를 줬다. 불룩해진 허리에 악어 벨트를 걸치고 다녔다. 회사 동료들이 부러운 듯이 나를 쳐다봤다. 처음으로 아랫배가 불룩한 것이 자랑스러웠다. 거울 속 거미는 힘이 없어 보였다. 역겹게 느껴졌다. 배 둘레가 90센티미터는 족히 넘을 거야. 가느다란 팔다리가 거울 속에서 겨우 허우적거렸다. 숨을 가쁘게 내쉬면서.

아파트 밖으로 나왔다. 기름 덩어리조차 초겨울 바람을 막지 못했다. 소름 끼치게 스미는 바람 때문에 제대로 발걸음을 움직일 수 없었다. 초겨울 바람은 22층 고급 아파트를 초라하게 만들었다. 매몰찬 바람에 아파트 건물들이 한없이 움츠러들었다. 14

층을 쳐다봤다. 부엌 쪽 창문이 환했다. 아내는 식탁에 앉아 커피를 마시고 있는 것인가. 눈을 부릅뜬 채 씩씩거리며 이 아파트를 지켜야 된다고 중얼거리고 있을 것이다.

아내는 이 아파트로 이사 왔을 때, 여기저기 친구들이랑 친척들에게 전화를 했다. 압구정동 H아파트로 이사 왔어. 한번 놀러와. 아내의 목소리는 매우 기름졌다. 아내는 배실배실 웃으며 내 아랫배를 흐뭇하게 바라보곤 했다. 14층을 바라보며 아내에게 전화했다. 집 전화는 계속 울렸고, 아내의 핸드폰은 꺼져 있었다. 휘몰아치는 바람에 묻힌 아파트 단지가 낯설게 느껴졌다. 아내나 아이들 입에서 강하게 발음되던 단어가 압구정동 H아파트였다. 누가 묻지도 않았는데 그들은 아파트 이름을 술술 말했다. 아랫배를 만졌다. 아랫배가 꺼져가고 있었다. 마치 바람 빠진 고무풍선처럼. 아파트 단지를 벗어나면 배가 홀쭉해질 것 같았다. 온몸이 오싹해졌다. 무서웠다. 점퍼 주머니 속에 든 지갑을 만지작거리며 아파트 단지를 돌아다녔다. 아내는 여전히 전화를 받지 않았다. 번지레한 아내 얼굴도 곧 누르퉁퉁하게 변할 것이다. 압구정동 H아파트라는 말은 곧 잊게 되겠지. 내 집이라고 외칠 힘조차 없어지면서. 갑자기 화가 치밀었다. 함께 사는 동안 아내에게 전혀 화를 내지 않았었다. "뒈져라!" 남이 들으라는 듯이 아내에게 욕을 퍼부었다. 찬바람에 욕지거리가 흩어졌다. 그래도 목이 아플 정도로 계속 "뒈져라!"를 외쳤다.

청년 시절, 혈압·혈당 정상

아내와 싸움을 많이 했어야 했나? 하지만 싸울 필요가 없었다. 아내는 밋밋했으니까. 결혼 전부터 아내와 싸운 기억이 거의 없었다. 아내와 언제 어떻게 만났는지 기억조차 없다. 미팅 자리였는지 동호회 MT 모임이었는지 전혀 기억나지 않는다. 그저 밋밋하게 내 곁에 슬그머니 와 있었던 것 같다. 아내는 그런대로 여유 있는 과일 도매상 셋째 딸이었다. 아내를 만났을 때 나는 모든 것에 허기져 있었다. 몸이든 마음이든 허기져서, 몸은 비쩍 마르고 눈초리는 약삭빠르게 움직였다. 아내가 던져주는 먹이들을 허겁지겁 받아먹기만 했다. 고맙다거나 사랑한다는 생각은 티끌만큼도 갖고 있지 않았다. 너무 굶주려서 싸울 여력도 없었다.

나는 7형제 중 넷째였다. 그래서 내 몫은 언제나 갈증을 느끼게 했다. 집안에서나 바깥에서나 내 몫을 조금이라도 더 차지하기 위해 바동거려야 했다. S대학교에 입학했을 때, 부모는 '축하한다. 매우 기쁘구나'라는 말을 해주지 않았다. '후유, 또 한 놈 해결했구나' 하는 안도의 한숨만 쉬었다. 아버지는 부산의 모 수산업협동조합에 근무했다. 하지만 워낙 게을렀기 때문에 식구들이 겨우 입에 풀칠할 정도만 일했다. 거의 매일 술냄새를 풍기며 우리에게 내뱉는 말이라고는 이 새끼, 저 새끼뿐이었다. 피는 못 속인다고, 나는 아버지의 더러운 유전자를 물려받았다. 젊은 시절에는 유전자가 어떤 성향인지 몰랐다.

아랫배가 불룩해질수록 아버지 쪽의 유전자가 나를 조종했다. 그래서 어머니가 가끔 '지 아비를 닮아서 지만 아는 이기적이고 게을러터진 놈'이라고 나에게 역정을 내곤 했다. 군 복무 중에 아버지는 뇌출혈로 사망했다. 남들보다 일찌감치 아버지를 보지 않아도 됐다. 어머니는 자갈치시장 모퉁이에서 건어물 장사를 했다. 덕분에 고등학교까지는 그럭저럭 졸업할 수 있었다. 대학교부터는 각자의 몫이었다. 지금도 멸치나 김 냄새는 감기에 걸렸을 때면 심한 구역질을 일으킨다. 어머니는 자갈치시장에서 욕쟁이로 통했다. 어머니의 입에서 튀어나오는 욕은 대단했다. 식구들을 먹여 살리기 위해서는 억세게 시장 바닥에서 견뎌내야만 했다. 불행하게도 어머니는 교통사고로 절름발이 신세가 됐다. 그 바람에 자갈치시장 땅값이 천정부지로 치솟았을 때 전혀 재미를 보지 못했다. 불쌍한 어머니였다. 하지만 악착같이 자식을 돌봤다. 내가 K그룹에 입사해서 첫 월급으로 선물한 내복과 용돈을 받은 후에 하늘나라로 가셨다. 어머니에게 따뜻한 눈물을 흘릴 만큼의 여유는 있어서 그나마 다행이었다. 아버지와 어머니는 부모였다는 허울만 가진 채 내 인생에서 사라졌다. 서른이 되기 전이었다. 가끔 부모에 대해 되새겨질 때가 있는데, 그들 유전자에 의해 내가 조종될 때이다. 그들 유전자 중에는 요령껏 약삭빠르고 눈치껏 살아가는 재주가 있었다. 선천적으로 타고난 재주는 S대학교 합격을 만들어줬다. 그 재주로 K그룹에도

16

입사할 수 있었다. 그것만은 두 사람에게 고맙게 생각했다. 강인환과 김금숙의 가족은 그들의 죽음 후 갈기갈기 찢겨버렸다. 명절에나 우르르 큰형 집에 모였다가 순식간에 흩어졌다. 얼굴만 잊지 않으면 된다는 모임이었다. 형제들이 모두 모인다는 것도 로또 5등에 당첨되는 것보다 힘들었다. 대학 시절부터 나는 허기만 풀면 됐다. 이때 아내가 나타났다. 내가 가장 허기질 때였다. 의식주뿐만 아니라 몸까지 시원하게 풀어줬다. 싸움할 틈도 없었고, 궁합이 맞는지 생각할 겨를도 없었다. 사랑은 더욱더 느낄 수 없었다.

아내가 주는 먹이로 정신없이 허기를 푸는 동안 우리는 아들을 낳았고, 결혼을 했다. 나는 아내에게 잽싸게 낚였다. S대학교, K그룹. 나에게 붙는 이런 이력들이 아내에게는 좋은 먹이였다. 어느덧 나는 비싼 물건이 됐다. K그룹 입사 후 팀장이 되기 전까지는 165센티미터 키에 53킬로그램의 체중을 유지했다. 비쩍 말라 나에게 맞는 양복이 없을 정도였다. 도대체 내가 뚱뚱해질 거라고 누가 상상이나 했겠나?

삼십대 초
혈당 130mg/dl, 당뇨병 경계 · 혈압 정상

팀장이 되자 아랫배가 이상해지기 시작했다. 슬슬 배꼽 밑으로 기름기가 꼈다. 아랫배가 불룩해질수록 허리띠를 자주 바꿔야 했다. 김부장이나 장전무의 걸음걸이가 부러웠다. 그들의 걸음걸이에는 느긋함이 있었다. 여러 가지 허리띠를 그때그때 바꾸면서 느긋하게 걸어 다녔다. 그 느긋함이 바로 그들의 직위를 말하고 있었다. 말단 직원들은 생쥐처럼 바쁘게 돌아다녔다. 천천히 걷는다는 것은, 특급 호텔 레스토랑에서 고급 와인을 곁들여 우아하게 디너를 즐기는 것과 같았다. 엔돌핀은 그때 샘물처럼 솟아났다. 나뿐만 아니라 누구든지 솟아나는 엔돌핀을 느끼며 느긋하게 걷고 싶어 했다. 나는 남몰래 화장실이나 복도, 혹은 혼자 탄 엘리베이터 안에서 그들의 걸음걸이를 흉내 내곤 했다. 나뿐만 아니었다. 일단 K그룹 빌딩 안에 들어온 사람이면 누구나, 신입 시절에 그들의 걸음걸이나 볼록한 배를 존경과 부러움으로 바라봤다.

　미스 최가 팀원으로 근무하고부터 내 변신은 걷잡을 수 없게 됐다. 변신은 아랫배에서부터 저절로 시작됐다. 미스 최를 보는 순간 가슴이 울렁거렸다. 네 명의 팀원 중 한 명인 미스 최가 팀장님이라 부를 때면 온몸이 붕 뜨는 것 같았다. 그들이 부르는 팀장님이란 발음이 귓속으로 부드럽게 파고들었다. 저절로 어깨나 목이 뻣뻣해졌다. 그들은 언제나 나에게 "예예, 알겠습니다. 말씀하신 대로 하겠습니다"며 깍듯하게 말했다. 나는 부장이 한대로 유연하게 혀를 놀리는 말투를 몰래 연습했다. 단어의 끝 발음을 약간씩 높이면서 권위가 느껴지게끔 했다. 나날이 혀 놀림이 부드러워졌다. 그들은 나를 깍듯이 바라봤다. 그들의 눈길이 자랑스러웠다. 속으로 마냥 즐거웠다. 내가 맡은 팀의 직원이 점점 늘어나길 바랐다. 욕망의 시작이었다. 팀원들에게 웃을 수도, 짜증 낼 수도 있다는 것에 쾌감을 느꼈다. 팀장으로서 네 명을 살폈다. 사람마다 느낌이 다른 것을 알았다. 특히 미스 최는 솜사탕처럼 나에게 스며들었다. 팀원으로 느껴지지 않았다. 웃는 볼에 보조개, 쫑알거리는 도톰한 입술, 그리고 봄날 고양이 같은 눈길. 미스 최가 웃으며 말할 때면, 쉴 새 없이 혈관이 펄떡였다. 굳었던 어깨나 목, 등이 사르르 녹는 듯했다. 머릿속 뇌세포들이 따뜻해졌다. 미스 최 앞에서 은근히 거드름을 피웠다. 거드름을 피울수록 체중은 점점 더 불어났다. 어느덧 체중이 60킬로그램을 넘어섰다. 미스 최 때문인지, 팀장으로서의 거드름 때문인지, 핏속에서 혈당 수치가 조금씩 높아졌고 혈압도 함께 높아졌다. 미스 최가 첫사랑처럼 느껴졌다. 그녀 앞에서는 기혼남이라는 사실을 잊어버렸다. 사춘기로 되돌아간 듯했다. 울렁거리는 정복욕을 느꼈다. 그녀에 대한 욕망은 당연한 듯했다. 스스럼없이 그녀를 뜨겁게 바라봤다. 그녀도 내 눈길 따라 표정을 바꿨다. 우리는 묘약에 취한 듯 서로를 스스럼없이 느꼈다. 함께 근무한 지 몇 개월도 되지 않았지만 우리는 느낌대로 편하게 모텔로 갔다. 그녀와 처음 함께했을 때였다. 나는 처음으로 허기가 비눗방울처럼 사라지는 것을 느꼈다. 나는 그녀에게서 '처음'이라고 할 수 있는 경험을 갖게 됐다. 온몸에서 처음 느끼는 포만감은 미칠 만큼 짜릿했다. 아! 이것이구나. 배가 고프지 않다는 것. 그녀는 나를 배부르게 만들었다. 또한 나른하게 만들었다. 그녀 위에서 사정할 때마다 미친듯이 부르르 떨면서 힘껏 쏟아냈다. 회사 빌딩 밖에서 우리는 버젓이 팔짱을 끼고 돌아다녔다. 그녀의 취향 때문인지, 팀장이라는 내 직책 때문인지, 그녀가 결혼할 때까지 우리는 연인이었다. 아내는 아내일 뿐이었다. 허기가 사라진 후 아내는 필요하지 않았다. 아내는 다달이 두툼해지는 월급봉투에만 즐거워했다. 다만 아이들에게는 엄마가 있어야 했다. 아내와 싸움할 여건이 생기지 않았다.

미스 최와 세번째 여름휴가 여행을 다녀온 후, 그녀의 두번째 남자라는 자가 나를 찾아왔다. 자기에게 미스 최를 돌려달라면서. 두번째 남자는 끈질기게 나를 찾아와서 애걸했다. 그녀를 도저히 포기할 수 없다면서. 미친놈이라고 생각했다. 그런데 미스 최도 흔들리고 있었다.

늦가을 무렵, 언제나처럼 금요일 밤을 호텔에서 즐긴 후였다. 그녀는 맥주를 시원하게 마시고 나서 트림을 하더니, 두번째 남자와 결혼해야겠다고 말했다. 트림에 응답하듯이 나도 시원하게 그녀를 놔줬다. 삼 년간 그녀 덕분에 배고픔이 사라졌다. 배고픔이 사라지자 그녀를 보내도 괜찮겠다는 생각이 들었다. 이것저것 또 다른 욕망을 느끼고 싶었다. 바로 아버지의 놀라운 유전자가 나에게 작동했다. 내 몸에서 약삭빠른 꾀와 게으름이 생겼다. 게으름은 놀랄 만큼 빠르게 커졌다. 나는 게으름에 중독돼갔다. 움직이기 싫었고, 눈치 보는 것도 귀찮아졌다. 게으름이 생기면서 핏속에 지방산이 녹아들었다. 게으름이 커질수록 핏물은 지방산으로 탁해졌으며, 아랫배는 점점 기름기로 채워졌다. 빨리 게을러지고 싶어서 영악하고 야비한 꾀들이 머릿속에서 맴돌았다. 아버지의 유전자는 놀랄 만했다. 그래서 아버지는 살아생전에 넉살 좋게 살 수 있었구나. 아버지를 조금이나마 용서할 수 있었다. 그녀의 두번째 남자는 제정신이 아닌 듯했다. 골빈 놈! 나는 놈이 가소롭고 어리석어 보였다. 그놈의 유전자에는 약삭빠르게 꾀를 부려서 쉽게 게을러질 수 있는 유전자가 없는 모양이지! 그녀가 결혼하는 전날까지 언제나처럼 호텔을 들락거렸다. 사정 후 게슴츠레한 눈길로 물어봤다. 네 몸에 내 흔적을 아무렇게나 남겨도 네 신랑이란 놈은 뭐라 말 안 해? 내가 그래도 가장 편하대요. 어차피 나도 결혼할 바에는 그 남자가 가장 편해요. 가정을 꾸리는 데 서로 편하면 되는 거 아닌가요? 샤워 후 맥주를 시원하게 마시고 그녀는 또 한 번 트림을 크게 하고선 깨끗이 떠났다. 결혼하자 그녀는 직장을 관뒀다. 그녀는 편안한 첫사랑으로 기억됐다. 그녀 때문에 체중 8킬로그램과 허리둘레 4센티미터가 늘어났다. 기름기는 복부에 수북이 쌓였다. 아랫배가 물컹물컹 만져졌다. 주위에서 몸매가 보기 좋아, 걸음걸이가 의젓해졌는데, 한마디씩 칭찬했다. 그런 말을 들을 때마다 게으름의 유전자가 강하게 작용했으며, 더 게을러질 수 있는 자리가 탐나곤 했다. 첫사랑 이후 이미 사랑 호르몬에 취한 나는 보다 더 많은 양의 호르몬을 만들어갔다. 사랑 호르몬을 많이 만들기 위해 몸이나 머리는 영악스러워져야 했다. 영악스러워질수록 핏물이 지방산으로 짙어지면서 탁해졌다. 서서히 뇌에 기름기가 끼기 시작했다. 혈당 수치가 130mg/dl이 됐다는 것을 나는 몰랐다. 그저 게으르게 호르몬을 많이 만드는 데만 골몰했다. 비쩍 마른 거울 속 모습보다 희멀건 몸매가 살아가는 데 훨씬 비싸 보였다. 젊은 시절 오로지 막걸리나 소주만 마셔야 했던 것이 부끄럽고 한심하게 여겨졌다. 그날 기분에 따라 맥주나 소주, 와인이나 위스키를 선택할 수 있는 변신이 흐뭇했다.

둔한 아내는 내가 변신하는 것을 알아채지 못했다. 아내는 단세포 동물로만 살고 있을 뿐이었다. 아내는 압구정동 H아파트에 사는 것만으로 인생을 사는 재미를 느꼈다. 사모님이라는 소리만 들어도 이죽이죽 웃었다. 일주일에 한두 번씩 G백화점 명품관을 들락거리며 깔깔거렸다. 내 밑으로 부하 직원들이 많아지자 아내의 머릿속이 훤히 보였다. 텅 비어 있었다. 그 시절의 나를 낚아챈 아내의 재주가 놀라웠다. 오로지 아내는 살아가기 위해 나의 스펙이 필요했던 것이다. 아내가 가장 잘한 짓거리는 나와 결혼한 것이었다.

마찬가지로 나도 변신하는 나를 느끼지 못했다. 변신은 마법에 걸린 듯 순식간에 이뤄졌다. 물론 미스 최의 역할이 매우 컸지만. 고등학교 졸업 15주년 고향 동기회에 갔을 때, 친구들은 나를 알아보지 못했다. 긴가민가하면서 나를 보는 눈초리들이 흔들렸다. 왜들 그래? 나 정수야! 뭐라고? 정수라고? 그들의 눈동자가 놀라움으로 번쩍이며 커졌다. 친구들의 놀란 눈을 보며 속으로 껄껄 웃었다. 신체 표준치를 이미 넘어섰군. 너희들은 어떠냐? 아직 나처럼 표준치를 넘지 못했지. 짜식들, 뭣들 했어? 아랫배를 앞으로 쑥 내밀었다. 이미 삼십대 중반에 고향 친구들에게는 왕거미처럼 으스댈 수 있었다. 너 고등학교 때 와리바시 아니었냐? 친구들은 젊은 시절 내 별명을 거리낌 없이 말했다. 학창 시절 비쩍 마른 몸매가 어느 구석에 박혀 있는지 모를 정도로 나는 평균치에 훨씬 미치지 못하는 체형이었다. 모든 것이 평균 이하였다. 나는 그저 친구들이라는 집단에서 겨우 한쪽 구석에 처박혀 있어야 했다. 끝없이 허기를 느끼면서. 핏줄 속에는 지방산이 전혀 없는 핏물만 흘렀다. 물론 그들도 70년대 새마을 운동에 맞는 생활 여건을 하고 있었다. 하지만 나는 게으른 아버지 덕분에 언제나 교실 변두리에서 맴돌아야 했다. 나의 변신이 친구들에게는 큰 애깃거리가 됐다. 모처럼 고향 동기회에 참석하고 서울로 돌아온 후 친구들의 전화가 빗발치듯 걸려왔다. 더욱더 아랫배를 슬슬 만지는 버릇이 잦아졌다.

나는 변신을 즐길 줄 알게 됐다. 여러 사람들이 왕거미처럼 변신한 나를 이런저런 눈초리로 쳐다봤다. 마치 나를 드라마 주인공인 양 바라보는 그들의 눈초리에는 부러움이 있기도 했고, 비웃음도 보였다. 또한 간사스럽기도 했고, 걱정스럽기도 했으며, 가소롭게 보이기도 했다. 내 뒤에서 헐뜯는 소리가 들리기도 했고, 누군가는 비아냥거리기도 했다. 나는 그런 것들에 개의치 않왔다. 오히려 그것들을 더욱더 즐겼다. 어차피 나는 복부비만에 걸릴 충분한 자격이 됐기 때문이다. 복부비만은 나에게 걱정거리가 될 수 없었다. 의사의 충고도 귀에 들어오지 않았다. 나를 부러운 눈으로 바라보는 그들도 나처럼 복부비만이 되고 싶을 뿐이었다. 변신할 수 없는 그들의 처지가 내 눈에는 가소롭게만 보였다. 약삭빠른 유전자 덕분에 변신할 수 있었다. 그동안 나는 워낙 굶주려 있었기 때문에 약삭빠른 유전자가 작동하지 않았을 뿐이다. 점점 굵어지는 허리에 계급장처럼 악어나 뱀가죽 벨트들이 걸쳐졌다.

1990년대 그룹 내 건설사업부로 옮겨갔을 때 사람들은 영전했다고 축하 인사를 했다. 전국 방방곡곡에서 건설 붐으로 부동산 가격은 하늘 높은 줄 모르고 치솟았다. 나에게는 더욱 멋있게 변신할 수 있는 기회였다. 나는 얍삽한 재주를 마음껏 뿜낼 수 있었다. 특히 건설사업부에 있으면서 노른자위 땅을 수단과 방법 가리지 않고 헐값에 구입해서 허허벌판을 빌딩 숲이나 아파트 단지로 변신시켰다. 덕분에 강남은 내 아랫배처럼 커져갔다. 사십대 중반에 나는 과장에서 부장으로 승진했으며, 내 이름은 회사 신문에 자주 오르내리게 됐다. 아내는 마냥 수다 떠는 것에 바빴다. 이번에 부장으로 승진했어. 이번 여름방학 때 프랑스 여행 갔다 왔잖아. 물론 아빠는 바빠서 애들하고만 갔다 왔어. 그쪽 아파트 건설을 애 아빠가 담당하고 있잖아. 요즘 집에 들어오기 힘들 정도로 바빠. 곧 이사급으로 승진할 것 같아. 큰애는 이

번 겨울방학 때 미국으로 어학연수 갔다 왔잖아. 신나게 수다를 떨기 위해서 아내의 입술은 립스틱으로 점점 진하게 칠해졌다. 나는 아이들의 잠자는 모습만 간혹 봤다. 바쁜 아빠로서 당연했다. 그들의 사춘기를 보지 못했지만, 내 부모보다는 당당하게 부모 노릇을 한다고 여겼다. 아이들에게 허기를 느끼지 않게끔 했으니까.

사십대 중반
혈당 150mg/dl, 급성 당뇨병 · 고혈압

부장 승진을 축하하는 회식날이었다. 초가을 금요일은 바람이랑 하늘이랑 마냥 싱그러웠다. 마치 내 기분처럼. 그룹 내 부장급 이상 간부들을 청담동 일식집으로 초대했다. 그 정도는 건설 사업부의 부장으로서 당연했다. 그룹 내 은(銀) 명함곽을 가진 주요 간부들은 거의 다 참석했다. 그날의 주인공은 나였다. 주인공답게 아랫뱃살이 누구 못지않게 불룩했다. 이런 날을 맞이한다는 것은 누구나 바라는 희망 사항이었다. 나는 마냥 싱글벙글 웃기만 했다. 많은 참석자 중 나와 권진우가 가장 젊었다. 대그룹의 축하 회식답게 일식집 안은 떠들썩했다. 조니워커 블루가 식탁 위에 즐비하게 깔렸다. 권진우의 얼굴은 그리 밝지 않았다. 툭 던지는 말투로 건설부 부장 승진을 축하한다고 내뱉을 뿐이었다. 친구가 승진하는 게 배 아프냐? 그렇지는 않아. 환하게 웃지는 않았다. 속으로 '자식, 유통 부문 부장이 별거냐?'란 말을 내뱉었다. 이미 친구와는 아랫배 크기가 달랐다. 친구는 여전히 삼십대 팀장의 몸매에서 벗어나지 못했다. 인기 없는 유통 분야라 나보다 일 년 먼저 부장으로 승진했지만, 건설 부문 과장급보다 위상은 형편없었다. 권진우와는 우연인지 운명인지 어릴 적부터 함께 세월을 보냈다. 친구는 하얀 와리바시였고 나는 까만 와리바시였다. 몇 안 되는 S대학교 합격자 중 함께 경영학과를 택했고, 나보다 일 년 먼저 K그룹에 입사했다. 내가 K그룹에 입사했을 때 그래도 유일한 동기라고 나를 많이 챙겨줬다. 우리는 허기를 느꼈던 학창 시절을 함께 겪었다. 대학 생활을 고난의 행군하듯 살았다. 친구는 나보다 말수가 적었고 얌전했다. 친구 역시 나처럼 눈매가 처절했다. 무작정 허기에서 벗어나고픈 눈빛이었다. 회사 일에 익숙해지자, 함께하는 자리가 점점 뜸해졌다. 내가 친구를 피하고 있었다. 라이벌 의식을 느꼈다. 똑같은 처지에 똑같은 취급을 받고 싶지 않았다. 친구는 이미 추억이 돼버렸고, 잠시 신입 사원으로 함께했던 것으로 만족하면 그만이었다. 이미 기름 덩어리 아랫배를 만지는 버릇을 가진 후에는 굳이 구차한 옛일을 들출 필요가 없었다.

　과장 시절이었다. 오랜만에 둘만의 저녁 술자리를 가졌다. 요즘 동기들 전화나 방문이 잦다면서? 권진우가 술을 몇 잔 걸치더니 그 끝에 뒤틀리는 말투로 내던졌다. 그래, 너에게는 연락이 안 오는 모양이지? 나 역시 뒤틀린 말투로 내뱉었다. 우리는 고등학교 시절에 함께 교실 한구석에서 어정쩡하게 맴돌기만 했잖아? 친구는 함께했던 구차한 시절을 끄집어냈다. 그래서? 내가 동기들에게 인기가 많으니까 샘이라도 나냐? 네 뒤에서 너 욕하는 소리가 들려서 그러는 거야. 건방지다느니, 잘난 체한다느니, 잘나간다고 눈에 뵈는 게 없다느니. 그런 험담을 한 귀로 흘려버릴 정도의 배짱은 이미 내 관록으로 생겼다. 모두들 시기심으로 그러는 거야. 그렇게 말하는 친구들 속내가 빤히 보였다. 친구의 시기심은 나만큼 커져 있었다. 요즘 아랫배가 튀어나와서 걸음걸이가 저절로 느긋해지더군. 나는 아랫배를 슬슬 만지며 힐끗 친구를 째려봤다. 넌 아직 젊었을 때 몸매 그대로인 듯한데? 친구는 당황하며 아랫배를 불쑥 내밀면서 악을 쓰듯 말을 내뱉었다. 나도 60킬로그램은 넘었어. 허리둘레도 85센티미터 이상이고. 회사에서 어슬렁어슬렁 걸어 다니려면 어느 정도 풍채를 지녀야 되는 것 아니냐? 친구에게 내뱉은 말들이 스스로 고소하게 들렸다. 친구의 얼굴이 벌겋게 달아오르며 씩씩거렸다. 그따위 말들 신경 쓸 것 없어! 나는 이제 고교 시절의 와리바시가 아니야! 꽝, 못 박듯이 친구에게 나의 변신을 선언했다. 친구가 나에게 먼저 그런 말을 하고 싶었겠지! '내가 너보다 더 약삭빠른 유전자를 갖고 있네'라며 나는 속으로 친구를 비웃듯이 중얼거렸다. 그래서 친구보다 아랫배에 기름 덩어리들이 더 왕성하게 채워졌던 것이다. 친구는 변명하듯 자꾸 쓴웃음만 지었다. 쓴웃음이 친구의 운명이었다. 그리고 어쩔 수 없는 세월이 만들어졌다.

친구와 헤어질 때 내 뒤에서 한참 처져 있는 친구의 모습이 보였다. 속으로 낄낄거리며 웃었다. 헐떡거리며 나를 쫓아온들 이미 나는 느긋하게 아랫배를 쓰다듬으며 훨씬 앞에서 걸어가고 있을 테니까. 그 이후 둘만의 자리는 더 이상 없었다.

강부장, 축하해! 앞으로 건설 쪽이 완전히 그룹을 장악하겠는데? 분위기는 나와 그들 사이에 오가는 술잔 수만큼 뜨겁게 달아올랐다. 강부장이 책임지고 있는 분당 쪽 아파트 분양이 대박이라면서? 역시 능력 있어. 조니워커 블루는 내 목젖을 부드럽게 적셨다. 조니워커 블루로 흠뻑 젖은 목구멍에서 쉴 새 없이 감사하다는 아부와 거만한 말들이 쏟아져 나왔다. '이런 맛을 즐기려고 살아가는 거야.' 속으로 마음껏 외쳤다. 힐끔힐끔 쳐다본 권진우는 한구석에 멍하니 앉아 있었다. 이차로 고급 룸살롱에 갈 때였다. 권진우는 맨 뒤에 처져 힘없이 따라왔다. 살롱에서도 룸 모퉁이에 겨우 앉아 있었다. 철거민 민원도 강부장이 다 해결했다면서? 그룹 내에서 가장 골치 아픈 문제 아냐? 정말 잘했어. 부회장이 건배사를 하며 칭찬을 늘어놨다. 목구멍으로 넘어가는 조니워커 블루가 짜릿했다. 짜릿한 기분으로 친구를 보자, 그가 나를 표독스럽게 노려봤다. 이미 친구와의 경쟁은 끝났다는 승리감이 느껴졌다. 찌푸린 친구 앞에서 술이 더 맛있게 느껴졌다. 나는 싱긋 웃으며 친구에게 술잔을 권했다. 얼마나 우정이 넘치는지를 찰랑거리는 술잔으로 보여줬다. 술잔을 받아든 친구가 다시 한 번, 순간적으로 나를 찌를 듯 쏘아보더니 내 얼굴에 술을 뿌렸다. 룸 안에 있던 사람들이 놀라면서 삽시간에 술자리가 어수선해졌다. 더럽고 야비한 놈! 네가 사람이냐? 너 때문에 얼마나 많은 사람들이 불행을 겪고 있는지 알기나 하냐? 너 어릴 적 굶주렸던 기억은 다 잊었냐? 이 회식비도 하청업자들에게 강압으로 상납 받은 거라며? 친구는 횡설수설인지, 욕설인지, 주사인지, 충고인지 주체할 수 없을 정도로 온갖 말을 내뱉었다. 얼굴에 흘러내리는 조니워커 블루가 유난히 맛나게 혀끝에 녹아들었다. 다른 사람에 이끌려 룸을 나갈 때까지 친구는 나에게 욕설을 퍼부었다. 나는 여유롭게 웃으며 바깥으로 나가는 친구를 바라봤다. 저 친구 왜 저래? 권부장에게 저런 주사도 있었나? 강부장이랑 동기 아냐? 친구의 승진 축하 자리인데 말이야. 모두들 살벌한 분위기를 살리기 위해 한 잔씩 들이켜며 한마디씩 했다.

며칠 후 친구가 사직서를 제출했다는 소문이 들렸다. 그 소문은 한 귀로 가볍게 흘릴 정도밖에 되지 않았다. 이미 게임에서 이긴 기분으로 더욱 흥겹게 근무할 수 있었다. 자식 왜 그랬지? 언제부터 인권운동가가 됐지? 아직 본인도 많이 배가 고플 텐데…… 남 생각할 여유가 없을 텐데…… 어쩐지 아랫배에 기름기가 많이 끼지 않더니 안됐군. 나만큼 영악스러웠는데.

친구에게 전화가 왔다. 회식하던 날 미안했어. 동기 모임에서 나 보자. 하지만 난 아직 끝나지 않았어. 시큰둥한 목소리였다. 그렇게 몇 마디만 던지고 친구는 함께 근무했던 그룹을 떠났다. 권진우를 다시 만난 것은 일 년 후 재경동기회 모임에서였다. 그는 여러 동기들 사이에서 한참 떠들고 있었다. 나를 보자 살짝 긴장된 눈초리로 변하더니 곧 활달하게 웃으며 수다를 떨었다. 얼굴과 몸매가 살찐 듯했다. 술자리가 한창 무르익자 내 곁으로 와서 앉았다. 언뜻 본 진우 아랫배가 볼록했다. 기름기가 좀 끼었군. 너라고 별수 있냐? 속으로 고소하게 웃었다. 앉자마자 술 한 잔을 권하며 화통하게 말했다. 미안했어. 넌 나를 이해할 수 있지? 이해? 아랫배에 기름기가 낀 한패가 됐다는 뜻인가? 그래서 내가 이해할 수 있다는 것인가? 나도 한패가 된 것을 축하한다는 듯이 씩 웃으며 술잔을 받아 마셨다. 진우는 명함을 내밀었다. Y건설의 사장이란 직함이 황금색으로 번쩍였다. 해외 건설 부문에서 선두주자로 나서고 있는 건설 업체였다. 이미 소문으로 알고 있는 일이었다. 애국적인 차원에서 열심히 근무하고 있다고 쉴 새 없이 떠들어댔다. 언제부터 나라 걱정을 했나? 요즘 몸무게와 허리둘레가 늘어나서 거동하기가 좀 힘들곤 해. 진우는 으쓱거리며 몸매를 자랑했다. 나보다 더 빠르게 변질됐다. 나보다 더 능숙하게 변질됐다. 됐네, 축하한다고 웃으며 말했지만 속은 왠지 씁쓸했다. 몰래 친구의 아랫배를 보았다. 나보다 좀더 볼록한 듯 보였다. 쌍! 급히 자리를 뜨면서 밤하늘로 욕지거리를 내뱉었다.

누가 먼저 라이벌 의식을 느끼기 시작했을까? 우리는 언제부터 서로 째려봤지? 왜 서로 라이벌로 여겨야 했을까? 권진우는 친구였고 지금도 친구다. 어릴 적 함께 보수동 판자촌에서 뒹굴며 놀았다. 좁은 판자촌 골목을 함께 어울려 마냥 휘젓고 다녔다. 아침부터 서로를 목청껏 부르면서 함께 등하교했다. 함께 고등학교 입학했을 때 서로 손가락 끼면서 우정 변치 말자고 기개를 뽐내기도 했다. 함께 와리바시라고 불릴 때까지 우리의 우정은 뜨거웠다. 서로 몸매가 닮아서 별명이 같았다는 것만으로 우리는 더욱 친할 수밖에 없었다. 별명에 걸맞게 우리는 165센티미터의 키와 53킬로그램의 몸무게로 체형이 똑같았다. 매우 정상적인 혈압과 혈당을 가졌지만 신체 조건은 평균치에 미치지 못하는 비쩍 마른 몸매로 젊은 시절을 보냈다. 핏물에는 지방산이나 혈당이 전혀 없었다. 우리는 비쩍 마른 몸매에 피부색만 달랐다. 나는 까만 와리바시, 권진우는 하얀 와리바시로 불렸다. 하지만 우리는 건강하기 때문에 허기를 더욱 심하게 느꼈다. 우리는 함께 오십여 년을 지내오면서 어릴 적부터 시시각각 서로 비슷하게 변해가는 몸매를 쳐다보며 살아왔다. 다만 눈매만은 서로 달라지는 것을 알고 있었다. 함께 와리바시라고 불릴 때는 눈매가 매우 부드러웠고 서로 눈을 맞추면서 의기투합했다. 또한 우리는 너무 굶주렸다는 것을 서로 알고 있었다. 우리는 단짝이 돼야 했다. 우리 몫은 언제나 적었다. 초등학교 때부터 동네에서건 교실에서건 덩치 큰 놈들에게 따돌림당했다. 어쩔 수 없이 공생의 눈길을 서로 주고받아야 했다. 함께 영악한 머리를 굴리며 우리 몫을 찾아다녀야 했다. 그렇게 해야 뱃속이나 머릿속의 허기를 겨우 면할 수 있었다. 우리는 공생의 우정으로 뭉쳐서 우리 몫을 조금씩 만들어나갔다. 비록 몸매는 비쩍 야위었지만, 80mmHg에 120mmHg의 혈압으로 핏줄은 누구 못지않게 왕성하게 뛰었다. 핏물은 맑았다. 맑은 핏물은 비쩍 마른 우리의 생명이었다. 우리는 서로 부지런히 정보를 교환하며 도왔다. 그래서 K그룹에 함께 입사할 수 있었다. 하지만 우리는 언제까지나 공생할 수 없다는 것을 직감적으로 느끼고 있었다. 우리는 서로를 너무 잘 알고 있었다. 우리에게 할당된 몫은 이미 정해져 있고, 공평하게 나눌 수 없다는 것을. 핏물에 지방산이 생기기 시작하면서 몸매도 따라 변하기 시작했다. 서로 변하는 몸매를 지켜보면서 부드럽던 눈매가 변하기 시작했다. 아랫배가 불룩해질수록 눈매는 서로를 더욱 사납게 째려봤다. 점점 뱁새눈이 되어갔다. 한때 별명이 와리바시였다는 걸 잊으려 애썼다. 남들에게 와리바시라는 별명을 숨겼다. 고등학교나 대학 동기들이 내 별명을 기억할 수 없을 정도로 몸매를 바꿨다. 권진우도 별명을 숨기려고 무던히 애썼다. 오늘처럼 동기들 앞에서 유난히 불룩한 아랫배를 열심히 만지작거리면서.

사십대 후반
혈당 200mg/dl, 급성 당뇨병·고혈압

나는 그룹 안에서 전설로 불렸다. 그룹 내 최고의 방계회사인 K건설 사장으로 승진한 후부터였다. 사십대 후반의 사장은 충분히 전설이 될 만했다. 처음 사장이라고 불렸을 때, 온몸이 감전된 듯이 짜릿했다. 고층 빌딩 20평 사장실에서 서울 시내를 바라보며 혼자서 십여 분을 비명 지르듯 웃었다. 전신거울 앞에서 여러 각도로 불룩한 아랫배를 움직여봤다. 단신의 체구는 오뚝이 행색이었다. 번지레하고 통통한 얼굴엔 웃음이 넘쳐났다. 행운도 은근히 나를 따라다녔다. 88올림픽 전부터 전국적으로 불기 시작한 건설 붐은 거의 2002년 월드컵 경기까지 이어졌다. 서울은 물론이거니와 전국적으로 건설 붐이 일어 새롭게 변모했다. 오래된 건물들이 무참히 사라지고, 논밭이거나 황무지였던 강남에 바벨탑 같은 마천루들이 들어섰다. 아파트 대단지는 경제 성장의 상징으로 방방곡곡에 만들어졌다. 서울 강남이라는 신천지 중 일부가 내 머릿속에서 태어났다. 1997년 IMF사태는 오히려 나에게 호재였다. 많은 회사들이 부도나 경영 위기에 처했을 때, 서울의 건물들을 매우 저렴하게 구입했다. 영악한 꾀가 호재를 만들었다. 우리나라가 경제 위기에서 벗어나자 싸게 구입한 건물들을 재건축해서 건설계의 선두주자가 됐다. 2002년까지 급속한 경제 성장과 더불어 내 앞날은 거리낌 없이 급상승했다. 나는 서서히 전설이 되어갔다. 매스컴에 차세대 CEO라며 연예인만큼 기사거리가 됐다.

그 무렵 정기검진을 받았다. 주치의인 내과 전문의가 나에게 아주 엄중하게 경고했다. 복부비만이 매우 심각하네요. 급성 당뇨병입니다. 혈당 수치가 200mg/dl 이상이고, 혈압도 120mmHg

에 200mmHg 이상입니다. 반드시 치료를 시작해야 하고, 꼭 치료를 받아야 합니다. 뭐라고? 고혈압에 급성 당뇨병이라고? 주치의는 다시 한 번 나를 응시하며 심각하게 말했다. 복부비만은 몸의 적신호를 의미합니다. 자신도 모르게 몸에 병이 생겨서 망가지기 시작하죠. 지금이 인생의 골든타임일 수도 있습니다. 정신 차리세요. 복부비만이 심해 체중이 거의 90킬로그램에 다다랐지만 그때까지 숨이 헉헉거리는 것을 느끼지 못했다. 풍채 있게 걸으면서 이마며 목등에서 식은땀이 흐르는 것도 몰랐다. 까짓것 치료하면 되겠지. 조심하면 되겠지. 그것보다 나를 쫓아오며 새로운 전설을 만들려는 주위 후배들이나 동료들이 더 위험했다.

전설은 도전을 받기 마련이다. 새로운 전설이 만들어져야 한다. 뻔한 생존의 순환이다. 후배들이나 동료들은 새로운 전설을 만들기 위해 호시탐탐 나를 노려봤다. 허기로 번뜩이는 눈매들이 섬뜩하게 느껴질 정도로 내 주위를 에워쌌다. 그들 중 무섭게 나에게 도전하는 후배가 IT 부문의 조부장이었다. 조부장은 당당하게 미래의 산업은 IT라면서 회장단에게 연일 새로운 아이템 리포트를 제출했다. 그룹 안에서 건설 부문은 곧 거품처럼 사그라질 것이라고 공공연히 떠들고 다녔다. 나를 은근슬쩍 째려봤다. 처음 입사했을 때 조부장도 나를 존경과 경이의 눈길로 바라봤다. 선배님 존경합니다. 부럽습니다. 조부장이 쉴 새 없이 나에게 내뱉은 말이었다. 해가 거듭할수록 차츰 눈매나 말투가 달라졌다. 권진우같이 나를 노골적으로 적대시하지는 않았지만 여우처럼 놀기 시작했다. 내가 만든 전설이 부럽지. 겉으로 거들먹거렸지만 속으로 조부장의 눈매에서 섬뜩함을 느끼기 시작했다. 조부장은 몸이나 머릿속이 허기지지 않은 듯했다. 권력이라는 또 다른 허기가 그를 꽉 채우고 있는 듯했다. 내 아랫배가 불룩해지고 헉헉거리며 걸을 때, 그의 아랫배는 불룩해지지 않았고 또한 헉헉거리지도 않았다. 그는 175센티미터의 키에 70킬로그램의 몸무게로 근육형 몸매를 가지고 있었다. 그는 표범처럼 날렵하게 움직이며, 내 불룩한 아랫배를 비웃듯 쳐다봤다. 헉헉거리는 걸음걸이를 불쌍하다는 듯이 바라봤다.

나는 20세기의 전설이었다. 그는 21세기의 전설이 되고자 했다. 그런 행색으로 몇 년이나 더 버틸 수 있겠어요? 20세기가 끝날 즈음 그룹 송년회 때 그는 야릇하게 웃으며 나에게 조롱조로 말했다. 관록과 배짱은 쉽게 생기지도, 쉽게 없어지지도 않아. 나도 그를 째려보면서 가소로운 듯이 내뱉었다. 하지만 등짝에서 몰래 흐르는 식은땀을 느꼈다. 나의 상승 곡선은 사장이라는 직함에서 멈췄다. 그렇지만 뱃살은 점점 더 부풀었으며, 거드름의 정점에 도달하고 싶었다. 조부장의 핏속에는 어떤 성분들이 있을까? 지방산 중독에 걸렸을까? 혈당 수치가 높을까? 날씬하고 재빠른 몸매가 색다르게 보였다.

한창 사장 행세를 할 때였다. 과로인지 급성 당뇨병 때문인지 응급 상태로 병원에 입원했다. 나를 쫓고 있는 그들의 날카로운 눈매들이 비몽사몽간 나를 괴롭혔다. 처음으로 조부장의 눈매가 무서웠다. 배꼽 주위에 인슐린 주사가 꽂힐 때마다 내 전설이 희미해지는 것을 느꼈다. 나는 위기를 감지하면서 아직 내 뱃속에서 욕망이 들끓고 있는 것을 알았다. 이대로 허물어지고 싶지 않았다. 아내나 자식들이 하는 꼴은 예상대로였다. 입원한 동안 아내는 잠시 들여다볼 뿐이었다. 자식들은 오지도 않았고 전화 연락조차 없었다. 주치의는 심각한 어조로 경고했다. 지금 건강을 챙기지 않으면 위급 상황까지 갈 겁니다. 왜 이렇게 몸이 망가졌는지 꼭 생각해보세요. 나의 전설을 무너뜨리고 싶지 않았다. 오히려 전설에 대한 또 다른 전설을 만들고 싶었다. 주치의의 말을 또 귓가로 흘렸다.

2002년 월드컵 열기가 식어갈 즈음, 국토건설부 G부장이 골프 회동 하자는 전화 연락을 자주 했다. 골프 모임을 자주 하면서, G부장과 은근히 귓속말을 많이 했다. 후후, 부장님. 정년퇴임이 얼마 안 남았다면서요? 넌지시 G부장 귓속으로 속삭였다. G부장은 갑자기 환하게 웃었다. 역시 강사장은 전설이라고 불릴 만해. 평소에 내가 큰형님이라고 나긋하게 부르면 마냥 기쁘게 웃던 이였다. G부장과의 은밀한 대화 속에서 이미 나는 건설회사의 회장이 되어 있었다. 권진우나 조부장이 가소롭게만 보였다. 그들을 비웃을 수 있는 또 다른 전설을 만들 수 있었다. G부장이 정년퇴임을 하자 나도 함께 퇴사했다. 회장단에서도 나를 붙잡지 않았다. 냉혹했다. 조부장은 이미 IT 부문 사장으로 새로운 신화를 만들고 있었다. 나만의 건설회사가 주식회사 형태로 설립됐다. G부장은 고문으로 취임했다. 내 명함에 회장이라는 명칭이 뚜렷하게 박혔다. 회사 창립식 때 조부장과 권진우가 보낸 화환이 유난히 컸다. 나는 씩 웃으며 그들 화환에 몰래 발길질을 했다. 순간 가슴에 찌르는 듯한 통증이 느껴졌다. 나는 더욱 세차게 화환을 찼다. 아픈 가슴을 움켜쥐면서. 그때 '왜 이렇게 돼야 하지?'라는 뜻밖의 의문이 생겼다. 가슴속 통증과 함께 처음으로 씁쓸하게 머릿속에서 의문이 채워졌다. 건설회사는 승승장구할 듯했다. 은행에서는 내 이름만으로 무한정 신용 대출을 받을 수 있었다. 삼년 안에 주식 시장에 상장시킬 수 있을 거야. G고문과의 은밀한 대화는 서로의 미래를 위해 계속됐다. 마지막 승부수를 띄워서 난공불락의 전설을 확실하게 만들어야 했다. 아내는 더욱 기고만장하게 압구정동을 싸돌아다녔다. 아내는 회장이라는 직함 위에 군림하는 듯했다. 나를 회장이라는 직함의 그림자로 취급했다. 나도 그런 아내가 집 지킴이로 보였다. 가정은 모래성처럼 직함과 돈으로 지켜질 뿐이었다. 아이들은 돈으로 즐길 수 있을 만큼 마음껏 즐겼다. 가끔 핸드폰으로 그들의 화려한 행색을 보내왔다. 집은 가끔 혼자 쉴 수 있는 휴식처 정도였다. 회사 설립 초창기라 몸 따위는 생각할 겨를이 없었다. 주치의는 나에게 자주 전화했다. 제발 조심하세요. 치료를 철저하게 받아야 합니다. 주치의의 목소리는 점점 커져갔다. 나는 여전히 바깥의 전설만 생각했다. 핏물이 진득진득해지는 것을 모

른 체했다. 접대 자리가 많았다. 정부 쪽 고위 공무원들과 회동
이 잦았다. 담배 연기는 언제나 내 몸 주변을 맴돌았다. 손가락
에는 니코틴 냄새가 배어 있었다. 폭탄주로 이뤄지는 접대 자리
는 언제나 내가 치켜든 건배주로 시작됐다. 은밀한 거래를 위해
폭탄주가 얼마나 많이 몸속으로 흘러들어갔는지 알 수 없었다.
혈압약으로 몸을 지탱해나갔다. 오로지 머릿속에 난공불락의 전
설을 만들 생각만 가득 차 있었다. 통증이 생길 때마다 이를 악
물었다.

새 정권이 들어서면서 좀 힘들어지네. G고문의 목소리가 부쩍
딱딱했다. 그래도 K과장과 저녁 약속 한번 잡아봐. 새 정권의 기
본 정책은 부동산 억제였다. 인천 경제자유구역에 대한 개발 정
보를 쉽게 얻을 수 없었다. 제법 얼큰한 접대 술자리였다. 건설
부 K과장은 새 정권에 맞는 깐깐한 사람이었다. K과장 주머니에
법인 카드와 돈봉투를 넣어줬다. K과장은 단호하게 카드와 봉투
를 거절했다. 나 같은 전설도 어쩔 수 없었다. 의외로 까다로운
친구인데? 오늘은 좀 힘들군. 차는 어느덧 여덟번째 여인 집으
로 가고 있었다. 아직 아랫도리만큼은 탄탄하니까. 스트레스나
풀어볼까? 아내는 내일 쇼핑할 품목을 열심히 머릿속에서 생각
하고 있을 거야. 실없는 웃음만 나왔다.

여덟번째 여자는 내 뱃살 만지는 것을 좋아했다. 이렇게 부드
러운 속살은 처음이야. 그녀는 언제나 가느다란 손가락으로 샤
워 후 축 늘어진 내 뱃살을 콕콕 누르면서 아랫도리를 쓰다듬어

췄다. 그러면 온갖 스트레스가 사라지면서 아랫도리가 힘껏 솟구쳤다. 엇! 왜 이래? 오늘은 전혀 반응이 없네? 폭탄주를 몇 잔이나 마신 거야? 아무리 엄지손가락으로 아랫배를 콕콕 찔러도, 혀로 아랫도리를 쓰다듬어도 전혀 솟구치지 않았다. 그녀가 놀란 듯 축 처진 아랫도리를 흔들거렸다. 식은땀이 온 얼굴을 적셨다. 숨소리가 너무 가쁘게 들려. 그녀가 찬물을 가져왔다. 씩씩거리는 숨소리는 가래까지 끓게 했다. 사춘기 이후 사십여 년 만에 어처구니없이 여덟번째 여자에게서 발기불능이 생겼다. 목덜미가 뻣뻣해졌다. 아내는 여전히 쇼핑할 핸드백을 머릿속에 그리고 있겠지? 아들놈은 시카고 어느 뒷골목 팝카페에서 맥주와 팝송에 흐느적거리고 있겠지. 딸애는 어느 대학에 갈까 고민하고 있을 거야. 틀림없이 일본으로 가고 싶어 할 거야. 뱃살이 심하게 출렁거렸다. 이렇게 심하게 출렁거린 것은 처음인 듯했다. 가쁜 숨소리나 식은땀이 내 몸에서 나는구나. 게으름을 너무 즐겼나? 혈당, 혈압이 얼마나 높아졌나? 몸에 대한 두려운 생각이 머리 깊숙이에서 몇 번이나 번개같이 스쳤다. 밤새 솟구치지 않는 아랫도리 때문에 힘겨워한 그녀에게 아침 식탁 위에 100만 원짜리 자기앞수표를 던져줬다. 그녀가 환하게 웃었다. 나에게 보여주는 살랑거리는 웃음이 아니었다. 낯설게 보였다. 내 기억 속에서 잃어버린 웃음이었다. 50만 원짜리 자기앞수표를 한 장 더 줬다. 선뜻 받으며 또 한 번 배시시 웃었다. 고마워요. 마침 남동생 등록금이 좀 모자란다고 엄마한테 전화가 왔는데…… 배시시 웃는 그녀가 싫어졌다. 곧 아홉번째 여자를 만들어야겠군. 끈적거리는 핏물을 더욱 희묽게 해줄 여자가 필요하겠어. 이번에는 몇 살 정도면 핏물을 힘차게 돌게 할까? 서른 살 정도? 온몸에 핏줄들이 힘껏 뛰어야 하는데, 그렇게 돼야만 혈당 수치가 낮아질 수 있을 거야. 끈적한 핏물이 아랫도리 실핏줄까지 막히게 할 줄 전혀 생각지 못했다. 혈당이 점점 핏속에 많아지고 있었다. 핏줄들은 너덜너덜해졌다. 온갖 기름기가 온몸 구석구석에 퍼져 들어갔다. 근육은 기름기 때문에 굳기 시작했다. 나는 모른 체하고 있었다. 더욱 거드름을 피우기 위해 몸의 변화를 모른 체했다. 더 이상 허리에 맞는 벨트를 구하기 힘들었다. 아직 아홉번째 여자를 만들 돈과 허우대가 더 필요했다.

그러나 나는 아홉번째 여자를 만들지 못했다. 미국 때문이었다. 더불어 혈당과 혈압이 고속 상승했기 때문이다. 영악스럽게 생겨나던 꾀도 기름기와 노폐물로 덮여버린 뇌 속에서는 생겨나지 못했다. 미국이라는 나라가 이해하지 못할 짓을 저질렀다. 골리앗 같은 미국이 다윗 같은 한국에서 성공한 것처럼 보였던 부동산 정책을 따라 하려고 했다. 주택을 담보로 서브프라임 모기지 정책을 실행한 것이었다. 미국 정부는 서민들의 내 집 마련과 노후 대책이라는 명분을 내걸고 주택을 담보로 한 모기지 대출을 남발했다. 짧은 기간에 고속 성장을 해서 대단지 아파트 공급으로 서민들의 생활을 향상시킨 한국이 신기하고 부러웠던 모양이다. '2008년 월가의 탐욕이 부른 참사', '금융 자본주의가 부른 재앙' 혹은 '신자유주의 몰락'이라고 불리는 미국 금융 정책의 실패작이었다. 결국 서브프라임 모기지 정책도 월가의 음흉한 음모였다. 서민 정책이라는 떠벌림은 음흉한 음모를 숨기기 위한 사탕발림일 뿐이었다. 베어스턴스, 메릴린치, 리만 브라더스 등 계속된 도산은 나에게까지 결정적인 영향을 미쳤다. 아홉 번째 여자를 만들기도 전에 2008년 늦가을, S은행 경기지역 지부장으로부터 최후통첩을 받았다. S은행이 나에게 대출금 반제 독촉장을 보냈다. G고문은 장기 해외여행이라는 문자만 남기고는 더 이상 볼 수 없었다. 나는 도산하고 말았다. 2008년 11월에.

당신은 응급 환자입니다. 대사증후군이 매우 심각합니다. 당뇨병성 혼수에 빠질 수 있으며 서너 번 발병하면 사망할 수도 있습니다. 모든 걸 그만두고 집중적으로 입원 치료를 받아야 합니다. S은행 경기지역 지부장 전화를 받고 난 직후 내과 주치의의 목소리가 귓속에서 천둥처럼 되살아났다. 갑자기 목이 바싹 마르고 심한 갈증을 느끼면서 뒤통수가 쿡쿡 쑤시고 현기증이 일어났다. 식은땀은 온몸에서 끊임없이 흘러내렸다. 소변은 쓸데없어진 아랫도리에 쉴 새 없이 쏟아졌다. 내가 이렇게 무거웠나? 내가 와리바시라는 별명을 가진 적이 있었다면서? 희미해지는 머릿속에서 아리송한 기억이 떠올랐다.

2014년
혈당 300mg/dl 이상, 만성 당뇨병 · 고혈압 · 신부전증

뭐하는 짓거리들이에요? 송장 같은 아버지를 가지고 흥정하는 거예요? 몇 푼 된다고들. 기가 차서. 머리 위에서 딸의 앙칼진 목소리가 들린다. 고개를 들고 싶지 않다. 또 원망스런 눈길을 받아야 하니까. 아내가 놀란다. 올 수 없다면서? 그래도 가족이 이렇게 다 모이는 것도 마지막일 텐데. 가족사진은 찍어놔야 할 거 아냐. 톡톡 쏘는 말투는 나를 닮았다. 그래서 더욱 딸애가 겁난다. 너도 일본 간다는 말이 있던데, 사실이냐? 아들이 털썩 앉는 딸에게 물어본다. 응, 맞아! 나도 두 달 후면 일본에 취직하러 갈 거야. 마침 전에 알던 재일교포 디자이너가 함께 일하자고 전화 왔었어. 뭐라고? 너도 간다고? 아내는 호들갑스럽게 놀란다. 그래도 내가 송장 같았던 아버지를 사람답게 만들었으니, 나머지는 엄마가 책임져. 우리는 이제 홀가분해지고 싶어. 나만 저 병자를 떠맡아야 한단 말이냐? 아내는 하얗게 질린 얼굴로 부르짖는다. 집에 돈도 없잖아! 갑작스럽게 도산하는 바람에 정신적 공황 상태로 몇 년을 허우적거렸는데…… 이제 겨우 벗어나고 있는데…… 딸애는 누구에게 원망하듯 투덜댄다. 우리 식구만 덜렁 남은 카페가 신혼 초 삼선교 주공아파트 같다. 어린아이들이 내 무릎이나 어깨로 기어오르며 재롱을 부리던 때였다. 네 말이 맞겠다. 언제 다시 우리 식구들이 이렇게 모일 수 있겠냐? 가족사진이라도 몇 장 남겨놔야 훗날 자식들에게 할아버지, 할머니가 이렇게 생겼다고 보여줄 수 있지. 아들이 스마트폰을 아르바이트생에게 부탁한다. 자! 엄마 아버지, 여기 가운데 앉아요. 아들이 내 팔을 당기며 아내 옆에 앉힌다. 휘청거리며 아내 옆에 떠밀려 앉는다. 아빠, 고개 들어! 어쩔 수 없잖아. 송장 같은 얼굴은! 헝클어진 머리칼만 좀 매만져. 딸이 내 얼굴을 치켜 올린다. 잠깐 볼에 루주를 약간 바를까? 딸이 내 얼굴을 두루 살피며 볼에 루주를 살짝 묻힌다. 아르바이트생이 계속 외친다. 가운데 두 분은 좀 붙으세요. 아내가 마치 시체 대하듯 내 곁에서 떨어져 있다. 싫어! 그냥 찍어요! 아내는 얼굴을 계속 찡그린다. 엄마! 이제 붙어요. 손자, 손녀들에게 다정하게 보여야 될 거 아녜요! 아들이 나와 아내의 어깨에 팔을 올리고 힘껏 어깨동무한다. 아들의 팔이 뜨겁게 느껴진다. 아내가 내 곁에서 떨어지려고 계속 움찔거린다. 가운데 두 분 좀더 붙으시고요. 다정하게 웃으세요. 프로 사진 기사라도 된 양 아르바이트생이 계속 외친다. 찰칵! 찰칵! 엄마, 아빠 좀 웃어! 딸이 우리에게 '김치'라고 몇 번씩 말하며 따라 하라고 재촉한다. 사진 몇 장이 남겨졌다. 언제 누가 다시 보게 될지는 모르겠지만. 아들이 스마트폰에 찍힌 사진을 보여준다. 그래도 모두 웃고 있다. 어깨를 움츠리면서.

참, 아빠! 딸의 목소리가 공격적으로 변한다. 그럴 때 나는 딸이 무서워진다. 2008년 이후 자식에게 생활비를 줄 수 있는 아버지 자격을 잃고 나서부터다. 유전자 감식 결과 그 아이는 다행히 나의 배다른 동생이 아니었어. 그 아줌마 아직 아버지가 떵떵거리며 사는 줄 알았던 모양이지. 한탕 크게 해먹으려고 찾아왔다가 허탕 친 꼴이란! 딸애 목소리가 텅 비게 들린다. 고개만 옆으로 갸우뚱 기울어진다. 무슨 말이냐? 아들과 아내가 의아한 듯 물어본다. 일 년 전 웬 아줌마가 여덟 살짜리 꼬마를 데리고 나를 찾아왔잖아. 내 배다른 남동생이니 책임지라고. 후후. 생김새는 아버지를 닮았더군. 다행히 유전자 감식 결과 동생은 아니었어. 아버지가 이런 꼴인 줄도 모르고. 나 참 어이가 없어서. 아내가 자리에서 벌떡 일어난다. 더러워서 더 이상 못 있겠다. 아들이 아내를 억지로 앉힌다. 이제 곧 헤어질 거야. 그래도 가족끼리 이렇게 얘기 나누는 것도 마지막 추억이 될 거야. 어느덧 볼에 눈물이 흐르고 있다. 카페는 너무 조용하다. 딸이 눈물을 닦아준다.

2009년 이후
혈당 300mg/dl, 급성 당뇨병 · 고혈압

2008년 크리스마스캐럴은 처량했다. 축복받아야 할 예수의 탄생일은 온 세계 곳곳에서 축가 대신 눈물과 한숨으로 장식됐다. 온 세계는 어두운 크리스마스를 맞이했다. 산타클로스 할아버지는 루돌프와 썰매를 끌고 다닐 수 없었다. 너무 많은 사람들이 절망과 비탄에 빠져 있었기에 그들 모두에게 줄 만큼의 선물들을 준비할 수 없었다. 집을 잃은 수많은 사람들이 거리에서 겨울을 보내야 했다. 뉴욕에서부터 시작된 노숙자 행렬은 유럽 그리고 아시아 전역에 퍼졌다. 서울에도 노숙자가 즐비했다. 나는 그 많은 노숙자들 중 한 명이었다. 나는 크리스마스를 지하철 바닥에서 홀로 웅크리고 보내야 했다. 크리스마스트리의 불빛은 희미하게 띄엄띄엄 껌뻑거리기만 할 뿐이었다. 예수라는 작자가 정말 세상을 구원하려고 태어난 것인가. 생수를 쉴 새 없이 들이켜며 생각할 것이 없어서 생각해봤다. 나처럼 세계 곳곳에서 넋두리를 늘어놓는 사람들이 많을 거야. 피부색에 상관없이. 나에게 붙여졌던 화려한 수식어는 순식간에 잊혔다. 신용불량자, 경제사범, 노숙자 등 새로운 명칭들이 나에게 붙여졌다. 그러나 이런 낯선 명칭들이 나를 두렵게 만들지는 못했다. 갈증이 나를 괴롭혔다. 아내에게 거리로 내몰린 11월 말. H아파트가 불빛 속에서 멀어져갔다. H아파트나 압구정동이라는 말이 봉인된 시간 속에 갇혀버렸다. 너무나 낯설어서 죽음까지 생각나게 하는, 절망이 깔려 있는 거리 풍경들이었다. 평소에 어떻게 걸어 다녔지? 건널목조차 건널 수 없었다. 온통 붉은 신호등만 깜빡거리는 거리 같았다. 숨을 쉴 수 없을 정도로 무서웠다. 어서 빨리 낯설어진 거리를 벗어나고 싶었다. 85킬로그램의 몸무게로 걷기에는 두 다리가 너무 후들거렸다. 입안이 바싹 마르고 갈증이 심하게 당겼다. 무작정 편의점에 들어가 괴물처럼 생수만 마셨다. 몇 통을 마셨는지 기억할 수 없었다. 아무리 마셔도 입안은 마르기만 했다. 목구멍에서 불길이 확확 타오르는 듯했다. 편의점 알바생이 외계인 보듯 동그란 눈으로 나를 쳐다봤다. 그날 이후로 갈증은 끝이 없었다. 온몸은 혈당으로 불덩어리가 됐다. 거의 매일 물을 찾아다녀야만 했다. 사막을 헤맨다 해도 이만큼 온몸이 불덩어리 같지 않았을 테고, 이만큼 갈증을 느끼지 못할 것이다. 이미 몸과 뇌 속에 남아 있는 생존 매뉴얼은 갈증, 생수, 소변 3단계뿐이었다. 지하철이든 거리에서든 어디서 뒹굴든지 온몸이 불덩어리가 되어 활활 타올랐고 쉴 새 없이 물을 몸속에 부어야만 했다. 그러면서 부글부글 거품 끓는 소변을 계속 몸 밖으로 쏟아냈다. 소변에서 내뿜는 단내는 지독했다. 구역질을 하면서 소변을 눴다. 나처럼 불덩어리로 변신한 괴물들이 거리에 흔하게 보였다. 심심하지는 않았다. 괴물들은 노숙자라는 집단을 만들었다. 노숙자들은 서울역 광장에 점점 많아졌다. 몇 달간 이리저리 헤매다 보니 간혹 과거에 낯익었던 얼굴을 만나기도 했다. 너도 역시…… 후후. 속으로 한번 웃으며 고개를 휙 돌려버리곤 했다. 이리저리 돌아다니다가 생면부지의 노숙자끼리 몇 번 부딪히면 반갑다는 눈웃음을 슬쩍 흘리기도 했다. 서로 뻔한 얘기를 할 필요는 없었다. 그저 스쳐지나면서 먹을 것들을 슬그머니 앞에 두고 가기도 하고, 생활필수품 등을 쑥 내밀기도 했다. 그저 어슬렁거리며 이곳저곳을 다니는 것만이 우리 일과였다. 골목이나 지하도가 얼마나 복잡하고 많은지, 참 우스운 사실이었다. 겨우 새우잠을 자고 나면 눈가에 눈곱과 물기가 묻어 있었다. 살아 있구나 잠꼬대처럼 중얼거렸다. 눈곱을 손가락 끝으로 닦으면서 내 이름을 겨우 기억해냈다. 어릴 적 배고팠던 기억도 잊어버린 지 오래됐다. 몸은 이미 불덩어리로 변해서 타들어가고 있었다. 아랫배 기름기는 타들어가는 불길 따라 쉴 새 없이 태워졌다. 더 이상 연소될 기름기가 없어지자 온몸이 파삭 줄어들었다. 반년 만에 무려 30킬로그램의 감량이 내 몸에서 일어났다. 눈가의 물기를 닦을 힘조차 손가락에 없어졌다. 쇼윈도에 비친 모습은 어느덧 와리바시로 되돌아와 있었다. 이렇게 돌아와야 했구나. 하지만 배고프지 않았다. 그냥 물만 들이켜고 싶었다. 왕거미 체형은 무너져버렸다. 나에게 왜라는 자학적 질문은 사치일 뿐이었다.

젊은 선배놈은 늘 내 잠자리를 넘보곤 했다. 서울역 구역사 앞 지하도는 겨울바람을 그런대로 피할 수 있었다. 놈은 잠자리를 내 옆으로 정하곤 했다. 그러다가 언제부터인가 먹을 것이나 생필품을 말없이 서로 주고받곤 했다. 놈은 자기가 먼저 지하도 통로 자리를 차지했다면서 선배라고 우겼다. 선배 하슈! 나보다 젊으니 젊은 선배라 부르리다. 놈은 증권사 애널리스트였다. 불과 일 년 전만 해도 몇억 원을 주물거리며 돈 불어나는 계좌가 즐거워 잠을 잘 수 없을 정도였단다. 그도 2008년 재앙의 희생자가 됐다. 그의 아내는 매우 냉정했다. 그가 이혼하자고 하자 망설이지 않고 이혼 서류에 도장을 찍었다. 그는 어안이 벙벙했다. 이렇게 쉽게 도장을 찍냐? 나라도 살아야 할 거 아냐! 그래야 애들이라도 키울 수 있지. 내가 주식 투자를 적당히 하라고 얼마나 잔소리했냐? 그의 아내가 이혼 도장 찍으며 했던 말이었다. 사십대 중반에 이혼 당하면서 노숙자가 됐다. 놈은 간혹 우두커니 앉아 있거나 누워 있다가 '괜히'라고 단말마적 비명을 지르곤 했다. 그래서 나는 '젊은 선배'라기보다 '미스터 괜히'라고 불렀다. 괜히라는 말이 귓속에 박힐 때마다 섬뜩섬뜩했다. 그러면 나는 알아들을 수 없는 욕지거리를 몇 시간 동안 씨부렁거렸다. 한번은 너무 심심해서 묻고 싶지 않은 질문을 던졌다. '괜히'가 무슨 말이요? 떨리는 목소리로 물었다. 미스터 괜히는 온몸을 부르르 떨며 나를 쏘아보곤 '괜히'라고 고함을 질렀다. 놈의 입에서 그 말만 튀어나왔다. 혈당으로 헐렁해진 뇌세포가 순간마다 뒤틀렸다. 욕지거리가 나왔다. 내장들이 입 밖으로 쏟아질 것 같았다. 그때 괜히 건설 부문 주식만 매입 안 했더라면…… 아내 말을 들을걸…… 괜히 억지 부리다가…… 괜히 아내와 이혼했어…… 내 참, 아버지가 증권사를 나오라고 할 때 나와서 아버지 사업이나 돌볼 것을 괜히 더 있었다가…… 그만, 이제 그만 괜히라는 말을 하지 말아요. 괜히라는 부사는 내 가슴을 픽픽 쳤다. 과거에는 그 말을 모르고 살았다. 온몸에 또다시 불이 붙었다. 생수를 한없이 들이켰다. '괜히, 괜히'가 지하도를 온통 메아리치며 비수처럼 잔인하게 우리를 찔렀다. 매일 괜히를 내뱉는 놈의 주둥이가 너무 더러워 보였다. 놈의 주둥이가 더러워서 화가 치밀었다. 놈의 주둥이에 주먹을 날렸다. 그만 해! 입술이 터지며 진득한 핏물이 사방으로 튀었다. 그래도 놈은 몰래 고개 숙인 채 간혹 괜히를 씨부렁거렸다. 할 수 없이 놈의 아내에게 몰래 전화를 걸었다. 놈은 아내의 전화번호를 아직 1번에 저장해 놓고 있었다. 놈이 '괜히, 괜히' 매일 그러는데 데려가세요. 괜히 할 때 알아봤어요. 데려와도 또 괜한 일을 저지를 구제불능 인간이에요. 그냥 놔두세요. 매정하게 전화를 끊었다. 다시 놈의 아내에게 전화했을 때도 매정하긴 마찬가지였다.

함께 지내다 보니 은근히 서로 건강을 챙겨주곤 했다. 늙은 후배, 얼굴색이 엄청 안 좋네요. 전번 노숙자 무료 검진 때 의사가 매우 걱정하던데. 고혈압, 급성 당뇨에 고지혈증까지 있다면서. 무료 진료 의원이라도 가보세요. 혈압은 120mmHg에 200mmHg이며, 혈당은 언제나 공복에 300mg/dl을 넘었다. 무료 진료 때 얻은 비상약으로 겨우 버티고 있었다. 그냥 송장으로 화장터에 실려가고 싶을 뿐이었다. 젊은 선배 놈도 잠결에 식은땀을 흘리며 낑낑거렸다. 놈 역시 송장 얼굴이었다. 놈은 간경화 초기였다. 놈은 아직 구제될 수 있을 것 같았다. 그래서 놈의 아내에게 전화를 했다. 댁은 댁 걱정이나 하세요. 별걸 다 신경 쓰시네요! 더 이상 할 말이 없었다. 언제나 냉혹한 바람이 우리 곁을 맴돌았다.

점점 마시는 물의 양이 많아졌다. 그 많은 물이 비쩍 마른 몸 안에서 어떻게 사라지는지 젊은 선배 놈이 신기하게 쳐다봤다. 우리는 하루하루를 서로 초조하게 지켜봤다. 누가 먼저 쓰러질까? 혼수상태로 응급실에 먼저 실려 온 사람은 나였다. 아플 정도로 눈이 부셨다. 웅성거리는 소리가 희미하게 들렸다. 어렴풋이 눈 속에서 딸애의 잔뜩 찡그린 얼굴이 어른거렸다. 딸애는 투덜대면서 내 곁을 지켰다. 일 년 만에 딸애를 봤다. 딸애 눈자위에 다크서클이 짙게 번져 있었다. 송장 보듯 한번씩 눈살을 찌푸렸다. 왜 이런 꼴이 됐어? 처음에 아버지인지 알아보지도 못했어. 얼마나 쪽 말라비틀어졌는지. 사진을 찍어 엄마한테 보내서 아버지라고 확인했어. 젊었을 때 모습이라고 엄마가 시큰둥하게 말했어. 엄마는 귀찮아서 못 오겠대. 이미 3백만 원짜리 아버지는 사라졌다. 의사가 조금만 늦었어도 큰일 날 뻔했대. 저혈당 쇼크에 빠졌었대. 당뇨병성 혼수라고, 인슐린 분비 능력이 전부 고갈된 상황에서 인슐린을 투여하지 않아 생긴 증상이라고. 겨우 눈을 뜨게 된 거야. 거의 한 달 정도 딸애 간호 덕분에 퇴원할 수 있었다. 딸애의 짜증이 커져갔다. 그동안 키워준 대가인 양 나를 간호해줬을 뿐이다. 퇴원하자 딸애는 내 곁을 떠났다. 더 이상 나를 양육할 수 없잖아. 나도 내 살길 찾아야겠어. 아버지는 그동안 살았던 식으로 살아봐. 전화번호만 알려줬다. 젊었을 적 내 모습을 보는 듯했다. 그래도 딸애와 가장 오래 함께 있었다. 아들과 만났을 때, 아들은 나를 범인 다루듯 심문했다. 도대체 왜 이렇게 됐느냐. 우리까지 허기지게 만들다니. 어떤 식으로 사업을 했느냐. 나와 젊은 선배는 그냥 설렁탕만 먹으면서 아들에게서 야단을 들어야 했다. 허기를 몰랐던 아들의 방황은

길고 험난했다. 나는 아들의 술주정을 받아주는 아버지 역할밖에 할 수 없었다. 혈당으로 너덜너덜해진 핏줄로는 아들의 술주정을 받아들이기 힘들었다. 50만 원짜리 아버지 노릇이라도 하지 않으면 안 되었다. 주차 요원으로, 대리 기사로 단발성 직업으로 연명해나갔다. 2008년 이전 기억은 도저히 생각나지 않았다. 압구정동, 대치동, 도곡동, 청담동 등 그런 동네들이 있구나. 기억은 그 정도에서 끝났다. 한강 넘어갈 형편도 아니었다. 강남이 낯설게 보였다. 나와 함께했던 여자들이 몇 명이었는지 기억조차 없다. 아내와 첫사랑 이름만 기억할 뿐이었다. 헐떡거렸던 숨소리를 앙상한 몸에서 찾을 수 없었다. 첫사랑과의 잠자리는 허기를 잊게 했던 기억으로 남아 있었다. 간혹 미스터 팬히를 만났다. 만나면 어설프게 웃으며 어떻게 지냈냐고 인사말만 주고받고는 몇 시간씩 공원 벤치에 우두커니 앉아 있었다. 그도 너무 쇠약해져 '괜히'라고 투덜댈 수도 없었다. 벤치에 함께 앉아 있는 것만으로도 잠시 좋을 뿐이었다. 불어오는 바람 따라, 나뭇잎이 변하는 색깔 따라 날씨 얘기만 서로 몇 마디 나눴다. 간혹 우리는 심심하다는 핑계로 기억하기 싫은 옛일을 끄집어냈다. 처음에는 느릿하게 말하다가 결국 회한의 눈물로 끝을 맺었다. 우리의 인생에서 골든타임은 언제였을까? 내가 팬히라고 생각하기 직전이었어. 바로 아내나 아버지가 걱정스럽게 말할 때인 듯해. 미스터 팬히가 눈물을 뿌리며 고백했다. 노닐던 비둘기들이 화들짝 달아났다. 나의 골든타임은 언제였을까? 딸애가 나에게 함께 가족 여행을 가자고 칭얼거릴 때였다. 아들이 미국에 가기 싫다고 울부짖을 때였다. 의사가 복부비만이 위험하다고 말했을 때였다. 함께 몇 분간 울부짖다가 잠잠해졌다. 그러다가 서로 간다는 말없이 묵묵히 헤어졌다. 작년 여름부터 공원 벤치에 그가 오지 않았다. 입원했다는 소식만 들었다. 그의 여동생이 담담하게 그의 죽음을 알렸다. 먼저 갔구나. 한숨 쉬며 하늘만 멍하니 쳐다보았다. 하늘은 너무 파랬다. 그래도 허기로 단련된 내가 생명줄이 질기긴 질긴 모양이다. 파란 하늘에서 그의 얼굴을 도저히 찾을 수 없었다. 싸늘한 바람만 불었다. 그냥 하루하루 혈압, 혈당, 동맥경화 그리고 쓸데없는 한숨과 싸우고 있었다. 그런 것들과 싸우고 싶어서 싸우는 것이 아니었다. 너덜너덜한 핏줄에 아직도 피가 흐르고 있기 때문이었다. 바람 따라 흐느적거리며 숨 쉬고 있기 때문이었다. 숨 쉴 수 있는 공기는 한없이 많았다.

딸애가 때때로 안부 전화를 걸어온다. 부드러운 목소리는 아니었지만 그나마 딸애 목소리가 위로가 됐다. 여섯번째 여자가 삼청동 카페 주인이었다는 것도 딸애가 화를 내면서 알려줬다. 몇 달 전이었다. 딸애 전화를 받자마자 딸애 고함부터 들어야 했다. 나 원, 아빠라고 부르기 창피해서. 삼청동 카페 사장은 누구야? 우리를 돈으로만 키운 거야? 떳떳하게 대답할 수 없었다. 딸애가 가슴을 콕콕 찌르는 원망을 길게 털어놨다. 내가 중학교 졸업하고 유럽으로 가족 여행을 가자고 했을 때 갔어야 했어. 한 번도 가족 여행을 간 적이 없잖아. 일본에 유학 갔을 때 엄마와 함께 한 번도 나를 만나러 온 적이 없었어. 그렇게 출장이라고 외국을 많이 돌아다니면서 나는 가까운 일본에 있었는데도 오지 않았잖아. 오빠가 미국 가기 싫다고 했을 때 보내지 말았어야 했어. 아빠는 우리한테 너무 무관심해. 엄마와 한 번도 우리 문제를 심각하게 얘기해본 적이 없잖아. 나를 몰아붙이는 딸애의 화난 목소리를 듣기만 했다. 온몸이 움츠러들었다. 어이없는 삶이었다는 생각만 머릿속에서 맴돌았다. 내과 주치의가 대사증후군 환자라고 정색하며 말했을 때, 불룩한 배를 만지며 가소롭게 웃지 말았어야 했다. 도대체 배다른 동생이 몇 명이나 있는 거야? 나를 찾아오면 어떻게 하겠다는 거야? 아직 아빠가 떵떵거리는 사장으로 알고 있는 모양이지? 딸애는 지쳤는지 몇 달간 전화가 없었다. 나는 그래도 딸애 전화 올 때를 기다렸다. 소식 없던 아들에게서 전화가 왔다. 아들 목소리는 씩씩했다. 며칠 후 엄마와 함께 만납시다. 응, 대답만 하면서 눈물을 닦았다. 닦아도, 닦아도 눈물은 저절로 흘러내렸다. 마치 온몸이 눈물로 가득 찬 듯했다.

2014년 이후
당뇨 합병증과 저혈당 쇼크에 빠지다

언제나 이산가족이었지만 또다시 이산가족이 됐다. 가족이 함께한 마지막 만남이었다. 핸드폰 화면에 뜨는 가족사진을 바라본다. 사진 보는 것이 하루 일과가 된다. 눈가가 자꾸 시리다. 화면에 뜬 얼굴들에 웃음이 가득하다. 아내 얼굴에만 웃음이 어색하게 퍼져 있다. 아들이 내 어깨를 꼭 껴안고 있고, 딸애가 내 오른손을 꼭 잡고 있다. 뿌연 시야 속에 딸의 웃음만큼은 또렷하게 보인다. 딸애가 먼저 일어나서 나를 등뒤에서 껴안았다. 딸애 체온이 등뒤에서 뜨겁게 느껴졌다. 나라도 먹고살 돈을 벌러 가야지. 그동안 아빠 덕에 호강했잖아. 후후, 펑펑 썼던 돈이 이렇게 무서울 줄이야. 그 무서운 돈이 아빠를 송장같이 만들었어. 그래도 우리는 그 무서운 돈을 벌어야 살 수 있어. 딸애가 더욱 힘껏 나를 껴안고 볼을 비볐다. 아빠, 언제 다시 볼지 모르겠지만 자살은 하지 마. 경찰서에서 갑작스레 아빠 소식을 듣고 싶진 않아. 너무 슬플 것 같아. 전화번호도 바꾸지 말고. 그냥 살다 보면 꼭 만나게 될 거야. 딸애 체온이 그립다. 뿌옇게 변한 화면에서 딸애 얼굴을 찬찬히 본다. 딸애가 가족끼리 유럽 여행을 가자고 했을 때 갔어야 했어. 그때 회장 명함만 뿌리고 다녔지…… 제발 자살하지 마. 아내가 딸애 말을 듣더니 픽 웃었다. 자살할 기력도 없을 거다. 이미 송장인데. 아들과 딸이 아내에게 버럭 화를 냈다. 엄마! 그동안 아빠 덕에 호강했잖아. 앞으로 많이 사랑할 거야. 딸애가 물기 젖은 목소리로 말했다. 삼십여 년 만에 딸애에게서 처음 들었다. 눈시울이 뜨거워졌다. 가슴이 뭉클했다. 이 말 듣기가 그렇게 어려웠던가? 남들은 쉽게 할 수 있고 들을 수 있을까? 사랑한다고, 사랑할 것이라고. 그럴 것이다. 내가 만든 장애였다. 나도 늦었지만 가슴속에서만 몇십 번이나 외쳤다.

이제야 사랑한다는 것을 알았다고. 목구멍에서 울음이 섞여 내뱉을 수 없었다. 딸애가 내 주머니에 돈봉투를 쏙 집어넣었다. 괜찮다며 돈봉투를 딸에게 돌려줬다. 아빠, 돈 좋아했잖아. 아무 말도 할 수 없었다. 사랑해. 딸애가 다시 한 번 힘껏 말했다. 딸애 눈에도 물기가 번졌다. 내 삶의 골든타임을 놓친 후회가 가슴을 찔렀다. 언제부턴가 말들은 목구멍에서만 맴돌았다. 온갖 말들이 목젖에 걸려 가슴만 답답했다. 아들딸에게 정말 미안하다고, 사랑한다고 외치고 싶었다. 무엇보다도 건강해야 한다고. 애비 꼬라지를 닮지 말라고 애원하고 싶었다. 아들이 나를 껴안았을 때, 아들 눈 속에 허기가 서려 있는 것을 보았다. 안타까웠다. 두려웠다. 내가 만든 아들의 허기였다. 어쩔 수 없었다. 나만 원망하라고 속으로 외쳤다. 못난 애비 때문에 허기지게 살아간다고. 남을 원망하지 말란 말을 내뱉을 수 없었다. 허기를 면하기 위해 으르렁거릴 눈빛이었다. 속으로 간절히 바랐다. 제발 나를 닮지 말고 허기를 지혜롭게 극복하라고. 몸에서 나는 소리를 들어야 한다고. 목에 가시가 걸린 듯 말을 할 수가 없었다. 아빠, 할 말 있어요? 돈 벌면 아빠 찾아올게요. 그때까지 부디 잘 지내세요. 따뜻하게 내 등을 어루만졌다. 내 꼬라지처럼 되지 말렴. 겨우 더듬거리며 말했다. 아빠는 어쩔 수 없이 그렇게 됐잖아. 나도 어쩔 수 없이 그렇게 될 수도 있고. 아들의 말이 겹겹이 가슴속으로 파고들었다. 가슴에 터질 듯이 눈물이 고였다. 눈두덩에 힘껏 힘을 줬다. 아들딸이 떠난 후 카페 의자에 얼굴을 묻고 가슴속 눈물을 쏟아냈다. 아내는 귀찮은 듯 나를 흘겨보더니 남인 양 자리를 떴다. 5천만 원이라도 모아지면 연락해요. 간병인 노릇은 할 수 있으니까. 그래도 묵은 정 때문인지 한마디 남겼다. 아내는 이미 낯선 사람이 된 지 오래된 듯했다. 아내는 그럭저럭 단세포 동물처럼 살아갈 것이다. 아들딸을 위해 엄마로서 머릿속에 간직했다. 마지막 추억거리가 된 가족 모임이었다. 점점 흐려지는 시야 속에 사랑한다고 아들딸에게 속삭여본다. 나날이 사랑한다는 말이 많아진다.

가족과 헤어진 후 매일이 낯설다. 시간이든 사물이든 사람이든 창백하게 보인다. 바람에 몸을 맡겨 이리저리 돌아다닌다. 인슐린 치료도 받지 않았다. 몇 번 무료 진료소에서 전화가 왔다. 이미 늦었다는 느낌이 온몸에서 왔다. 하루하루 전화기 화면 속 가족사진을 되새겨보는 것이 좋다. 무료 진료소 의사가 간곡하게 말했다. 저혈당 쇼크가 자주 오면 매우 위험합니다. 단것을 꼭 갖고 다니세요. 어질어질하다. 백내장으로 뿌옇게 보이는 것이 다행이다. 내가 볼 수 있는 것은 가족사진뿐이다. 딸이 준 돈 몇 푼이 주머니에 잡힌다. 편의점에 진열된 과자류가 보인다. 목캔디? 초코파이? 사고 싶지 않다. 달콤한 맛이 역겹게 느껴진다. 이대로 어질어질한 것이 좋다. 젊은 노숙자에게 주머닛돈을 건네준다. 서울 거리 어디쯤에서 쓰러질까? 곧 저혈당 쇼크에 빠질 것이다. 삼청공원일까? 서울역일까? 내가 만든 청담동 H그룹 빌딩 앞일까? 어느 곳에서 뒹구는 송장이 될까? 며칠 후 나는 의과대학 해부학 교실 시체 안치소에 있을 것이다. 가을바람은 언제나 나를 위로해줬다. 겨울바람보다 포근하다. 식어버린 내 몸을 겨울바람에 맡기고 싶지 않다. 가을바람에 묻히고 싶다. 아들에게 띄엄띄엄 문자를 보낸다. '나를…… 의과대학 교실…… 해부 실습용으로…… 기증하렴.'

살인 미수자들

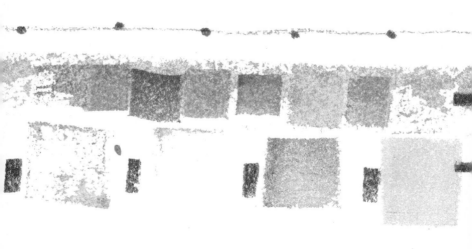

구급차 비상 사이렌 소리가 아파트 주차장에서 들린다. 어머니가 화장실에서 양치질을 하다가 후다닥 뛰쳐나온다. 누가 구급차 불렀어? 어머니 얼굴이 아주 언짢게 일그러진다. 입술 언저리에 치약 거품이 묻어 있다. 장모님 제가 불렀습니다. 지금 바로 병원에서 응급 처치하면 아버님은 의식을 차릴 수 있습니다. 남편의 대답에 어머니 얼굴이 더욱더 언짢게 일그러지더니, 이내 화장실로 들어간다. 화장실 안에서 짜증스럽게 입 헹구는 소리와 휴 한숨 소리가 연이어 들린다. 현관 쪽에서 초인종이 급하게 울린다. 남편이 현관문을 열자 구급대원 두 명이 급하게 들어온다. 환자가 어디 있습니까? 안경 낀 젊은 구급대원이 벌겋게 상기된 얼굴로 급하게 숨을 몰아쉬면서 아파트 안을 두리번거린다. 내가 침실을 가리킨다. 침실 방바닥에 의식 잃은 아버지가 누워 있다. 구급대원들은 급하게 들것을 들고 침실로 들어간다. 마파람이 휙휙 불어닥치듯 그들은 재빠르게 움직인다. 오빠 내외와 나는 덤덤하게 구급대원 뒤를 따라 침실로 들어간다. 남편이 그들에게 J병원 응급실로 갈 것을 지시한다. 저혈당 쇼크라는 아버지의 상황을 설명하고 본인이 내과 전문의라는 것을 밝히면서. 급하게 아버지를 들것에 옮겨 눕힌다. 오빠 내외는 구급대원들이 하는 응급 처지를 물끄러미 쳐다본다. 마치 TV를 보고 있듯이. 양치질을 마친 어머니가 나와서 구급대원들을 못마땅하게 흘겨본다. 그러고는 다시 한 번 길게 휴 한숨짓는다. 어머니는 원망스런 눈초리로 남편을 본다. 왜 구급차를 불렀어? 남편도 우물거리며 대답한다. 의사로서 의무입니다. 아버지를 벨트로 고정시킨 후 그들은 매우 빠르게 들것을 들고 현관 밖으로 움직인다. 들것에 실려가는 아버지는 말라비틀어진 무말랭이처럼 바싹 말라 있다. 나는 구경하듯 그들의 행동을 바라본다. 월요일 오전 9시 43분이다. 아버지는 네번째로 살아났다. 매우 운이 좋다. 84세 나이에 살 복을 타고났다. 어제 일이 벌어졌으면 우리는 장례식장에 아버지를 안치했을 것이다. 어제 남편은 제주도에서 골프 라운딩 중이었다. 아무리 빨리 왔어도 반나절은 걸렸을 테고, 오늘처럼 빠르게 구급차를 부를 수도 없었을 것이다. 저 영감보다 내가 먼저 저세상 가겠네. 어머니가 화난 목소리로 몇 번씩이나 투덜댄다. 오빠가 어머니를 쳐다본다. 병원에 가볼 거예요? 어머니는 여전히 화가 난 듯 버럭 고함을 지른다. 힘들어서 못 가겠다! 이삼 일 지나면 다시 올 건데…… 나도 올케가 만들어준 커피를 마시며 오후 합창단 모임에 가야겠다고 생각한다. 오빠가 허탈하게 웃는다. 이번에는 마지막이겠죠. 어머니 속마음을 빤히 알았다는 듯이 어머니를 위로한다. 의사로서의 의무감? 십여 년간 병수발만 한 내 처지도 생각해줘야지. 어머니가 몇 번씩이나 남편을 원망한다. 아직 매서운 3월 바람이 열린 현관문에서 몰아친다. 3월 바람은 죽음을 많이 몰고 온다. 일교차가 고무줄처럼 워낙 커서, 낡아버린 핏줄들이 일교차를 견뎌낼 수 없다. 하지만 아버지는 또 3월 바람을 이겨냈다. 이번에는 사위가 살렸다. 어머니가 아버지 죽음을 기다렸다. 오빠와 나는 씁쓸한 방관자가 되었다.

살면서 죽음은 살인 미수라는 형식으로 몇 번씩이나 아버지를 피해갔다. 첫번째 살인 미수는 내가 초등학교 5학년 때 벚꽃 필 무렵이었다. 그해는 유난히 원효로 집 정원에 벚꽃이 화사하게 피었다. 4월 두번째 일요일에 막내이모가 나와 오빠를 사진 찍어주기로 약속했다. 하지만 사진을 찍지는 못했다. 사진 찍기로 한 며칠 전이었다. 어머니, 외할머니, 막내이모 세 사람의 통곡이 온 집안을 가득 채웠다. 어린 나이에 집안 분위기가 묵직하다는 것을 느꼈다. 나는 결석을 하고 며칠간 가회동 첫째 고모 집에 머물렀다. 집에 다시 돌아왔을 때 함께 지내던 막내이모를 다시는 볼 수 없었다. 아버지도 보이지 않았다. 아버지는 한 달여 만에 수척한 모습으로 나타났다. 어머니는 더욱 말이 없이 무표정하게 변했고, 외할머니는 자주 한숨을 쉬면서 아버지 눈치를 살피며 피해 다녔다. 나는 예쁘고 착한 막내이모와 함께 지낼 수 없어 슬펐다. 몇 번이나 어머니나 외할머니에게 물어봤지만 대답을 들을 수 없었다. 그저 한숨 소리만 들었다. 왜 아버지가 아팠을까? 나는 아버지에 대해 처음 고민하게 되었다. 나에게 아버지는 매일 많이 바쁜 아버지일 뿐이었다. 간혹 함께 저녁상에서 식사하곤 했지만, 나와 오빠는 아버지를 어색해했고 아버지도 말 한마디 없이 식사만 하고 자리를 떴다. 할아버지가 남긴 재산 덕분에 우리 집 식솔은 제법 많았다. 나는 외할머니, 막내이모, 어머니와 많은 시간을 보냈다. 막내이모는 나보다 열 살 위라서 이모라기보다 큰언니처럼 함께 지냈다. 외할머니는 더부살이에 언제나 아버지 눈치를 보며 쩔쩔맸다. 그래서 어머니는 오랜 세월을 묵묵히 지내왔는지도 모른다.

나는 아버지가 하는 일이 정확하게 뭔지 모르고 지내왔다. 너무 많은 사업을 벌여왔기 때문에 도대체 알 수가 없었다. 그래도 할아버지가 일제 때 개성에서 갑부로 통하는 포목상이었기 때문에 중학교 시절까지는, 그러니까 아버지가 첫번째 죽음에서 벗어나기 직전까지 나도 그럭저럭 풍족하게 생활할 수 있었다. 아버지는 어릴 적부터 도련님 대접을 받았으며, 1남 3녀의 외아들로 주위 사람들로부터 사랑을 듬뿍 받으며 자랐다. 고등학교 때부터 경성에서 생활하며 명동에서 온갖 멋을 부리며 돌아다녔다고 한다. 오빠나 나나 어릴 적부터 아버지를 닮아서 잘생기고 예쁘다는 소리를 자주 들었다. 아버지는 키가 크고 훤칠했다. 누가 봐도 귀한 집 아들 같았다. 아버지는 집에서나 밖에서나 멋쟁이 행색을 했다. 외출할 땐 언제나 정장 차림이었다. 양복과 넥타이, 와이셔츠는 매일 바뀌었다. 어릴 적 아버지의 안방에 가보면 자개장롱 안에 넥타이, 와이셔츠, 양복, 모자가 현란한 색깔로 빽빽하게 걸려 있었다. 어머니는 아버지 옷을 빨래하고 다듬질하는 데 하루의 많은 시간을 빼앗겼다. 아버지 옷만은 어머니가 직접 손질했다. 언제나 검소하게 입고 다니는 어머니와는 어울리지 않는 아버지 패션이었다. 할아버지는 아버지의 명동 생활을 못마땅하게 여겼다. 경성 시내에 아버지에 대한 풍문이 끊임없이 나돌았다. 할아버지는 가끔 아버지가 데리고 온 양장 입은 경성 여자들을 보며 심하게 눈살을 찌푸리곤 했다. 할아버지의 이종사촌형이 소개한 착하고 참한 여자가 어머니였다. 넉넉하진 않지만 교육자 집안의 자제라, 할아버지 마음에 쏙 들었다. 경성에서 아버지가 원하던 출판사를 차려준다는 조건으로 어머니와의 결혼이 이루어졌다. 아버지의 방탕한 경성 생활과 거듭된 사업 실패로 인해 난공불락의 할아버지 재력도 서서히 무너져 내렸다. 가끔 고모들이 그 많은 재산이 남동생인 아버지 때문에 다 없어졌다고 한탄하는 소리를 들었다. 다행히 꾀 많은 할머니가 해방되자마자 서울 원효로와 가회동에 집 몇 채를 사서 아버지 몰래 어머니에게 집문서를 맡겼다. 아버지는 갑부집 외아들답게 6·25의 참화도 피할 수 있었다. 할아버지는 전쟁 발발

직전에 아버지를 일본으로 출판업 견학을 보냈다. 어머니는 갑부집 며느리답게 조신하게 시부모를 모셨다. 할아버지는 전쟁이 나자 어머니에게 집안 재산목록을 주면서 부산으로 피신시켰다. 하지만 전쟁으로 양가 어른들은 죽음을 맞이했고 외할머니만 겨우 이모들과 살아남을 수 있었다.

할아버지의 슬기로운 대처 덕분에 아버지는 전후에도 넉넉한 서울 생활을 다시 할 수 있었다. 아버지는 여전히 멋쟁이 행색으로 명동을 들락거렸다. 나는 전쟁 직후에 태어나서 외할머니 손에 자랐다. 전후에 갈 곳이 없었던 외갓집 식구들은 큰사위인 아버지가 거둬들였다. 막내이모가 네 자매 중 가장 예뻤다. 둘째, 셋째 이모가 일찍 시집가는 바람에 나는 예쁜 막내이모와 많이 지냈다. 언제나 나를 알뜰하고 살갑게 보살펴줬다. 나는 어머니보다 막내이모가 좋았다. 오빠도 막내이모에게 어리광을 부리며 자랐다. 막내이모가 간호전문대학에 입학했을 때, 따뜻하게 웃으며 '이모가 훌륭한 간호사가 되어 너희들에게 멋진 선물 많이 사줄게'라고 새끼손가락을 걸며 약속했다. 막내이모가 없어진 후 집안은 어둡고 칙칙했다. 한 달여 만에 나타난 아버지는 더 바빠져 얼굴을 보기조차 힘들었다. 그 뒤로 우리는 자주 이사를 다녔다. 그 넓던 원효로 집에서 30평 가회동 집으로, 다시 삼선교의 20평 월세 아파트로 옮겨다녔다. 그 무렵부터 오빠가 아버지를 보는 눈초리가 싸늘하게 변했다. 집안에서 아버지와 마주치려 하지 않았다. 우리 집이 경제적으로 궁핍해져서 외할머니는 둘째 이모 집으로 옮겼다. 외할머니는 내가 고등학교 1학년 때 폐결핵으로 돌아가셨다. 외할머니 장례식 날 오빠는 계속 두리번거렸지만 막내이모는 끝내 나타나지 않았다. 나도 은근히 기다렸다. 외갓집 식구들 누구도 막내이모에 대해 얘기하지 않았다. 또한 기다리지도 않았다. 발인하는 날 오빠가 어머니에게 따져 물었다. 막내이모가 아버지 때문에 외할머니 장례식에도 안 오는 거야? 나는 막내이모가 집을 떠날 무렵 아버지가 첫번째 죽음을 맞이했던 것을 알게 되었다. 나도 오빠처럼 아버지를 피하는 버릇이 생겼다. 우리 가족이 더 좁은 집으로 이사할 때마다 오빠는 아버지를 원망했다. 나 역시 아버지가 원망스러워졌다. 오빠는 집안에서 아버지를 투명인간으로 여겼다. 삼선교 20평 아파트로 이사한 후에도 아버지는 여전히 바빴으며, 멋쟁이 행색은 변함없었다. 가족이 얼마나 어렵게 지내는지 도대체 관심이 없는 듯했다. 내 마음에서 아버지에 대한 미움이 싹트기 시작했다. 초라하고 잔주름이 늘어나는 어머니에 비해 아버지는 여전히 부잣집 도련님 행세를 하고 다녔다. 아버지 머릿속에는 무엇이 담겨 있을까? 미움이 섞인 의문이 가끔 나를 괴롭혔다. 아버지에 대한 미움은 나에게도 고문 같은 괴로운 감정이었다. 하지만 미움이 두터워지는 것은 어쩔 수 없었다. 아버지가 괴물처럼 보였다. 외할머니가 세상을 떠난 후 오빠는 주말마다 미친듯이 서울 근교 산들을 헤매고 다녔다. 우리 집은 어머니의 날품팔이로 겨우 하루하루를 연명했다. 나는 점심 도시락을 가지고 간 날이 드물었다. 오빠는 어려운 생활에도 서울대학교 경영학과에 장학생으로 입학했다. 하지만 누구도 기뻐하지 않았다. 오빠의 입학식 날 새벽에 어머니가 흐느끼는 소리를 잠결에 들었다. 그날도 아버지는 집에 없었다. 벚꽃이 활짝 핀 4월 첫 토요일에 오빠는 가볼 데가 있다고 나를 데리고 집을 나섰다. 어디 가냐고 물어도 오빠는 따라와 보면 안다고 묵묵히 의정부행 버스를 탔다. 오빠와 함께 간 곳은 의정부 근처 산속 암자였다. 암자는 벚꽃, 백목련, 개나리 등 봄꽃에 아름답게 파묻혀 있었다. 어리둥절해하는 나에게 오빠는 놀라운 얘길 꺼냈다. 이 암자에 막내이모가 있을 거야. 내가 오랫동안 알아봤지. 나는 깜짝 놀랐다. 하지만 막내이모는 암자에 없었다. 그곳에 거주하는 중년의 비구니가 허탈한 대답을 했다. 몇 년간 함께 거주했는데 6개월 전에 전라도에 있는 암자로 갔다는 것이다. 어느 절인지 알 수 없다는 대답이었다. 우리를 안쓰럽게 바라보며 만나기 힘들 거라고 위로했다. 오빠 얼굴이 처참하게 일그러졌다. 돌아오는 길에 오빠는 처음으로 하늘을 보며 아버지에게 욕설을 퍼부었다. 나는 봤어. 새벽녘에 막내이모가 피를 흘리며 쓰러져 있는 아버지 옆에서 혼이 나간 듯 오들오들 떨고 있는 모습을. 막내이모의 옷은 찢겨 있었고 손과 옷에 피가 묻어 있었지. 안방은 피비린내가 가득했어. 그날 어머니와 외할머니는 둘째 이모 출산으로 집에 없었지. 나는 알고 있었어. 아버지가 자주 막내이모를 범하는 것을. 아버지는 사람이 아냐. 아버지라 부를 수 없어. 나는 망설이다가 어머니에게 연락했지. 외할머니만 왔었어. 외할머니가 구급차를 불러서 응급실로 아버지를 데리고 갔었지. 가끔 나는 후회하곤 해. 그때 연락하지 말걸. 아버지가 걱정스러워서 연락한 건 아니었어. 막내이모가 걱정스러웠던 거지. 수치스런 집안 일이라 아버지가 사업 실패로 자살 시도를 한 걸로 덮어버렸어. 나도 며칠씩이나 벚꽃 사이 밤하늘로 퍼지는 세 여자의 울음소리를 들었다. 외할머니의 지극정성 병간호로 아버지는 살아났다. 이 사건은 첫번째 살인 미수가 됐다. 내 머릿속에서 아버지라는 말은 희미하게 사라져갔다. 내 마음에 아버지는 괴물로 자리 잡게 되었다.

아버지가 누워 있던 이부자리가 지저분하게 흩어져 있다. 오랜만에 아버지 침실을 보게 된다. 나는 일주일에 한 번씩 집에 들르지만, 거실에만 머물다 간다. 침실 한쪽 휴지통에 약 봉투가 수북이 쌓여 있다. 방바닥에 수건들이 너저분하게 뒹굴어 다니고, 약들이 흩어져 있다. 커튼에 가려진 침실은 무덤 속처럼 어두침침하다. 시큼한 냄새가 방 구석구석 배어 있다. 아버지가 앓고 있는 냄새다. 이삼 일 후 아버지는 다시 누울 것이다. 십여 년째 침실 방바닥을 누운 채 지키고 있다. 침실은 일주일에 한 번 오는 간병인과 어머니만 들락거리며 아버지 병수발을 든다. 저승 가는 길도 사람마다 다르다. 아버지가 곧 저승길로 떠날 거라 여기고 보낸 세월이 벌써 십 년이나 되었다. 요양병원 갈 필요 없어. 어머니는 요양병원비도 아깝다며 극구 반대했다. 차라리 간병비를 자신이 챙기겠다며 자진해서 간병인 노릇을 시작했다. 고관절 골절에 하반신 마비, 만성 당뇨에 고혈압 등 대사증후군이 심했다. 아버지가 저승길 갈 조건들이 골고루 갖춰졌다. 우리가 살의를 갖지 않아도 아버지 스스로 떠날 줄 알았다. 우리도 오십을 넘기며 마음을 다치고 싶지 않았다. 아버지 스스로 혈육의 정을 끊을 거라 믿었다. 어머니가 오늘처럼 한탄할 만하다. 월요일 아침이라 그래도 아버지가 떠나는 길목에 마지막으로 다 보고 떠나라고 너희들에게 연락했는데…… 오늘 아침 6시쯤 어머니 전화를 받았다. 아버지가 위독하니 집에 와서 마지막 모습이나 보라고. 남편이 직업의식으로 빨리 가봐야겠다고 말하면서 급하게 옷을 챙겨 입었다. 오늘도 아버지가 마지막 숨을 거두기 전에 구급차가 도착했다.

아버지 사주에 저승사자를 피해 가는 복이 몇 번이나 있을까? 세번째로 저승사자를 피했을 때 우리 가족은 저승사자를 원망했다. 칠순을 넘긴 십여 년 전이었다. 늦은 나이었지만, 아버지는 조용히 생활하지 않았다. 오랜 친구인 조 사장과 인쇄업을 동업했다. 결국 아버지의 배신으로 사업은 부도가 났다. 어느 날 배신감으로 치를 떨던 조 사장과 다투다가 아버지는 사무실 2층 테라스에서 낙상했다. 우리 가족은 내심 기뻤다. 아버지는 고관절 골절이 심했다. 혈당, 고혈압, 간수치가 아주 높아서 수술할 수도 없고 위독해. 오래 살 수 없겠는데…… 남편을 비롯해서 의사들은 고개를 설레설레 저었다. 오빠가 간곡하게 부탁했다. 살려달라고. 사회적 체면 때문에라도 오빠는 효자 노릇을 해야 했다. 설령 회복된다 해도 하반신 마비로 바깥에 설치고 다니지 못할 거라고 오빠는 굳게 믿었다. 아버지는 세번째 죽음을 앞두었지만, 우리 자식들이 체면상 살렸다. 어머니는 시큰둥한 방관자가 되었다. 조 사장은 과실치상으로 형사입건 될 형편이었다. 우리는 아버지보다 조 사장에게 연민을 느꼈다. 속으로는 고마운 마음까지 가졌다. 오빠는 아낌없이 치료비를 쏟아부으며 겉으로는 효자 노릇을 톡톡히 했다. 하지만 우리 가족은 은근히 저승사자가 아버지를 데려가길 바랐다. '오랜 친구인 조 사장이 아버지를 그리 모를까?' 아버지가 살아나자 조 사장은 우리와 합의해 형사입건과 민사소송을 피했다. 아버지가 퇴원하는 날, 오빠는 조 사장과 술자리를 함께했다. 아버지가 어떤 분인지 아시잖아요. 오빠는 도다리회와 소주 한 잔을 입안 가득 넣으며 안타까운 듯 말했다. 조 사장의 처진 눈가 주름 사이로 물기가 퍼졌다. 자네 아버지가 나쁘기만 한 건 아니었네. 오빠가 처음 듣는, 아버지에 대한 좋은 얘기였다. 자네에게 고맙네. 나도 참지 못하고 자네 아버지를 죽이려고 했지. 조 사장은 세번째 살인 미수자였다. 조 사장은 초등학교 교장을 지내다 정년퇴임 후 노후를 대비하려던 참에 동기회에서 아버지를 만났다. 그러다 몇 번 더 만나면서 아버지의 달콤한 유혹에 넘어갔다. 자네 아버지가 사방팔

방 멋 부리고 돌아다니며 사근사근 여러 사람들과 잘 지냈지. 젊을 적 출판업을 한 경력도 있고, 인맥이 넓어서 충분히 동업해도 좋을 듯했어. 너처럼 성공한 아들도 있고. 성공한 아들? 오빠는 술 한 잔을 들이켜며 쓴웃음을 지었다. 또다시 자신을 보증수표처럼 이용한 것이다. 오빠는 부글거리는 화를 속으로 참고 있었다. 게다가 나는 젊은 시절 자네 아버지 도움도 많이 받았지. 너네 집이 개성에서 떵떵거리며 살 때 우리 집은 매우 가난했어. 네 아버지 도움으로 사범대학 등록금을 두세 번 내기도 했고. 네 아버지는 남들 앞에서 겉멋 부리며 우쭐대는 성격이지. 네 아버지가 내 등록금도 용돈 주듯 줬지. 그런 후에는 주변 친구들에게 날 도와줬다고 자랑하듯 떠벌리고 다녔어. 덕분에 나는 교사가 될 수 있었지. 남에게 어떤 피해를 주는지도 모르고 혼자 잘난 척하면서 모든 게 잘될 거라는 허황된 자만심으로 행동하는 것은 여전하더군. 자금이 모자라건만 우쭐대며 나 몰래 다른 사업을 벌여서 결국 부도를 냈지. 덕분에 금쪽같은 퇴직금을 다 날려버렸어. 아버지가 만들어준 조 사장의 노후는 매우 암담하고 처량했다. 오빠는 어떠한 위로의 말도 건넬 수 없었다. 아버지를 닮지는 않았군. 그래도 자네 아버지는 효자를 둬서 행복하겠어. 오빠는 깜짝 놀랐다. 효자라고? 누구나 불혹의 나이가 되어야 들을 수 있는 말이었다. 효자라는 말에 그래도 알레르기가 일어나지 않은 것이 오빠도 늙어간다는 증거였다. 오빠는 속으로 쓴웃음을 지었다. 아버지를 닮지 않았다고? 닮지 않으려고 마음속

에 미움을 쌓아올리며 굳게 다짐했다. 미움이 두터워져 무감각
해진 것뿐이었다. 증오가 쌓인 사람을 아버지라는 이름으로 계
속 불러야 하는 것은 어쩔 수 없었다. 아버지는 퇴원 후 침실 방
바닥을 차지했다. 아버지는 저작 기능만 더욱 왕성해져 움직이
지 못하는 불만을 대신했다. 어머니의 잔주름과 한숨이 오랫동
안 늘어날 줄 몰랐다. 우리는 아버지 치아를 뽑고 싶은 심정이
었다. 오히려 사 년 지난 후 조 사장이 마음병으로 시름시름 앓
다가 심근경색으로 아버지보다 먼저 세상을 떠났다. 오빠와 내
가 조 사장 장례식장에 찾아갔을 때, 내 또래의 조 사장 큰아들
이 우리에게 아버지의 안부를 물었다. 아버지 발품 덕분에 인쇄
소가 잘되고 있다고, 고맙다는 말을 전해달라면서. 우리는 뜻밖
의 말에 놀랄 뿐이었다. 조 사장 큰아들이 부도날 뻔한 인쇄소
를 인수해 혼신의 노력으로 인쇄소 운영을 성공적으로 하고 있
다는 것이었다. 거래처들이 아버지의 인맥으로 이뤄졌다는 것이
다. 하지만 아버지는 조 사장 아들의 고맙다는 말을 들을 수 없
었다. 우리가 전하지 않았기 때문이다. 우리 마음속에서 검증되
지 않은 고맙다는 말이 목에 걸려 입 밖으로 나올 수 없었다. 도
저히 이해할 수 없었다. 아버지의 팔자가 신기했다. 조 사장 아
들의 마음속에서 아버지에 대해 고맙다는 감정이 생기는 동안
우리 가족은 어쩔 수 없는 증오를 만들어갔다. 한껏 멋부린 양복
을 입고, 사업한다며 거들먹거리면서 개성 갑부집 도련님 행색
을 하고 다니는 아버지 모습이 아른거렸다. 나와 오빠는 울컥 화

가 치밀었다.

　참 질기다. 네 아버지 목숨이. 아직 저승길로 떠날 때가 아닌
가 보구나. 어머니가 체념한 듯 창문을 열고 봄바람을 맞이한
다. 봄바람 따라 벚꽃잎들이 거실로 밀려온다. 어머니 얼굴 검버
섯 위로 벚꽃잎들이 살짝 덮인다. 한숨과 원망이 꽃잎들에 가려
지고 웃음이 화사하게 퍼지는 듯하다. 십여 년 병수발 한 어머니
도 참 질기다. 견뎌온 세월이 대단하다. 내 가슴이 저려왔다. 꽃
잎을 떼려는 어머니 손길을 잡는다. 그냥 내버려둬. 꽃잎에 세
월이 숨어버려. 옛날 예쁜 엄마 모습이 보여. 칠십 평생을 어떻
게 아버지와 살았수? 네 아버지 목숨이 질기니, 질긴 대로 맞추
다보니 나도 질겨진 모양이다. 가끔 네 아버지가 신기할 때도 있
어. 그렇게 제 멋대로 살면서 남들에게 깊은 상처를 주는데, 오
히려 네 아버지를 고맙다고 여기는 막내이모 같은 사람도 있으
니. 어머니 칠순잔치 때였다. 어머니의 간곡한 부탁으로 간소하
게 가족만의 자리를 마련했다. 잔치 대신 어머니가 가족끼리 봄
나들이를 가고 싶다 했다. 두 이모, 오빠 부부, 그리고 우리 부부
만 어머니가 원하는 대로 아침부터 길을 나섰다. 어머니와 이모
들은 약간 흥분한 듯했다. 출발 전 어머니는 목적지가 의정부라
고 말하며 막내이모를 만나러 간다고 했다. 불혹의 나이건만 나
와 오빠는 가슴이 벅찼다.

　우리가 간 곳은 아직도 아련한 기억이 남아 있는 의정부 근처

산골 암자였다. 들어가는 길은 몇십 년을 지나면서 왕복 사차로 아스팔트 도로가 되었고, 산기슭까지 도시 풍경으로 변했다. 이제는 산속 깊이 파묻혀 있다고 생각했던 암자까지 차로 쉽게 갈 수 있었다. 암자 앞에는 주차장까지 만들어져 있었다. 그래도 기억에 남아 있는 봄 풍경 속에 암자가 파묻혀 있었다. 더욱 풍성해진 벚꽃이랑 개나리, 백목련들이 옛 기억을 되살려줬다. 막내이모가 꽃길 사이로 걸어올 때, 나와 오빠는 울음을 터뜨리고 말았다. 우리가 어리광부리던 시절 예쁜 막내이모 모습 그대로 남아 있었다. 다만 세월로 다듬어진 잔잔함이 얼굴에 가득 퍼져 있었다. 불혹의 나이가 지나가건만 나와 오빠는 어린애처럼 울었다. 어머니와 이모들은 우리를 따뜻한 눈길로 지켜봤다. 남편과 올케는 어리둥절한 표정으로 우리를 바라봤다. 막내이모가 그윽하게 웃으며 우리 눈물을 닦아줬다. 막내이모는 해맑았다. 한나절 점심식사를 함께하며 모처럼 웃음이 가득한 가족 모임을 가졌다. 오빠가 결국 참지 못하고 막내이모에게 너무 맘고생 심했다며 아버지에 대한 원망을 늘어놨다. 막내이모는 더욱 잔잔하게 웃으며 낭랑하게 말했다. 나는 네 아버지를 고맙게 생각해. 지금 이렇게 오랜 세월 이곳에서 행복하게 살아가잖아. 봄바람은 꽃잎들을 실은 채 우리 주위를 살랑살랑 맴돌았다. 그러더니 꽃잎들과 함께 봄바람이 우리 마음속으로 깊게 스며들었다. 곧 어머니 생신이 되겠네. 올해는 막내이모네 암자로 가서 생일잔치라도 할까? 오빠가 현관을 나서며 말한다. 어머니 얼굴에 여전히 벚꽃잎이 검버섯을 가리고 있다.

　어머니는 오십 때부터 얼굴에 검버섯이 가득했다. 점점 아버지의 횡포는 커져만 갔다. 아버지 환갑잔치 날 오빠와 나는 아버지를 저승사자 곁으로 보내기로 했다. 하지만 우리는 보내지 못했고 두번째 살인 미수로 끝났다. 그 무렵 나는 신혼 생활 중이었다. 친정집에 연락하지 않은지 거의 일 년이 되었다. 간혹 어머니 전화번호나 문자가 액정화면에 떴다. 주먹을 �꽉 쥐고, 어금니를 앙다물고 휴대전화를 껐다. 일 년 전 언제나 아버지가 만든 일 때문이었다. 이제 더 이상 못 참겠어. 몸서리 칠 정도로 끔찍해. 정말 아버지가 맞긴 맞는 거야? 나도 절대 연락 안 할 테니 제발 앞으로 연락하지 마! 아니면 어머니가 이혼하고 오빠 집으로 들어가. 어머니 목소리는 휴대전화 저쪽에서 심하게 떨고 있었다. 겨우 더듬거리며 '얘야, 얘야'란 말만 반복했다. 그리고 흐느끼는 소리가 간간이 이어졌다. 나는 휴대전화가 부서질 정도로 고함을 질렀다. 남편이 출근하자마자 어머니에게 전화를 걸었다. 아버지 곁에 머물고 있는 어머니조차 보기 싫고 지긋지긋했다. 버럭 화를 내면서 어머니마저 마음속에서 냉혹하게 내몰았다. 9월의 시원한 바람이 뜨겁게 달궈진 아파트를 식혀주건만 내 마음은 더욱 후끈거리고 걷잡을 수 없는 화병으로 온몸이 부들거렸다. 악관절이 아플 정도로 어금니를 꽉 다물었다. 다시는 아버지라고 부르지 않겠어. 가을바람도 울화병으로 치밀어 오르는 열기를 식힐 수 없었다. 울화병 때문에 가슴이 터질 듯했다. 욕실로 급히 들어가 세면대 수도꼭지를 틀어놓고, 흐르는 물소리보다 더 크게 울었다. 콸콸 쏟아지는 수돗물보다 더 많은 눈물을 펑펑 쏟았다.

며칠 전 아버지가 결국 사건을 만들었다. 퇴계로에서 발생한 교통사고 응급환자들 치료 때문에 밤 10시 넘어 퇴근한 남편이 늦은 식사를 하면서 덤덤하게 말을 꺼냈다. 나 신용불량자 됐더라. 흠칫 놀라 남편에게 주려던 커피잔을 놓칠 뻔했다. 우리는 결혼 5년차에 접어든 삼십대로 28평 전세 아파트에서 생활하는 중이었다. 남편은 종합병원 이 년차 펠로우 의사로 열심히 근무 중이었다. 몸과 마음이 함께 꽉 조여 왔다. 변명거리를 찾을 수 없어 남편에게 커피잔을 선뜻 건넬 수 없었다. 괴물로 변한 아버지가 나를 잡으려고 무섭게 쫓아오는 듯했다. 밤새 아버지는 내가 상상할 수 있는 온갖 괴물로 시시각각 변하면서 나를 괴롭혔다. 나는 쫓기면서 괴물을 어떻게 죽일까 궁리만 했다. 다음날 오빠에게 연락했다. 오빠는 제대로 말을 잇지 못하고 씩씩대며 욕을 퍼부었다. 미친 영감쟁이. 우리를 그렇게도 힘들게 하더니. 이제는 사위까지 신용불량자로 만들었군. 우리 세 식구의 한숨이나 눈물은 아버지가 드라마처럼 만들었다. 삼선교 20평 전세 아파트로 이사했을 때부터 오빠는 우리 집 앞날을 예측했고, 가장으로 생활했다. 이미 오빠는 아버지를 피했고, 간혹 마주쳐도 못 본 척 한마디 말도 건네지 않았다. 오빠는 대학 사 년간 명동에서 열심히 아르바이트를 했다. 아버지가 우쭐거리며 돈을 펑펑 쓰던 곳에서, 오빠는 피눈물을 흘리며 돈을 벌었다. 명동성당 뒤편 라이브카페에서 아마추어 가수로, K백화점 일용직으로, 명동 근처 주택가에서 중학생 과외선생으로 그야말로 밤낮 가리지 않고 닥치는 대로 일을 했다. 오빠가 대학교 졸업 무렵 어머니와 나에게 통장을 내밀었다. 삼선교 20평 아파트를 살 수 있는 금액이었다. 세 식구는 밤새 기쁨의 눈물을 흘렸다. 바로 어머니 명의로 아파트를 구입했다. 하지만 이 년여 만에 또다시 우리는 더 좁은 전셋집으로 옮겨야 했다. 아버지의 사업 실패가 만든 비극이었다. 우리는 아버지 직업을 알 수 없었다. 언제나 알지 못했다. 너무 자주 직업이 바뀌었다. 이번 사업은 확실히 성공할 수 있어. 곧 옛날처럼 풍족하게 살 수 있을 거야. 확실히 성공한다는 소리는 아버지 입에서 너무 쉽게 나왔다. 언제나 떵떵거리며 입에 침도 안 바르고 하는 거짓말이었다. 어머니는 언제나 속아 넘어갔다. 나와 오빠는 어머니를 구하려고 몇 번씩이나 안간힘을 썼지만, 어머니는 아버지 곁을 떠나지 못했다. 무표정하게 한숨만 쉬면서, 당신 집안 돌보다가 이 모양 이 꼴이 됐다는 아버지의 욕설만 듣고 있을 수밖에 없었다. 막내이모 사건이나 외갓집 식구의 더부살이는 어머니에게 큰 짐이었다.

친구가 운영하는 영어학원에서 아르바이트를 마치고 오는 길이었다. 아파트 앞에서 어머니를 만났다. 일 년 만에 만난 어머니의 행색은 눈물이 왈칵 쏟아질 만큼 초라하고 바싹 야위었다.

어머니 손을 덥석 잡았다. 어머니가 보고 싶었다. 어머니 손은 뼈마디가 앙상하게 잡히고 거칠었다. 마음에서 눈물이 흘렀다. 손을 힘껏 잡고 아파트로 올라갔다. 핼쑥한 어머니 볼이 파르르 떨렸다. 아버지에게 구박당하는 어머니 모습이 스쳐갔다. 무슨 일이야? 다급하게 물어봤다. 내가 잡고 있는 어머니 손도 계속 떨고 있었다. 무슨 말인가 하려는 듯이 어머니의 입가가 실룩거렸다. 괴물이 떠오르며 온몸이 싸늘해졌다. 무슨 일이야? 화난 듯 재촉했다. 어머니가 또 바보처럼 보였다. 어머니는 소파에 앉아 내가 가져다준 오렌지주스를 마시고 더듬거리며 입을 열었다. 미안하다는 말, 집안은 별일 없냐는 말, 사위와 외손자 안부를 묻는 말 등 뻔한 말끝에 아버지 환갑이 됐으니 환갑잔치라도 해드려야지 않겠냐고 찾아온 이유를 털어놨다. 어머니는 그러고 싶어? 그동안 아버지가 어머니에게 해준 게 뭐 있어? 배알이 뒤틀리지도 않아? 화병이 다시 솟구쳤다. 머릿속이 먹구름으로 뒤덮이는 듯했다. 우리 집안에 언제부터, 뭣 때문에 시작된 먹구름투성이 생활인가? 아버지를 생각하니 구역질이 났다. 소파에 앉아 있는 어머니가 한심해 보였다. 못 해주겠다고, 절대 가지 않겠다고 솟구치는 화를 어머니에게 퍼부으며 쫓아내다시피 어머니를 보냈다. 오빠에게 전화를 걸었다. 어머니는 오빠에게도 갔었다. 미친 영감탱이, 그동안 자식들 돈을 그렇게 많이 빼앗아 갔으면 됐지. 양심도 없나? 뭐라고? 환갑잔치를 해달라고? 휴대전화 저쪽에서 거품을 일으키며 고함질렀다. 며칠간 아버지는 모기처럼 윙윙거리며 밤낮 가리지 않고 나를 괴롭혔다. 언제까지 괴롭힐지 두려움이 덮쳤다. 질식할 듯 숨을 쉴 수 없었다. 더이상 시달릴 수 없었다. 끝이 보이지 않는 쫓김에 지탱할 힘조차 없었다. 어머니는 나보다 더 암담하게 하루하루를 보내겠지? 쿠션은 부드럽게만 보이지 않았다. 쿠션은 쉽게 손에 잡혔고 화병을 고치는 일이 간단할 수 있을 것 같았다. 낮 동안 소파에 앉아 연습했다. 아버지를 가장 편하게 가게 하는 거야. 소파에서 잠자는 아버지가 떠올랐고 쿠션을 아버지 얼굴에 힘껏 누르면 되는 거였다. 빛을 가려 영원히 편하게 잠들 수 있게. 어머니에게는 구원자가 필요했다. 나도 구원받고 싶었다. 오빠에게서 연락이 왔다. 아버지 환갑잔치를 하겠다고. 혼자서 할 테니, 그냥 알고만 있으라고. 오빠 목소리는 비장했다. 막장까지 다다른 목소리였다. 오빠도 나처럼 쿠션으로 아버지 얼굴을 덮는 연습을 할까? 함께 가야 한다고 비장하게 대답했다. 오빠는 몇 번 나를 말렸다. 하지만 오빠만의 불행은 아니었다. 나도 악몽에서 벗어나야 했다. 함께 환갑잔치를 치르기로 했다. 환갑잔치는 아버지가 원하는 대로 여의도 환갑잔치 전문 뷔페에서 치러졌다. 하객들은 일가친척보다 알 수 없는 아버지 친구들이 대부분이었다. 덩실거리며 노는 아버지 꼴은 꼭 미치광이 같았다. 이제 아버지 막살이를 끝내주는 것도 효도하는 거야. 오빠는 어둠 속에서 단단하게 속삭였다. 오빠 눈 속에서 나는 내 마음과 같은 느낌을 봤다. 모두 헤어지고 우리 식구만 어머니 아파트로 귀가했다. 아버지는 만취했다. 아버지를 안방에 눕혔다. 아버지는 코를 골며 깊은 잠에 빠졌다. 오빠가 맥주를 들이켰다. 나도 맥주를 들이켰다. 오빠가 내 잔을 빼앗았다. 나도 함께 하겠어. 강하게 눈을 부릅떴다. 소파 위에 어머니가 만든 쿠션이 몇 개 뒹굴고 있었다. 쿠션을 힘껏 잡았다. 쿠션은 아버지 얼굴보다 컸다. 오빠도 질식사를 마음에 두고 있었다. 어머니의 직감은 예리했다. 나와 오빠의 행동을 하루 종일 날카롭게 쳐다보고 있었다. 두 잔째를 비우고 함께 안방 문을 열었다. 나는 양손에 두 개의 쿠션을 힘껏 쥐었다. 오빠는 아버지 손발을 묶을 노끈을 들고 있었다. 우리를 찬찬하게 지켜보던 어머니가 우리 앞을 가로막았다. 어머니 비키세요. 아버지 막살이를 이제 끝내줍시다. 신고하려면 하세요. 어머니는 소리 없이 흐느끼기 시작했다. 제발 그만두렴. 너희들을 불효자로 만들고 싶지 않아. 우리 손을 꼭 잡고 애절하게 부탁했다. 어머니 눈물은 한없이 흘러내렸다. 밤은 미치광이처럼 깊어갔다. 그래도 너희들의 아버지 아니냐. 우리를 너무 힘들게 했지만, 이 짓만은 자식 된 도리가 아냐. 우리 눈물이 한없이 어둠에 스며들었다. 내 손에 들려 있는 쿠션들이 방바닥에 힘없이 떨어졌다. 오빠 손에서 노끈이 느긋하게 풀어졌다. 오빠와 나는 두번째 살인 미수자가 됐다. 어머니가 아버지를 살렸다. 방관자인 밤은 점점 깊어만 갔다.

아버지가 집으로 오지 않겠단다. 요양병원으로 가겠단다. 의식이 돌아오자 처음으로 더듬거리며 애걸하듯 말하더란다. 어머니와 점심을 먹는데 남편이 전화로 알려준다. 아버지는 어머니나 우리 낌새를 이제야 알았는지? 잘됐구나. 이제야 영감이 정신 차리는 모양이지. 어머니는 침실을 쳐다보며 중얼거린다. 어휴— 이 지긋지긋한 영감탱이 이불 빨리 치워버려야지. 이 방안이 깨끗해지겠구나. 나도 이제 두 발 뻗고 잘 수 있겠구나. 우리 곁에서 아버지는 덜덜 떨면서 떠나간다. 어머니가 봄바람 속으로 까르르 웃음을 날린다. 나도 어머니 따라 웃음 짓는다. 오늘부터 홀가분하게 주무세요. 어머니의 거친 손을 꼭 잡는다. 요양병원에는 저승길 함께 갈 친구들이 많으니까 심심하진 않을 거야. 까르르, 까르르, 어머니 웃음이 벚꽃잎처럼 흩날린다.

몸속 바람들

오전 8시부터 한 시간 정도는 커피를 마시지 않는 게 좋아. 요즘 아침마다 카카오톡에 너의 문자가 뜬다. 매우 친절한 문자다. 씩 한번 웃고 만다. 쓸데없는 잔소리일 뿐이다. 이런 문자, 지금은 귀찮다. 주방 쪽에서 커피 냄새가 풍겨온다. 콧속으로 스며드는 냄새가 눈앞에 보이는 문자를 지운다. 먼저 콧속부터 자극이 온다. 문자를 지워도 너는 섭섭하지 않을 것이다. 너는 언제나 차분하게 나를 지켜보니까. 그녀가 콧노래를 부르며 핸드드립 커피를 만들고 있다. 경쾌한 트로트풍의 콧노래를 즐긴다. 콧노래에 세로토닌이 가득 차 있다. 오늘은 게이샤예요. 흐릿하고 찌뿌듯한 날씨에 기분을 산뜻하게 만들어줄 거예요. 그녀 말 따라 눈길을 창 쪽으로 돌린다. 창밖 날씨가 흐릿하다. 게이샤 내음이 코끝을 찌른다. 묵직하던 눈가가 부드럽게 풀린다. 침샘이 활화산처럼 열린다. 볼살 속 실핏줄이 파르르 떨린다. 머릿속으로 스며드는 게이샤 내음이 뇌의 시상하부를 건드린다. 아직 슈미즈를 입고 있는 그녀가 콧노래를 더욱 흥겹게 부른다. 요즘 방송에서 자주 듣는 '내 나이가 어때서'라는 가요인 듯하다. 언제나 나에게 보이는 그녀의 행색이다. 커피가 혀를 감친다. 가슴이 살짝 콩닥거린다. 게이샤로 몸이 잠시 가벼워진다. 커피 한 잔을 다 마실 동안 그녀는 콧노래를 계속 흥얼거린다. 언제 콧노래가 끝날까? 노래를 들어야 할 관계는 이미 동이 트자 끝났다. 어둠이 사라지면서 내 몸은 빛 따라 달라졌다. 빛이 내 몸에 닿자 뇌속 신경다발들이 작동하기 시작했다. 어젯밤에 테스토스테론이 온몸에서 들끓었다. 그녀와 함께 미친듯이 콧노래를 흥얼거렸다. 오히려 내가 더 크게 콧노래를 불렀다. 하지만 콧노래는 지금 그녀 혼자만 즐기고 있다. 햇살 잃은 아침이다. 몸은 날씨 따라 카멜레온처럼 변한다. 커피에 취한 눈길로 아침 하늘을 본다. 구름 낀 하늘이 눈에 박힌다. 오늘 날씨가 심상치 않군. 기상예보를 들어본다. 구름 잔뜩 낀 하늘에 최저 온도 23도, 최고 온도 34도, 습도 70~90퍼센트. 온종일 찜통더위가 될 것이다. 긴장된다. 어떻게 내 몸이 변할까? 예측할 수 없다. 차츰 구름이 거실로 검게 밀려온다. 습한 바람이 문틈으로 스며든다. 갑자기 등판이 오싹해진다. 습한 바람에 한 잔의 커피도 내 몸에서 쉽게 사라진다. 텁텁한 공기가 거실을 채운다. 높아지는 습도가 코끝에서부터 느껴진다. 어깨가 묵직해진다. 온몸이 눅진눅진하게 변한다. 그녀 왼쪽 입 언저리 점이 콧노래 따라 거머리처럼 꿈틀거린다. 역겹게 보인다. 어젯밤 그녀를 껴안았을 때는 보이지 않았다. 어둠 때문만은 아니다. 내 몸이 뜨거울 때는 점이 살 속으로 숨어버린 것 같다. 왜 너는 모닝커피를 마시지 말라고 했지? 너의 문자가 전두엽에 떠오른다. 커피잔 밑바닥에 깔린 커피를 홀짝 마시며 콧노래 그만 부르라고 짜증스레 내뱉는다. 하지만 그녀는 내 짜증에 아랑곳하지 않고 몸까지 덩실거리며 콧노래를 계속 부른다. 거실이 찌푸린 구름으로 가득하다. 습도가 차츰 높아진다. 온몸이 축축해진다. 몸속에 세라토닌이 사라지고 있다. 그녀가 웃으면서 내 어깨를 만진다. 그녀는 아직 습기 찬 얼굴이 아니다. 하지만 그녀가 내 몸을 만질 시각은 지났다. 나는 그녀 손길을 뿌리친다. 그녀 손길이 다시 한 번 내 허벅지 속으로 파고든다. 입가의 점이 웃음 따라 길게 퍼진다. 징그럽다. 그녀만의 페로몬 내음이 살짝 풍긴다. 커피가 조금 입안에 남아 있다. 그녀에게 짜증을 참으며 말한다. 내 몸이 식었다고. 다시 테스토스테론이 차면 올 것이라고. 그녀는 아쉬운 듯 내 아랫도리를 힘껏 주무른다. 밀물처럼 거실로 들이닥친 6월의 후덥지근한 공기가 그녀마저 휘감는다. 그녀 몸이 흐물흐물 무너진다. 그녀가 거실 바닥에 쓰레기처럼 지저분하게 흩어진다. 나는 그녀를 뒤로한 채 욕실로 향한다. 그녀를 만지던 손가락들이 차갑게 변했다. 그래도 허벅지와 가슴에 그녀 체온이 아직 남아 있다. 찌뿌듯해지는 기분을 조금이나마 뿌리칠 수 있어서 다행이다. 그녀는 안방으로 사라진다. 마치 오늘 해야 할 일을 다 마쳤다는 듯이. 그녀는 여전히 콧노래를 부르며 침대 위에서 반나절 뒹굴 것이다.
언제나 그랬듯이. 그녀 몸에 에스트로겐이 가득 채워질 때까지.

　오전 11시가 지난다. 잿빛 구름이 하늘에서 회오리치듯 흐른
다. 습도 80퍼센트, 기온 28도의 날씨가 도시를 점점 달구고 있
다. 기상통보는 고온다습한 날씨란다. 국민안전처에서 긴급재
난 문자를 보냈다. 폭염경보이니 노약자는 야외활동을 자제하라
는 것이다. 후텁지근한 공기가 거리마다 곰팡이를 뿌리고 다닌
다. 곰팡이들이 몸 구석구석에 붙기 시작한다. 온몸이 간질거린
다. 빡빡 긁어도 시원하지 않다. 가만히 있어도 이마나 등판에
땀방울이 맺힌다. 수건으로 닦아도 소용없다. 땀방울은 계속 솟
아난다. 오후가 되면 온몸에 땀이 줄줄 흘러내릴 것이다. 고온다
습한 날씨가 며칠간 계속된다는 주간예보다. 거리마다 헉헉거리
는 사람들로 넘친다. 서로 귀찮은 듯 쳐다본다. 서로 살이 살짝
닿기만 해도 쩍쩍 소리가 난다. 그럴 때마다 서로에게 짜증 낸
다. 몸안에 옥시토신도 없어졌다. 대뇌 전두엽에서 감마파 진동
이 약해지고 있다. 감마파 진동이 약해지자 졸음이 오면서 인지
능력이 떨어진다. 곰팡이들만 기승을 부리게 된다. 찜통더위에
감마파 진동은 점점 가냘파진다. 나는 졸음 속으로 한없이 빠지
고 있다. 점점 온몸이 끈적거린다. 곰팡이들이 더덕더덕 붙는다.
잠결에 간지러워 벅벅 긁는다. 피가 날 정도로 사타구니를 긁는
다. 불쾌지수가 점점 올라간다. 감마파 진동이 가냘파지고 뇌세

포에 빨간 경보등이 깜빡깜빡거린다. 나는 너에게 전화를 건다. 만나고 싶다고. 전화를 받지 않는다. 너도 흐릿한 눈길을 한 채 곰팡이가 기승을 부리는 온몸을 긁고 있는지? 6월 오전에 일어날 수 없는 기상이변이다. 소낙비라도 진종일 내렸으면 하고 바라게 된다. 힘겹게 축 처진 팔다리를 의자에 걸치고 있다. 에어컨도 소용없다. 찜통더위에 냉풍도 금방 사라진다. 축 처진 손가락으로 또다시 너의 폰 번호를 누른다. 그때 너의 카카오톡이 울린다. 지금 만나고 싶어. 너의 문자다. 바로 너에게 전화를 건다. 너도 처진 목소리다. 어디서 만날까? 바람 부는 숲속이 좋을까, 아니면 바닷가? 지금은 온통 찜통 같으니 어느 곳이나 좋아. 네가 말한다. 오늘은 유달리 날씨 때문에 지치고 짜증 날 거야. 만나면 얘기는 하지 말고 서로 바라보기만 하자. 목소리에 맥이 없고 느릿하다. 우리 모두 찜통더위에 겨우 헐떡이고 있을 뿐이다. 우리는 무기력하다. 괴물처럼 후덥지근한 공기가 우리를 공격한다. 오후의 도시는 더 부글부글 끓는다. 한나절 지나면서 한증막처럼 후끈후끈 달아오른다. 숨이 콱콱 막힌다. 거리마다 지쳐가는 꼬락서니들이 점점 늘어난다. 무서운 날씨. 사람들은 살인적인 찜통더위를 얼마나 견뎌낼 수 있을까? 며칠 있으면 살인더위에 쓰러지는 사람들이 넘칠 것이다. 우리가 즐겨 산책하는 공원에서 만났다. 아무리 후덥지근한 날씨라도 너는 여전히 깨끗한 행색이다. 나를 차분하게 만드는 걸음걸이다. 흰 블라우스와 긴 청치마, 어깨까지 찰랑거리는 검은 머리카락, 뽀얀 얼굴이다. 더위에 지쳐 있을 뿐이다. 무명 손수건으로 얼굴에 맺힌 땀방울을 살포시 닦는다. 우리는 등나무 그늘 아래 벤치에 서로 마주보고 앉는다. 무더운 날씨건만 등나무 넝쿨은 싱싱하게 지대목 따라 뻗어나가고 있다. 손을 잡으며 반갑게 인사해야 하는데, 너의 손을 잡을 수 없다. 땀에 젖은 손들이 축 처져 있다. 그늘이 드리워진 벤치에 기대어 앉는다. 그늘 벤치에 더위가 묻어 있지 않다. 그늘 속에 있는 벤치가 반갑다. 벤치에 기대어 앉아 서로 눈으로만 인사한다. 눈 속에서 반갑게 서로를 느낀다. 너도 눈가에 짜증 잔뜩 섞인 잔주름이 몇 가닥 그려져 있다. 괴물 같은 더위다. 서로 바라보는 동안 치즈처럼 굳은 뇌세포들이 서로의 눈길 따라 조금씩 녹아난다. 뇌 깊숙이 박혀 있던 기억들이 조금씩 되살아난다. 따뜻한 기억들이다. 잊으면 안 되는 것들, 잊을 수 없는 기억들이다. 따스한 기억 따라 전두엽에서 감마파가 늘어난다. 기억들이 옥시토신을 만든다. 옥시토신이 가슴을 적신다. 목구멍에서 말들이 생겨난다. 너에게 걱정스럽게 얘기한다. 찜통더위 때문에 사람들이 점점 별나게 변하네. 불쾌지수가 엄청 높아졌나. 벌써 거리마다 싸움투성이야. 교통사고 건수가 한나절 지나는 동안 배나 늘어났고, 땀을 뻘뻘 흘리며 제정신 잃은 채 서로 고함치며 싸움하는 꼴이…… 별난 사람들이라고 말할 수는 없어. 이런 상황에서는 다들 제정신을 잃은 채 미쳐간다고 표현해야 할 거야. 너는 눈가 잔주름이 풀리며, 아직은 축 처진 목소리로 찬찬히 얘기한다. 이상 기후가 열흘이나 계속된다는데 어떻게 될까? 아비규환 같은 사태가 벌어지겠지. 통제불능의 패닉 상태가 될 거야. 너는 땀에 젖은 머리카락을 뒤로 넘기며 한숨 섞인 대답을 한다. 축축하게 젖은 너의 손을 잡는다. 양손이 따뜻하게 느껴진다. 너는 살포시 웃는다. 얼굴에 퍼지는 웃음이 나에게 시원한 바람처럼 느껴진다. 왜 모닝커피를 마시지 말라고 문자 보내는 거야? 너는 엄마 같은 눈길로 지긋이 나를 바라보면서 대답한다. 오전 8시경에는 생리적으로 스트레스 호르몬이 많이 분비된다. 그러면 신체는 하루 일과를 위해 긴장하게 된다. 습관적으로 모닝커피를 마시면 스트레스 호르몬의 분비가 생리적으로 줄어들면서 결국 카페인에 의한 하루가 시작된다. 몸이 스스로 하루를 만드는 것이 좋아. 따뜻한 기억들을 되새기면서 우리 가슴에 옥시토신이 쌓인다. 옥시토신이 사랑을 만든다. 사랑이 짜증을 없앤다. 너의 눈가에서 짜증스런 잔주름이 사라진다. 목소리가 다정하게 들린다. 서로 웃으면서 땀을 닦는다. 푹푹 찌는 더위를 느낄 수 없다. 여전히 34도의 더위는 미친듯이 거리마다 들끓고 있다. 너는 나를 반나절 동안 편하게 만들어준다. 이 더위에 그녀는 전혀 기억나지 않는다.

대학 시절 너는 나를 스토커 혹은 진드기라 불렀다. 나는 어리둥절했다. 너를 처음 본 순간, 테스토스테론이 힘껏 솟아났다. 도저히 스스로 감당할 수 없는 열기가 아랫도리에서 생겼다. 스스로 남자라는 것을 느꼈다. 사춘기를 거쳤지만 이런 느낌은 처음이었다. 너와 삼 년간 동아리 활동을 함께했다. 너는 처음에 내 눈빛이나 말투에 당황해했다. 마치 바퀴벌레 보듯 나를 멀리 했다. 나도 괴로웠다. 너무 견디기 힘들어 밤마다 뜬눈으로 새워야 했다. 내 머릿속과 몸안에 너만 온통 채워져 있었다. 너를 지울 수 있는 방법을 도저히 찾을 수 없었다. 너는 아랑곳없이 의과대학생인 동아리 선배와 사랑을 즐겼다. 너는 나에게 매우 이상하다는 듯 말한 적이 있었다. 사랑하는 사람이 있다는 걸 알잖아. 그런데 왜 나를 쫓아다녀? 나보다 더 좋은 사람 만나서 사랑해봐. 나도 너 보기 힘들어. 나는 아무런 말도 할 수 없었다. 그 말을 하는 너를 뜨겁게 바라볼 수밖에 없었다. 내 몸안 테스토스테론이 주체할 수 없을 정도로 솟구쳤다. 네가 나를 멀리하거나 싫어해도 내 몸은 네 앞에서 이미 생리적으로 움직였다. 일 년이 지나자 너도 내 행동을 덤덤하게 넘겼다. 스토커라거나 진드기라고 부르면서 친구로 여겼다. 내가 네게 물었다. 내가 전혀 남자로 여겨지지 않냐고. 겉은 남자로 보이는데 마음속이나 몸안에서 도저히 느껴지지 않아. 그냥 동아리 회원으로 느껴져. 친구로만 느껴지기 싫었다. 동아리 친구들도 당연히 나를 너의 스토커로 취급했다. 여러 여자들을 만났지만 테스토스테론이 생기지 않았다. 다른 여자들이 덤덤하게 보였다. 나는 홀로 눈물을 닦으며 내 몸안의 테스토스테론을 없앴다. 고문 같은 시간이었다. 다행히 눈물은 잘 흘렸고 테스토스테론은 소주 한잔과 함께 눈물 속으로 녹아 없어졌다. 대학 졸업 후 너는 의사가 된 선배와 결혼했다. 나는 힘들게 내 몸속 테스토스테론을 줄여야 했다. 불면증과 우울증이 몇 년간 지속됐다. 옥시토신은 만들어지지 않았다.

결혼 이 년 만에 남편이 교통사고로 사망하고 홀로 지낸다는 소식을 들었다. 간혹 너를 동기 모임에서 보곤 했다. 잠시 자리에 있다가 사라지는 쓸쓸한 모습만 봤다. 너와 얘기할 틈이 없었다. 그저 먼 눈길만 보내곤 했다. 집안에서 운영하는 회사에 근무한다는 소식을 들었다. 나는 여전히 홀로 지내고 있었다. 그해 여름은 유난히 태풍이 잦았다. 늦여름 즈음 모처럼 동아리 OB팀 단합대회에 네가 참석했다. 아직 혼자라는 말에 너는 어처구니없다는 듯 씩 웃었다. 핼쑥한 얼굴에 잔주름이 퍼져 있었지만 너는 여전히 단아하고 깔끔했다. 내 몸에서 테스토스테론이 살짝 생겨났다. 아직 내 몸은 너에게 반응했다. 나는 스스로 움찔하며 놀랐다. 태풍 예보가 있었지만 우리는 모처럼의 단합대회를 연기하고 싶지 않았다. 잔뜩 찌푸린 토요일이었다. 오대산 근처 펜션이라 위험하지 않을 것이라 생각하고 여행을 떠났다. 너는 버스 뒷좌석에서 홀로 창밖 풍경에 눈길을 쳤다. 나는 휴게소에 도착하자마자 화장실에 들어갔다. 눈물을 흘리며 살짝 생긴 테스토스테론을 없앴다. 아직 너에 대한 열병의 상처가 남아 있구나. 씩 웃으며 눈물을 닦았다. 펜션에 도착할 즈음 늦더위를 씻어내는 가랑비가 내리기 시작했다. 우리는 가을이 시작되는 풍경에 젖어들었다. 완전하게 서울 탈출을 느꼈고 시골 여행에서 처음

만난 듯이 반갑게 수다를 떨었다. 우리는 서로의 얼굴에서 일탈에 대한 흥분을 봤다. 온갖 허물없는 농담이나 장난들이 젊은 동아리 시절로 돌아간 듯 밤새 술잔을 기울이며 되살아났다. 너도 모처럼 편하게 웃곤 했다. 술기운에 몇몇 친구들이 너와 나를 놀렸다. 아직도 스토커냐? 그래서 결혼 안 했냐? 너와 나는 편하게 웃었다.

　아침나절 여전히 가랑비는 내렸다. 다른 일행들은 깊은 잠에 빠져 있었다. 가랑비 내리는 산길을 걷고 싶어 아침 산책을 나섰다. 아침 산길은 가랑비에 젖어 고즈넉하게 이어졌다. 차분하게 월정사를 돌아보고 있었다. 네가 대웅전 앞에서 조용히 합장하는 모습이 보였다. 네가 합장을 마칠 때까지 조용히 기다렸다. 합장을 마친 너는 나를 봤고 반갑게 웃었다. 너는 나에게 좀더 산길을 걷고 싶다고 말했다. 우리는 계곡을 따라 걸었다. 한 시간 정도 아기자기 얘기하며 가랑비 젖은 산길을 걸었다. 너의 얼굴에 옥시토신이 깃든 웃음이 번졌다. 나도 뜻밖에 도파민이 풍기는 수다를 떨었다. 우리 발길은 정처 없는 듯했다. 네가 계곡 건너 좁은 산길로 가자고 했을 때 계곡 물은 세찬 소리를 내고 있었다. 좁은 산길로 접어들자 빗줄기가 갑자기 굵어졌다. 순식간이었다. 계곡을 건널 수 없었다. 계곡은 급류로 채워졌다. 불어나는 물줄기를 피해서 둔덕에 올라갔다. 폭우는 무섭게 몰아쳤다. 나는 소나무를 꼭 잡고 너를 껴안았다. 너는 내 품에 안겼다. 너의 숨결이 내 몸속으로 스며들었다. 긴 세월 동안 원했던 순간이었다. 하지만 테스토스테론이 가득 찬 아랫도리는 조용해졌다. 너의 숨결이 스며드는 가슴에 옥시토신이 생기는 듯했다. 폭우는 점점 더 무섭게 몰아쳤다. 우리는 세찬 빗줄기 속에서 부둥켜안고 계곡 기슭 둔덕의 소나무 가지를 잡고 겨우 매달려 있었다. 급류가 발밑으로 아슬아슬하게 흘러갔다. 소나무 가지를 잡고 있는 오른손이 통증으로 경련을 일으켰다. 폭우와 급류 소리는 공포스러웠다. 혼이 나간 채 벌벌 떨었다. 무서웠다. 밤 같은 낮이 물에 잠기고 있었다. 우리는 깊은 수렁으로 빠지는 듯했다. 폭우와 급류 소리만이 우리를 무섭게 덮쳤다. 우리는 서로 더 바싹 껴안았다. 몇 시간을 폭우 속에서 위태롭게 있어야 했다. 계곡 물줄기는 야수처럼 흘러내렸다. 언제 어떻게 될지 모를 하루살이처럼 겨우 소나무 가지에 매달려 있었다. 오로지 너와 나 두 사람만의 시간과 공간이었다. 네가 오들오들 떨었다. 나도 떨었다. 시간이 흐르면서 서로 따뜻한 체온을 느낄 수 있었다. 가는 숨결에서 서로 따스함이 퍼졌다. 서로의 가슴에서 옥시토신이 생겨났다. 옥시토신이 가득 찬 서로의 눈을 쳐다봤다. 눈동자에서 공포가 사라졌다. 눈가에 살짝 웃음이 번졌다. 눈 속에서 서로를 똑똑히 볼 수 있었다. 서로 더 힘껏 껴안았다. 폭우는 계속되고 급류 소리는 더욱 우렁차게 들렸다. 하지만 우리는 폭우 속에 편하게 떠다니듯 했다. 서로 무서움이 사라진 것을 느꼈다. 조심스럽게 내려가보자. 나는 너의 손을 꼭 잡고 급류를 피해 험난한 산길을 내려왔다. 몇 번씩이나 산길에서 넘어지고 엎어지

면서 정신없이 내려왔다. 왼쪽 무릎이 많이 아팠지만 너의 손만
은 놓치지 않았다. 어디선가 우리를 부르는 소리를 듣고 깊게 숨
을 들이쉬었다. 우리를 찾는 일행이 보였다. 후들후들 떨면서 그
대로 정신을 잃었다. 왼쪽 무릎 골절이었다. 한 달간 입원했다.
너는 거의 매일 나를 간호했다. 너는 누나처럼, 엄마처럼 혹은
여동생처럼 나를 보살폈다. 나도 너를 그렇게 느꼈다. 우리는 서
로 알았다. 서로 눈동자 속에서 옥시토신이 퍼지고 있다는 것을.

　　나는 내 몸을 사랑해야 돼요. 오늘은 만날 수 없어요. 당신도
당신 몸을 사랑하세요. 그래야 나를 더욱 사랑할 수 있어요. 오
후 5시가 지날 즈음 그녀에게서 카카오톡 문자가 왔다. 창문을
확 열었다. 후끈한 바람이 불어왔다. 하늘은 늦여름 햇살을 듬뿍
담고 있다. 아직 노을이 질 때까지 두 시간 남았다. 그동안 그녀
몸이 달라질 수 있다. 카카오톡 문자를 날렸다. 자기 몸을 사랑
해야 한다니? 언제는 자기 몸을 사랑하지 않았나? 나는 벌써 두
번째 변신을 했어. 너도 혹시 노을 질 때 나에 대한 도파민이 생
길 수 있을 거다. 그녀가 보낸, 양파인형이 왕왕 우는 귀여운 이
모티콘만 뜬다. 무슨 일일까? 그녀에게 감마파 진동이 줄어들었
나? 그래서 그를 만나고 있나? 두번째 변신이 끝날 즈음 그녀에
대한 도파민이 생겨났다. 아랫도리에는 며칠째 테스토스테론이
조금씩 채워졌다. 하지만 그녀에게서는 더 이상 카카오톡 메시
지가 없다. 도파민과 테스토스테론이 나를 성가시게 한다.

서른을 갓 넘긴 10월 화창한 수요일이었다. 그날 처음 그녀에 대한 도파민이 생겼다. 아침부터 화창한 가을 날씨였지만 온몸은 찌뿌듯했다. 겨우 일어나 매일 그랬듯 우유를 마셨다. 우유는 몸속에서 울렁거렸다. 전날 마신 술기운에 몸이 우유를 견디지 못했다. 술을 많이 마시지는 않았다. 전날 밤 사업상 고교 동창 놈을 만났다. 침을 튀기며 혼자 떠드는 놈의 얼굴을 빤히 보면서 한 모금씩 홀짝 마셨다. 한 시간째 속으로 화를 삭이며 놈의 이야기를 듣고 있었다. 사업상 놈은 갑이 되었다. 고등학교 시절 언제나 을이었던 놈이었다. 나는 을로 변신했다. 세월이 변신을 만들었다. 변신은 쉽지 않았다. 몸과 마음이나 머릿속이 따로 반응했다. 머릿속에서 불꽃 튀는 듯한 생화학 반응이 일어났다. 마음속으로 참아야 한다는 주문만 외웠다. 우선 다정하게 웃으면서 놈을 계속 쳐다봐야 했다. 가끔 '응, 맞아. 고마워. 네가 대단해. 성공했구나' 식으로 굳어지는 혀를 맥주로 녹이면서 부드럽게 말을 내뱉어야 했다. 의자에 다소곳이 앉아서 놈의 빈 잔에 재치 있게 술을 따라줘야 했다. 놈은 거드름 피우며 스트레스를 나에게 풀고 있었다. 놈은 들뜬 기분으로 내 머리 위에서 붕붕 나는 듯했다. 놈도 나도 변신했다. 마시는 맥주는 목에 걸렸다. 겨우 힘을 주고 꿀꺽 삼켰다. 속이 편치 않았다. 놈과 헤어지고 씩씩거리며 걸었다. 길모퉁이에 빈 캔이 보였다. 빈 캔을 우악스럽게 짓밟고는 어두운 골목 쪽으로 힘껏 차버렸다.

밤새 선잠을 잤다. 마신 우유가 계속 울렁거렸다. 매스꺼웠다.

바로 수세식 변기에 토해냈다. 억지로 해야 하는 변신은 매우 힘들었다. 온몸이 울화에 치여 부들부들 떨렸다. 그때 엄마가 나타났다. 나는 가장 치졸한 모습으로 변신했다. 엄마는 나를 위한 희생양이 되었다. 멍하게 서 있는 엄마에게 짜증과 신경질로 미국 드라마에 나오는 헐크처럼 으르렁거렸다. 엄마는 몸안에서 옥시토신을 한없이 뿜어내고 있었다. 나는 엄마가 뿜어내는 옥시토신을 느낄 수 없었다. 어처구니없게도 엄마는 내 화를 고스란히 받아줬다. 오전 내내 헐크처럼 변신해 화난 표정으로 행동했다. 동료들이 '왜 그래? 무슨 안 좋은 일 있어?'라며 물어봤다. 쉽게 화가 풀리지 않았다. 정오 무렵 동창 놈이 갑자기 사무실에 나타났다. 헐크처럼 놈에게 으르렁거리고 싶었다. 하지만 오늘도 놈은 당당하게 갑이었다. 술 대신 커피를 마시면서 마음속으로 '참아야 한다. 변신할 수 있다'며 주문을 외웠다. 덕분에 겨우 간사한 얼굴로 변신할 수 있었다. 머릿속에서 생화학 반응이 쉴 새 없이 폭죽처럼 터졌다. 겨우 참으면서 놈과 헤어졌다. 오후에는 스스로 뻔뻔스럽게 변신했다. 그날 오후까지 약속한 공사대금을 하청업체에 보내야 했다. 계속 전화벨이 시끄럽게 울렸다. 내 예상대로 코스닥 지수가 올라가야 했는데, 오후까지 계속 하향세였다. 며칠간 공사대금을 비밀스럽게 주식에 투자했다. 뻔뻔하게도 나는 울먹이는 하청업체 사장에게 '회사 사정상 며칠 지나야 공사대금이 나올 것 같다'고 일방적으로 통고했다. '제발, 제발' 몇 번씩 간절하게 애원하는 전화 속 목소리를 냉정하게 외면했다. 공금을 횡령한 직원이 되었다. 뻔뻔스럽게도 변신은 쉽게 이루어졌다. 콧노래가 절로 나왔다. 머릿속에서 더러운 도파민이 분비되었다. 몸과 머릿속은 온갖 호르몬들로 뒤죽박죽 걷잡을 수 없이 생화학 반응을 일으켰다. 쉽게 일어날 수 있는 반응이 아니었다. 무대 위의 배우처럼 능수능란하게 변신하기 위해서, 힘들지만 뇌신경 세포들을 끊임없이 단련시켜야 한다. 억지로 화를 참거나, 금방 웃으면서 달콤한 거짓말을 하거나, 뻔뻔하게 화를 내거나 등등. 처음부터 이런 생화학 반응은 쉽게 일어나지 않는다. 컴퓨터에서는 배울 수 없다. 온갖 사람들과 온갖 일로 억세게 부딪히며 스스로 살아가기 위해 온갖 생화학 반응을 배웠다. 퇴근 무렵 사장의 명령이 떨어졌다. 오늘 마지막 변신을 해야 하는 명령이었다. 빨리 K은행 대출부에 가서 대출 연장 협상을 해봐. 급한 상황이야! 그녀는 대출 담당 대리였다. 그녀는 조그만 체구에 얼굴 표정이 또렷했다. 사업상 대화할 때에는 또박또박 야무지게 얘기했다. 은행 안에서 협상할 용기가 없었다. 은행 밖에서 저녁식사 약속을 잡았다. 노을은 단풍처럼 하늘에 드리워져 있었다. 자하문 근처 옥외 레스토랑은 노을로 넘실거렸다. 그녀는 노을에 흠뻑 젖어 오늘 하루를 까맣게 잊고 있었다. 가끔 업무상 은행 안에서 대면했을 때의 그녀 표정이 아니었다. 노을에 중독된 행복한 모습이었다. 그녀는 레드와인을 마시며 속삭이듯 말했다. 바람에 실려오는 노을이 오늘 하루 중 나를 가장 편안하게 만드네요. 오늘 하루 뭘 했는지 누가 내 앞에 있든지 상관없어요. 가을바람에 실린 노을이 내 몸속에서 에스트로겐과 세로토닌을 한없이 만들어주네요. 몸안에서 에스트로겐이나 세로토닌을 만들기 위해 살아가지 않나요? 그녀 얼굴이 노을에 물들기 시작했다. 나도 노을에 물들어갔다. 노을은 묘약 같은 맛을 느끼게 했다. 아랫도리에서 테스토스테론이 들끓기 시작했다. 그리고 처음으로 그녀에 대한 도파민이 생겨났다. 하루 동안 변신을 끝내기 위해서는 그녀에 대한 도파민이 많이 필요했다. 우리는 우리가 해야 할 행동들을 서로의 눈 속에서 알아챘다. 우리는 노을에 중독된 채 사랑스런 하루살이가 되어가고 있었다.

당신에게 가끔 트로트풍 콧노래를 들려주고 싶어요. 그녀가 말했다. 이상해요. 가을바람과 단풍이 어우러진 곳에서 노을에 물든 당신과 있으니, 전혀 일 생각이 안 나네요. 내가 은행 안에서 느껴본 적이 없는 떨림이 있어요. 입가의 까만 점이 웃음 속에 배시시 퍼졌다. 나 역시 노을에 젖은 그녀를 보면 조건반사처럼 도파민이 생겨났었다. 오늘은 문자가 없다. 노을이 늦여름 하늘 가득 채워졌건만. 그녀에 대한 도파민의 농도가 내 몸안에서 짙어진다. 그녀는 뜻밖의 변신을 했을까? 그녀는 X를 만날 것이다. 옥시토신으로 듬뿍 채워진 X에게 그녀는 어린애처럼 재롱부리고 있을 것이다. 그녀는 차츰 옥시토신으로 만들어진 천진난만한 웃음을 지으며 그와 밤새 얘기를 나눌 것이다. X가 그녀의 대학 지도교수라고 했나? 아니면 그녀가 다니는 교회 목사라고

했나? 혹 그림 그리는 화가 후배였나? X의 정체를 알 수 없다. X
는 그녀 곁에만 가끔 있을 뿐이다. 너에게 문자를 보낼 수 없다.
내 몸안에 그녀에 대한 도파민으로 가득 차 있기 때문이다. 머릿
속 뇌신경들이 도파민 중독으로 부르르 떤다. 아랫도리 테스토
스테론이 터질 듯하다. 그녀와 함께 변신을 하고 싶다. 하지만
변신할 수 없다. 그녀에게서 연락이 전혀 없다. 이때 노을이 사
라진다. 서쪽 하늘로부터 시원한 바람이 거리 한가운데 홀로 서
있는 나에게 불어닥친다. 모처럼 시원한 바람이다. 가을을 느끼
게 하는 바람이다. 후끈하게 달아오른 온몸을 식혀준다. 그녀에
대한 도파민이 바람 따라 사라진다. 밤으로 접어든 거리는 바람
으로 채워진다. 바람이 차분하게 낮의 열기를 식혀준다. 늦여름
은 바람에 의해 가을로 변해간다. 나도 바람 따라 가을로 가는
변신을 해야 한다.

　늦은 밤, 그녀에게서 문자가 왔다. 나는 내 몸을 사랑해야 돼
요. 당분간 당신을 만날 수 없어요. 임신했어요. 당신 아이예요.
하지만 결혼은 할 수 없어요. 물론 당신도 결혼하지 않겠지만 당
신 뜻대로 마음껏 변신하세요. 부담 갖지 말구요. 나는 내 몸을
가장 사랑해요. 옥시토신이 한없이 나올 것 같아요. 나는 창문을
열고 모처럼 불어오는 시원한 바람을 맞으며 밤하늘에 반짝이
는 별들을 봤다. 나는 어떻게 변신할까? 어떻게 변신해야 할까?
도파민, 옥시토신, 테스토스테론, 세라토닌, 에스트로겐…… 내

몸안에서 온갖 호르몬들이 밤새 부글부글 끓는다. 밤하늘 별들은 시원한 바람에 묻혀 유난히 반짝거린다. 몸과 마음이 쉽게 편해지지 않는다. 하지만 나도 어쩔 수 없다. 온갖 호르몬들이 며칠간 들끓을 것이다. 나는 어떻게 그녀와 지내야 할까?

가을은 너를 많이 생각나게 한다. 그녀보다 네가 더 그립다. 가을바람 때문이다. 가을바람은 나를 차분하게 만든다. 온몸을 스치는 가을바람이 여름의 더운 때를 씻어낸다. 더위로 뜨거워진 머릿속을 시원하게 식혀준다. 살갗도 매끄러워진다. 최저 온도 18도, 최고 온도 23도. 기분 좋게 만드는 기온이다. 하지만 가을바람은 오래 머물지 못한다. 그래서 네가 더 그리워진다. 단풍이 거리를 장식하고 하늘이 더없이 푸르게 높아지면 북쪽에서 부는 바람에 쫓겨난다. 나는 겨울 준비를 서둘러야 한다. 내 몸에서 겨울을 위해 에스트로겐이 생겨난다. 에스트로겐은 찬바람이 살갗에 닿자마자 생기기 시작한다. 몸안에 에스트로겐이 쌓이면 네가 그리워지는 옥시토신이 함께 쌓이게 된다. 푸르게 깊어지는 하늘로 외롭게 빠지며 너에게 문자를 보낸다. 몸이 잠잠해져. 마음이 차분해져. 내가 겨울을 위해 변신하고 있어. 네가 보고 싶다. 함께 푸른 하늘에 빠져 얘기 나누고 싶다. 가을바람이 불어닥친다. 나를 만날 수 없다는 너의 문자를 본다. 그리움으로 채워진 마음이 허전해진다. 너는 J를 만나야 한다고 고백한다. 물론 너는 나를 만나고 싶어 한다. 하지만 아직 가을바람을 느끼지 못하는 J를 만나야 한다고 했다. J에게 여름의 도파민이 남아 있기 때문이다. 너는 겨울을 위해 J와 함께하고 싶어 한다. 육 년 전 추석 즈음 너는 나에게 오빠라고 부르는 J에 대해 얘기했다. 가을바람이 불면 네 몸에 에스트로겐이 가득 차게 된다고. 나에 대한 옥시토신이 생겨나지 않는다고. 그래서 나를 만날 수 없다고. 온몸에 가득 찬 에스트로겐을 삭여야 하고, 그럴 남자가 필요하다고. J와 함께 가을을 보낸다고.

너는 십 년 전 초가을 즈음 부산에 갔었다. 너는 뜨거운 바람이 그리웠다. 왜 그리웠는지 홀로된 후에 알게 되었다. 가을이면 너는 남편과 함께 언제나 남쪽 바닷가로 갔었다. 남편은 너를 알고 있었다. 말복이 지나면 네가 에스트로겐으로 채워진다는 것을. 너는 찬찬히 나에게 고백했다. 언제부터인지 모르겠어. 사춘기 때부터인지 엄마 뱃속에서부터인지. 가을이면 내 몸에 차는 에스트로겐의 정체를. 남편과 처음 여행 갔을 때가 초가을이었고, 남쪽 바다였어. 거제도였나? 아직 여름이 남아 있었고 남편은 여름이 남아 있는 바다에서 수영을 했어. 바다에서 걸어 나오는 남편은 도파민으로 부글부글 끓고 있는 듯했지. 내 몸에 남편을 위한 에스트로겐이 가득 찼지. 여름과 가을이 섞인 바람이 해변을 맴돌았어. 참 희한한 바람이 내 몸을 달콤하게 쓰다듬었지. 그 후 매년 가을이면 남편과 남쪽 바다를 찾아다녔어. 비실비실하고 시시하던 남편이 해풍에 그을린 얼굴로 변신하는 거야. 테스토스테론으로 가득 찬 바다 남자로 변하는 거야. 남편이 내 곁을 떠나기 전까지 가을 여행은 계속됐어. 네가 진드기로 보일 수밖에 없었지. 초가을 살랑살랑 부는 바람은 나를 달콤하게 쓰다듬었어. 나는 살랑살랑 부는 바람에 몸을 맡기며 채워지는 에스트로겐을 따라 변신하게 됐지. 부산 바닷가는 여름이 남아 있었어. 훈훈한 바람이 불어왔지. 광안리 해변과 광안대교는 노을에 흠뻑 젖어 있었어. 전율을 느끼게 하는 풍광이었지. 노을에 젖은 해변이 카페에서 마시는 맥주잔에 절묘하게 그려졌어. 나도 맥주잔에 그려진 그림 속으로 빠져들고 싶었지. 노을 속 해변에서 수많은 사람들이 나를 스쳐갔어. 외로웠고, 에스트로겐을 삭이고 싶었지. 함께 기숙사 생활을 했던 대학 동창에게 전화했어. 마침 친구는 모처럼 찾아온 사촌오빠와 함께 있더군. 같이 만나자고 했어. 친구가 오빠와 함께 카페에 들어섰을 때, 내 몸에 가득 찬 에스트로겐을 느꼈어. 오빠가 앉자마자 인사 나눈 후 말을 건넸지. '동남아 쪽을 돌다 보니 오늘 날씨는 나에게 선선하네요.' 그을린 얼굴에 도파민과 테스토스테론이 가득 찬 웃음이 퍼졌어. 광안리 바닷가에 부는 바람 쪽으로 고개를 돌렸지. '시원한 바람이군요.' 그때 나에게만 보이는 웃음이었어. 사촌오빠는 원양어선 선장이었어. 해풍에 그을린 얼굴에는 아직 여름이 묻어 있어서 나는 허물없이 오빠라 불렀지. 우리는 여름 바다 노을에 묻혀 마냥 깔깔거렸지. 우리는 쉽게 어울렸어. 그날 이후 가을이면 난 J를 만나러 가야 해. 너는 이야기를 끝내고 바로 여행을 떠났다. 나는 에스트로겐이 생겼고 외로웠다. 아침 이부자리에는 내 몸에서 빠진 털들이 수북이 쌓였다. 겨울로 가는 변신을 했다. 옥시토신으로 가득 찬 그녀를 만나고 싶지 않았다.

　모두를 위해 크리스마스 파티를 하고 싶다. 모두에게 초대장을 보낸다. 함께 모여 파티를 하자고. 바람은 뼛속까지 찌를 정도로 매우 춥다. 언젠가 한번은 모두 만날 수 있지 않을까? 크리스마스 때 부는 바람에 기대한다. 나, 너, 그녀, J, X. 모두 한번은 몸속에 세로토닌으로 가득 찰 수 있을 것이다. 모두 웃으면서 파티를 즐길 수 있을 거다. J와 X에게서 답장이 없다. 너는 초대장을 받자마자 만나자고 전화를 했다. 너는 내 손을 잡으며 말한다. J는 오기 힘들어. 또 배를 타야 하거든. 겨울바람에 견딜 수 없대. 뜨거운 바람을 맞아야 한대. 그녀에게서 문자가 왔다. 당분간 만날 수 없다는 문자다. 그녀는 옥시토신만 차 있다. 그녀가 에스트로겐이 차면 그때 만나자는 문자를 보내겠다고 한다. X도 옥시토신으로 가득 찼으며 그녀 곁에만 있어야 한단다. 너와 나 둘만 옥시토신으로 채워진 얼굴로 파티를 한다. 거리는 바람 따라 모습이 달라졌다. 마치 카멜레온처럼.

어깨를 내리다

용(龍). 너를 처음 봤을 때였다. 너무 깜짝 놀랐다. 순간 감전된 듯 온몸이 뻣뻣해졌다. 네가 내 앞에 나타나리라고는 도저히 생각해본 적이 없었다. 지금도 기억나지 않는다. 언제 어디서 네가 처음 나타났는지, 또한 어떻게 했는지 기억이 없다. 악수를 했는지, 네가 백허그를 했는지, 반갑다고 내 머리를 툭 쳤는지. 얼떨떨한 몸짓으로 너를 쳐다봤다. 네가 크게 웃었다. 웃음은 쿰쿰하고 썰렁한 서재를 가득 채웠다. 서재에서 몇 년 만의 웃음인지. 어울리지 않았다. 하지만 웃음은 서재의 어둠을 세게 밀어냈다. 마치 수평선 너머 먼동이 트듯. 웃음이 끝날 때쯤, 눈앞에서 어둠이 거의 사라졌다. 서서히 너의 모습이 드러났다. 두루뭉술한 몸이 웃음만큼 서재를 가득 채웠다. 얼굴, 목, 가슴이나 어깨가 뚜렷하게 보이지 않았다. 눈사람처럼 두루뭉술하게 보였다. 얼굴에서 목으로 이어진 실루엣이 바로 가슴이나 허리 쪽으

로 이어졌으며, 팔다리는 어디에 숨었는지 찾을 수 없었다. 소리
는 사라졌지만 웃음은 눈가와 입가에 가득했다. 이렇게 쉽게 어
둠이 사라지다니! 믿을 수 없는 현상에 마냥 뻣뻣하게 서 있었
다. 매일 밤 나를 면도날처럼 죄던 어둠이 감쪽같이 사라졌다.
창밖 어둠도 사라진 듯했다. 네가 다시 한 번 두툼한 손으로 툭
쳤다. '반갑다 친구여.' 웃음이 가득 찬 목소리로 낭랑하게 말했
다. 나에게 싱글벙글 웃으며 다가와 얼떨떨하게 서 있는 나를 덥
석 감싸 안았다. 너의 가슴은 한없이 넓었다. 나는 네 품에 깊게
빠져들었다. 포근하고 따스했다. 마치 자궁 속으로 다시 들어가
는 듯했다. 너의 따스함이 내 몸에 닿았다. 뻣뻣해진 온몸이 경
련 일어나듯 떨렸다. 떨림은 갑작스러웠고 멈춰지지 않았다. 바
닷속 같은 가슴에서 떨림은 빠르게 퍼졌다. 갑작스레 시작한 떨
림은 혼이 나간 듯 점점 커져갔다. 차갑던 몸과 마음이 뜨거워지
기 시작했다. 처음 느껴보는 활화산 같은 뜨거움이었다. 너는 한
없이 넓고 포근한 너의 품으로 나를 감싸고 있었다. 온 얼굴에
여전히 웃음을 담고서. 전혀 낯설지 않은 몸짓을 하면서. 활화
산 같은 뜨거움이 온몸으로 퍼져나갔다. 뜨거움이 목젖을 건드
리며 눈 속으로 스며들었을 때, 눈물이 봇물 터지듯 흘러내렸다.
걷잡을 수가 없었다. 목 깊숙이 울음이 쏟아졌다. 가슴 깊숙이
에서 터지는 울음이었다. 어디서 나왔는지 불쑥 너의 손이 나와
서 눈물범벅인 내 얼굴을 쓰다듬고 눈물을 닦아줬다. 손길이 부
드러웠다. "울지 마." 웃음 섞인 목소리로 몇 번씩이나 달래주길

반복했다. 그제서야 내가 거의 한 시간 동안 울고 있었다는 것을 알았다. 너의 품이 내 눈물로 흠뻑 젖어 있었다. 나는 여전히 떨고 있었다. 가슴 깊숙이에서 언제 멈출지 모를 눈물이 샘물 솟듯 솟았다. 목젖이 아파서 꺼억꺼억 쉰 소리만 나왔다. 하지만 왠지 마음이 편안해졌다. 용, 너를 똑바로 봤다. 낯설지 않았다. 언제나 어딘가에서 봤던 누군가였다. 뭉게구름처럼 온몸이 두루뭉술한 눈사람 같은 행색이었다. 어깨가 내려앉아 팔이 어디에 숨어 있는지 보이지 않았다. 눈이나 입이나 볼은 웃음으로 만들어져 있었다. 이렇게 낯설지 않는 너를 나는 왜 만날 수 없다고 생각했을까? 아니다. 처음부터 만날 생각조차 하지 않았다. 사십여 년 만에 너를 만날 수 있었다니 다행이었다. 너를 만나기 위해 이 서재 안에서 많은 책을 쌓아가며 애타게 기다렸다. 온갖 책들을 읽으며 밤을 새운 날이 수없이 많았다. 책꽂이에 『성경』부터 꽂았다. 『화엄경』, 『사서삼경』, 니체의 『차라투스트라는 이렇게 말했다』 등을 차례차례 꽂았다. 하지만 책들을 몇 번씩 반복해서 읽고 여러 장르의 새로운 책을 사서 꽂아도 너는 전혀 모습을 드러내지 않았다. 나는 너를 만들어야겠다고 몇 번이나 다짐했지만 소용없었다. 서재의 두 벽 바닥부터 천정까지 세워진 책꽂이에 너를 만들기 위한 책들이 빽빽하게 채워졌다. 하지만 먼지만 쌓일 뿐, 너의 모습은 도저히 가늠할 수 없었다.

마음이 썰렁했다. 그리고 허전했다. 온몸이 텅 비워진 듯했다.

20분 전 그들과 함께 있을 때와 달랐다. 축하해. 기분 좋겠다. 축하합니다. 선배님. 축하한다. 여전히 강의실은 들떠 있었고 시끄러웠다. 온갖 눈길들이 여전히 부러운 듯 나를 쳐다봤다. 얼굴에 술기운이 사그라졌다. 그들이 나에게 보내는 축하 환호성이 마냥 귓가를 스쳐갔다. 단지 20여 분의 흐름이었다. 그들이 나에게 보내는 부러운 눈길들이 눈 속으로 박히지 않았다. 20분 전 나는 그들의 환호성에 마냥 으스대며 들떠 있었다. 그들 눈 속에 나는 축하파티의 주인공으로 각인됐다. 4층 학원 건물 외벽에서부터 강의실까지 내 이름이 적힌 현수막들이 휘황찬란하게 나부꼈다. 축! S대학교 문리대 수석합격 임희준. 현수막 맨 윗부분에 큰 글씨로 적혀 있었다. 매서운 1월 바람도 나에게는 시원할 뿐이었다. 축하한다는 환호성에 둘러싸인 채 자랑스럽게 그들과 어울렸다. 학원 강사들도 선후배들도 모두 나를 쫓아다녔다. 그들의 눈길은 뜨거웠다. 뜨거운 눈길에 맞춰 나는 으스댔다. 온몸은 저절로 폭죽처럼 뜨겁게 터졌다. 마냥 부러워하는 후배들의 눈초리는 나를 쫓아다녔다. 형은 좋겠다. 축하해요. 학원 후배들은 내 손을 잡거나 내 곁에 바싹 붙어 따라다녔다. 학원 선생님들이 준 맥주 몇 잔이 이미 온몸을 달구고 있었다. 강의실은 온통 언제 끝날지 모를 축제 분위기였다. 근처 대입 학원들 중 우리 학원은 SKY 대학교뿐만 아니라 E여대 합격률 역시 최고였다. 학원장 얼굴은 마냥 싱글벙글이었다. 평소의 염소 같은 얼굴이 아니었다.

바쁘게 돌아가던 내 눈길이 우연히 강의실 구석에서 멈췄다. 초라하고 백치 같은 여자 후배가 구석에서 해바라기처럼 나를 바라보고 있었다. 그녀의 눈길은 뜨거우면서도 애달팠다. 학원 구석진 곳에서 자주 느껴졌던 눈초리였다. K가 너를 좋아하는 거 아냐? 평소 친구들이 전해준 정보였다. 하지만 대수롭지 않게 여겼다. 언제나 K는 볼품없이 초라하게만 보였다. 우연히 K를 본 건 몇 초 순간이었다. 몇 초 만에 맹수가 되었다. 군침을 꿀꺽 삼켰다. 침이 입안을 흥건히 적셨다. 아랫도리가 화끈하게 달아올랐다. K 곁으로 다가가서 귓속말로 4층 계단에서 보자고 속삭였다. 그리고 원장에게 잠시 급한 볼일이 있어 집에 다녀오겠다고 말했다. K는 벌써 강의실에서 사라졌다. 4층 계단 어둠 속에서 그녀는 발갛게 달궈져 있었다. 가만히 나만 따라와. 긴말이 필요 없었다. K는 씩씩거리며 고개만 끄덕였다. 눈가에 살짝 웃음이 서렸다. 옥상으로 올라가는 발길은 재빨랐다. K도 재빠르게 따라왔다. 옥상 창고문은 매서운 바람에 덜컹거렸다. 창고 안 어둠은 전혀 낯설지 않았다. 또한 춥다고 느껴지지도 않았다. 익히 알고 있는 부서진 책상 위로 K를 눕혔다. 아웃도어 점퍼 지퍼를 열었다. 내 손길은 뜨겁고 빨랐다. 스키니 바지가 쉽게 벗겨졌다. K는 내 손길 따라 재빠르게 움직였다. K의 얼굴은 어둠 속에 묻혀 보이지 않았다. 오직 말갛게 드러난 K의 아랫도리만 보였다. 온몸이 바싹 타올랐다. 군침이 입가로 흘러내렸다. 급하게 내 청바지 지퍼를 내렸다. 나는 이미 맹수로 변해 있었다. 먹

이는 싱싱했다. 힘껏 할퀴자 K의 입에서 짧은 비명이 터졌다. K
의 얼굴은 볼 필요가 없었다. 거친 내 숨결만 싱싱한 먹이를 맛
볼 뿐이었다. K는 먹히는 고통에 가끔 사지를 꿈틀거리곤 했다.
거침없이 먹어치웠다. 내 아랫도리는 당연히 느껴야 하는 승리
감을 뜨겁게 쏟아냈다. K는 먹이일 뿐이었다.

　사정 후 매서운 1월의 바람이 목덜미를 칼처럼 후려쳤다. 순
간 섬뜩함을 느꼈다. 온몸이 오므라들면서 어둠 속으로 빨려가
는 듯했다. 포만감은 뜨겁게 아랫도리에 남아 있었다. 주머니에
있던 휴지로 급히 아랫도리를 닦고 바지를 입었다. K는 어둠 속
에서 넋이 나간 듯 멍하게 누워 있었다. 이건 우리 둘만의 비밀
이야. 아무에게도 말하지 마. 만일…… 말 대신 주먹을 힘껏 쥐
어 보이며 날카롭게 쏘아붙였다. K는 떨리는 시선으로 나를 봤
다. 청바지 주머니에서 만 원짜리 지폐 두 장을 꺼내 그녀의 아
랫도리에 던졌다. 포만감을 느낀 후 바라본 먹이는 역겨웠다. 더
이상 싱싱하지 않았다. 여유롭게 포만감의 대가만 던져줬다. 맹
수처럼 창고를 나섰다. 옥상 계단을 내려오는데 주섬주섬 옷 입
는 소리와 훌쩍이는 소리가 매서운 바람 소리에 섞여 간간이 들
렸다. 왠지 그녀의 울음소리가 겨울바람보다 가슴을 더 세게 후
벼팠다. 순간 가슴이 텅 비어졌다. 처음 느끼는 현기증 같은 증
상이었다. 몸이 휘청거려 난간을 꽉 잡았다. 길게 숨을 들이쉬며
발걸음을 움직였다. 계단을 내려오는 발길은 재빠르지 않았다.
어둠과 매서운 바람이 갑자기 발목을 붙잡았다. 잠시 발걸음을

멈췄다. 윙. 겨울바람 소리가 계단을 꽉 채웠다. 어둠에 묻힌 계단이 낯설었다. 계단 끝이 보이지 않는 듯했다. 아래층에서 환호하는 소리가 들렸다. 하지만 창고 쪽 그녀의 흐느끼는 소리가 더 날카롭게 귓속으로 박혔다. 갑자기 핏물이 손가락, 발가락을 통해 줄줄 흘러내리는 듯했다. 온몸이 텅 빈 듯 허전했다. 나는 매서운 바람에 종이호랑이처럼 휘청거렸다. 내가 왜 이렇게 된 거지? 뜻하지 않았던 느낌이었다. 한 번도 스스로에게 던지지 않았던 질문이었다. 나와는 무관한, 우습게 여겼던 의문이었다. 창고에서 문 여는 소리가 들렸다. 깜짝 놀라 급하게 계단을 내려왔다. 여전히 강의실은 흥청거리고 있었다. 강의실로 들어서자 또다시 사람들이 뜨거운 눈길로 나를 쳐다봤다. 하지만 나는 20여 분 전과 달랐다. 창밖 어둠이 짙게 보였다. 여전히 그들과 함께 웃고 떠들었지만 가슴은 텅 비었다. 맥주를 주는 대로 다 받아 마셨다. 텅 빈 가슴을 술로 채웠다.

　강의실 한구석에 K가 어정쩡하게 서 있는 것이 취기 어린 시야에 들어왔다. 언제나처럼 대수롭지 않게 보였다. 창고에서 본 그녀의 아랫도리는 전혀 기억나지 않았다. 그녀도 언제나처럼 볼품없게 움직였다. 20여 분 옥상 위의 시간은 블랙홀에 깊게 묻혔다. 나는 다시 어깨를 으스대며 떠들썩한 강의실을 돌아다녔다. 그건 내가 반드시 해야 할 행동처럼 여겼다. 그때 막연하게 용, 네가 처음으로 내 마음에 느껴졌었다.

뭐라고? 교통사고라고? J종합병원 응급실이라고? 혹시 임정희 씨 보호자이십니까? 따님이 교통사고로 J종합병원 응급실에 있습니다. 허스키하고 차분한 남자의 목소리였다. 갑자기 온몸이 감전된 듯했다. 핏줄들이 터질 듯 팽팽하게 부풀어 올랐다. 이틀 뒤에 있을 학장 취임식 연설문을 읽고 있던 차였다. 제법 괜찮은 취임사라고 흐뭇하게 생각하고 있었다. 대학 발전을 위해 제시된 기획들은 앞으로 총장이 되기 위한 초석으로 충분했다. 핸드폰이 책상 위에 툭 떨어졌다. 손에 들고 있던 취임사를 적은 A4 용지가 바닥에 휴지처럼 흩어졌다. 바깥은 여름 햇볕으로 후끈했다. 오늘 춘천에 친구 만나러 간다고 했는데…… 아침에 출근할 때 건넨 딸의 목소리가 떠올랐다. 늘 운전하고 다니던 차선이지만 낯설고 길게 느껴졌다. 간호사는 응급실 한쪽 커튼이 쳐진 곳으로 나를 안내했다. 커튼을 젖히고 들어갔다. 흰 시트가 덮여 있는 침대. 가슴이 덜컹 내려앉았다. 커튼 안쪽은 숨 막힐 정도로 온통 하얗게 보였다. 흰 시트는 아담하게 둥근 포물선을 만들며 덮여 있었다. 낯설고 차가워 보이는 사십대 여의사가 안경 너머로 나를 찬찬히 봤다. 몇 번 입술을 들썩이더니 조심스럽지만 똑똑하게 물었다. 임정희 씨 보호자입니까? 네, 애비 되는 사람입니다. 막히는 숨 사이로 겨우 내뱉었다. 여의사는 다시 한 번 똑바로 나를 바라보더니, 손에 든 진료 차트로 눈을 돌리곤 사무적인 목소리로 보고하듯 마지막까지 또렷하게 말했다. 환자 임정희 씨는 3월 3일 14시 23분에 교통사고로 인한 뇌

출혈과 경추골절로 사망했습니다. 확인하시기 바랍니다. 흰 시트는 딸의 체구보다 엄청 부풀어 있었다. 흰 시트가 벗겨지면서 딸의 얼굴이 석고 조각상처럼 드러났다. 아침 출근길, 환하게 웃던 딸의 모습은 찾을 수 없었다. 몸과 마음이 비참하게 무너져 내렸다. 그 누구의 말도 귓속에 박히지 않았다. 흰 시트 위에서 시간은 멈췄다. 머릿속이 하얗게 변했다. 스물세 살의 딸은 내 곁을 영원히 떠났다. 여의사가 내민 차트는 사망 확인서였다.

장례식을 마친 후, 50평 아파트는 침묵 속에 빠졌다. 딸의 웃음으로 가득 찼던 아파트 안에 웃음이 사라졌다. 아파트는 매우 빠르게 식어갔다. 딸이 없는 아파트는 너무 크고 썰렁했다. 십삼 년 전 딸이 처음 아파트를 찾아왔을 때, 아내는 얼굴이 새파랗게 변하며 눈가를 파르르 떨었다. 애, 누구예요? 현관 입구에 갈색 트렁크가 놓여 있었다. 딸애는 소파에 앉아 낯선 거실을 두리번거리며 바라보았다. 내가 몇 달 전에 말한 그 애야. 나는 덤덤하고 짧게 얘기했다. 앞으로 당신이 낳았다고 생각하고 함께 지내보자고. 아내는 어처구니없다는 듯한 표정이었다. 나는 당당하게 말했다. 당신 불임이잖아. 결혼 칠 년째야. 신혼 생활도 이제 끝나가고, 내 피가 섞인 딸애를 친딸처럼 키우면 가정도 화목해지고 좋잖아. 아내 얼굴이 까맣게 변했다. 아내는 화를 내며 침실로 숨어버렸다. 딸애는 어리둥절한 얼굴로 우리를 바라봤다. 가사도우미 아줌마에게 딸애를 챙기라고 말만 건넸다. 딸애는 그냥 집에 있으면 될 뿐이었다. 언제나처럼 저녁식사 후 서재로 들어갔다. 아빠로서 특별한 친밀감도 책임감도 느끼지 못했다. 아내는 서서히 신경질적인 성격으로 변했다. 교회 집사나 정신과 의사라는 직책은 딸애와 있을 때는 소용없었다. 대학 시절 K는 나에게 심심풀이 먹잇감이었다. 가장 심심할 때 가끔 만났다. K는 대학에 들어가지 못했고, 커피숍에 취직했다. 대학 졸업 무렵, K가 울먹이며 임신 사실을 고백했다. 나는 헤어지자는 문자만 남기고 입대했다. K는 십여 년간 전혀 소식이 없었다. 나 역시 기억 속에서 K를 완전히 지워버렸다. 나에게 걸맞은 아내를 만나 사랑하게 되었고, 가정을 꾸리게 되었다. 결혼 후 얼마 뒤 아내는 불임이란 사실을 털어놨다. 그래? 걱정하지 마. 미안해하지도 마. 오히려 잘됐지. 아내는 나에게 여러모로 쓸모가 있었다. 남자로서 사회생활을 하는 데에도, 경제적으로도 큰 도움이 되었다. 아이를 가지고 싶다는 생각은 어차피 없었다. 내가 원하는 대로 생활이 만들어졌다. 모교 전임강사로 근무하고 있을 때 K의 언니가 찾아왔다. 그녀는 나에게 K가 죽었다는 소식을 전하며 딸애를 맡아달라고 부탁했다. 슬프지도, 미안하지도 않았다. K의 언니는 원망스런 말투로 나를 몰아붙였다. 내가 아이를 원했던 것이 아녜요. 오히려 당신 동생이 스토커처럼 나를 쫓아다니며 괴롭혔죠. 나는 당신 동생이 너무 애처로워 가끔씩 만나줬을 뿐이에요. 나는 당당하게 말하며 곧 연락하겠다고 대답했다. 아들이었으면 아파트로 데려오지 않았을 것이다. 딸은 시들해지는 결혼 생활에 색다른 재미를 줄 것 같았다. 아내는 못마땅한 얼굴로 변해갔다. 짜증이 많아졌고, 신경질이나 화를 자주 냈다. 말수가 적어지면서 잠자리조차 피했다. 딸은 다행히 내 성격을 닮아서 자기 나름대로 즐겁고 활발하게 생활했다. 딸애가 고등학교 들어갈 무렵, 아내가 나에게 이혼하자고 말했다. 나는 당연히 거절했다. 조교수가 된 나에게 아내는 아직 쓸모 있는 존재였다. 결국 별거 생활이 시작되었다. 오히려 아내가 없어진 아파트는 점점 딸의 웃음으로 채워졌다. 나도 딸의 재롱에 즐겁게 거실 소파에 앉곤 했다. 역시 핏줄은 어쩔 수 없었다. 아내 빈자리는 딸의 애교로 채워졌다. 딸의 웃음이 사라진 거실에 오래 머물고 싶지 않았다. 아빠라고 부르던 목소리가 그리웠다. 홀로 된다는 것은 쉬운 일이 아니었다. 아침에 아파트를 씩씩하게 나서지만 저녁 퇴근길은 무서웠다. 아파트는 삭막해지고 지저분해졌다.

딸이 떠난 후 밤새 뒤척이는 버릇이 생겼다. 복식호흡을 해봐도, 요가를 해봐도 쉽게 잠은 오지 않았다. 생각지도 않았던 우울증과 불면증이 밤을 만들었다. 언짢았다. 짜증만 점점 늘어났다. 혼자 짜증 낸 흔적을 아파트 곳곳에 남겼다. 침대보가 벗겨지고, 싱크대 여기저기에 음식 찌꺼기가 남아 있고, 화장실엔 치약과 샴푸거품이 말라붙어 있고…… 이리저리 거실을 헤매다 내 손내음이 묻어 있는 서재로 들어가 박혔다. 4평 남짓한 서재에서 밤을 새우는 버릇이 생겼다. 서재에 틀어박혀 있는 밤들이 점점 많아졌다. 아파트 6층 모퉁이에 있는 서재는 창밖 풍경 덕분에 외롭지는 않았다. 멀리 보이는 6차선 왕복도로는 언제나 질주하는 불빛들로 가득했다. 창밖 바로 아래 아파트 산책로와 숲길은 가로등 불빛에 밤새 젖어 있었다. 서재 책꽂이에 꽂혀 있던 전문 서적들이 침실로 옮겨졌다. 서재 책꽂이는 너를 찾는 철학서나 인문학 책들로 채워졌다. 네가 누구인지 전혀 알지 못했다. 딸이 떠나기 전엔 가끔 네가 궁금했다. 호기심이었나? 아니면 남들이 언제나 너에 대해 얘길 많이 하니까? 하지만 굳이 만나고 싶지는 않았다. 만날 필요는 느끼지 못했다. 언제나 바쁘고 당당한 나날들이었으므로 너에 대한 생각이 쉽게 없어졌다. 그러나 딸이 떠난 후 너를 찾고 싶었다. 나는 너에게 용(龍)이란 이름을 붙여줬다. 이름을 붙여주지 않으면 너를 찾을 수 없을 것 같았다. 너는 너무 막연했다. 너를 만날 수 있을지는 전혀 기대하지 않았다. 네가 어떻게 생겼고 어떤 성격인지 가늠할 수 없었다. 어둠 속에서 창밖의 어른거리는 불빛만을 마냥 쳐다봤다. 질주하는 불빛에서 너를 찾고 싶었다. 하지만 더욱 어지럽기만 했다. 불빛조차 보기 싫으면 자주색 커튼을 쳤다. 커튼 사이로 희미한 자동차 소리들, 가끔 산책로에서 산책하는 아파트 주민들의 흥얼거리는 노랫소리들, 창문에 부딪히는 바람 소리들만 스며들어왔다. 커튼 안 서재에는 오로지 어둠과 내 숨소리만이 가득했다. 내 숨소리는 언제나 가냘프고 가빴다. 길고 깊지 않았다. 듣기 싫었다. 숨소리 속에 악취마저 풍겼다. 처음 내 몸에서 느껴지는 역겨움이었다. 도저히 내가 느껴서는 안 되는 역겨움이었다. 하지만 어쩔 수 없이 역하게 들리는 숨소리였다. 어둠 속에서 짜증스럽게 버둥거려봐도 소용없었다. 내 숨소리는 더욱 가냘파지면서 급하게 가빠졌다. 콧소리만 씩씩거리며 새어나왔 다. 나쁜 놈! 나도 모르게 내 머리카락을 쥐어뜯었다. 어둠은 면 도날처럼 내 가슴을 파고들었다. 헐떡거리며 서재 안을 어지러 울 정도로 뱅뱅 맴돌았다. 시시한 놈, 별것 아닌 놈. 미친놈. 머 릿속에 짜증스런 욕지거리만 퍼졌다. 형광등을 켰다. 너를 찾고 싶어 책꽂이에서 아무 책이나 집어 들었다. 새벽녘까지 이 책, 저 책 뒤져도 씩씩거리는 숨소리만 역겹게 들릴 뿐이었다. 도대 체 네가 누구인지 알 수 없었다.

정 교수. 오늘 시간 있으면 오랜만에 술 한잔할까? 정 교수는 불쑥 방문한 나를 의아한 듯 바라보더니 술 한잔하자는 말에 눈 을 동그랗게 떴다. 그러더니 선뜻 대답하지 않고 어정쩡한 표정 을 지었다. 언제나 봐왔던 정 교수 얼굴이었다. 이 년 만에 왔는 데도 연구실 문고리는 여전히 덜컹거리며 잘 열리지 않더군. 정 교수는 퇴근하려고 책상을 정리하던 중이었다. 덜컹거리는 문고 리뿐만 아니라 연구실 풍경도 정 교수 표정만큼 변함없었다. 은 행나무가 보이는 창 쪽으로 놓여 있는 책상이나, 벽면에 너절하 게 붙여놓은 전공 관련 기사 스크랩과 탁자 위에 쌓인 잡지 등. 삼 년 전 학장 선거 준비 기간에 이 연구실을 자주 들락거렸다. 이번 학장 선거 때 나가려고 하니 도와다오. 고등학교 동기로서 오랫동안 함께 지내온 우정으로 정 교수에게 부탁했다. 나로서는 떳떳한 부탁이었다. 꼭 이번 학장 선거에 나와야겠어? 평소 별말 없고 얌전한 정 교수가 놀랄 정도로 강하게 반대했다. 최선배에게 명예롭게 퇴직할 수 있는 기회를 주렴. 그간 문리대를 위해 많이 헌신하고 노력했잖아. 무슨 헌신과 노력을 했다는 거야? 능력 없으면 조용히 퇴직하는 거야. 인정으로 학장을 정하는 건 아니잖아. 친구는 눈을 사납게 흘기더니 더 이상 입을 열지 않았다. 나는 학장 선거에서 낙선했다. 정 교수가 던진 반대표에 배신감을 느꼈고, 더 이상 정 교수 연구실을 찾지 않았다. 나는 다음 학장 선거에서 이기기 위해 더욱 어깨를 으쓱이며 돌아다녔다. 친구는 그늘로 숨어 다니는 듯 내 눈에 띄지 않았다. 학장 선거 직후 정 교수 아내가 폐암으로 세상을 떠났다는 소식을 들었다. 나는 장례식장에 가지 않았다. 그 후 정 교수를 자주 볼 수 없었다. 밤새 서재에서 용, 너를 만나려고 시름에 깊게 빠졌을 때였다. 정 교수가 언뜻 떠올랐다. 가끔 멀리서 본 정 교수의 어깨는 항상 축 처져 있었다. 다니는 꼴이나 얼굴이 힘들어하는 것처럼 보였다. 정 교수는 용, 너 같은 영혼을 만나서 얘기하곤 할까? 뻔뻔하게 정 교수와 술 한잔하고 싶어졌다. 정 교수의 처진 어깨가 궁금했다. 오전에 딸을 보내고 오후에 학장 취임식을 했다며? 딸의 발인 날에도 그렇게 어깨를 치켜세워야 했나? 잠시 머뭇거리던 정 교수가 던진 첫마디였다. 너와 술 한잔하기 싫다. 바빠서 나가야 하니 그만 나가주렴. 정 교수는 오랜 친구도 직장 동료도 아니었다. 마냥 고개 숙인 채 나를 보지 않았다. 갑자기 두려웠다. 친구가 나를 연구실에 남겨둔 채 갈 것 같았다. 커피 한잔이라도 마시자. 부탁보다 애걸조로 말을 꺼냈다. 여전히 친구는 고개를 들지 않았다. 정 교수는 고등학교 때부터 가장 편하게 지냈던 오래된 친구였다. 다시 한 번 애걸하듯 커피 한잔하자고 말했다. 잘난 놈도 불쌍하게 부탁할 때가 있구나. 친구 말꼬리가 살짝 꼬였다. 정 교수는 급하게 가방을 챙기더니 불을 끄고 연구실을 나가버렸다. 탕! 문 닫히는 소리가 메아리치듯 울려 퍼졌다. 어두워지는 친구 연구실에 홀로 남았다. 용, 너를 어떻게 만날 수 있을까? 왼쪽 머리에서 편두통이 심하게 생겨났다. 용, 너를 만나지 않으면 언제까지나 편두통에 시달릴 것만 같다. 비틀거리며 대학교 교정에 깔린 어둠 속을 걸어 나왔다. 어둠이 점점 무겁게 어깨에 내려앉았다. 내 곁에 아무도 없다? 머릿속에 맴돌기 시작한 의문이었다. 용, 너라도 만나야겠는데…… 편두통이 점점 심해졌다. 갈팡질팡 흔들리는 발걸음으로 밤새 거리를 돌아다녔다. 어딘가 있을 것 같은 용, 너를 만나기 위해.

아내 곁에는 항상 라흐마니노프 피아노 협주곡 No.2가 흐른다. 별거 전 유행가처럼 듣곤 했다. 아파트 현관문을 열자, 피아노 협주곡이 귓속으로 스며든다. 구수한 된장찌개 냄새와 함께. '또 저 곡이야'란 생각과 동시에 입안에 군침이 돌았다. 아내가 제대로 맛을 내는 음식은 된장찌개뿐이었다. 간혹 주말에 된장찌개를 해줬다. 아내의 할머니는 된장찌개를 맛나게 만들었다. 아내는 어릴 적부터 된장찌개를 먹고 싶어 할머니 집에 자주 들렀다. 음악과 된장찌개가 아내와의 어색한 분위기를 금방 깨버렸다. 왔어! 십여 년 전으로 되돌아간 듯했다. 어제 점심 무렵, 아내에게 전화가 왔었다. 집에 들러 함께 저녁식사 하자고. 알겠다며 힘없이 전화를 끊었다. 아직 자신이 없었다. 어깨를 쉽게 내릴 수 있을까? 어제 밤새 용이 몇 번이나 어깨를 어루만지며 나를 연습시켰다. 길게 호흡을 하고, 어깨를 내려야 해. 목덜미부터 힘을 빼고 그냥 편하게 어깨를 내리면 되는 거야. 자동차 불빛 아른거리는 유리창을 마주보며, 몇 번씩이나 어깨 내리는 연습을 했다. 길게 호흡하고, 그냥 어깨를 내려놔야 해. 모든 힘을 다 빼고 무심하게. 용이 마주보며 어깨를 내리는 모습을 보여줬다. 용은 언제나 편하게 어깨를 쑥 내렸다. 나는 쉽게 어깨가 내려지지 않았다. 몇 번씩 흉내 내봐도 용처럼 편하게 따라 할 수 없었다. 용은 매일 밤 나를 찾아왔다. 서재에서 밤늦게까지 용과 얘기를 나눴다. 어떤 날은 새벽까지 얘기를 나눈 적도 있었다. 그동안 깨닫지 못했던 일들을 많이 얘기해줬다. 깨닫지 못한 일들이 너무 많았다. 나는 스스로 너무 놀라웠다. 이해할 수 없는 일들도 있었다. 용은 언제나 차분하고 다정하게 웃는 얼굴로 얘기했다. 어깨가 너무 힘들어 보여. 왜 어깨를 뻣뻣하게 치켜세우지. 어깨를 편하게 내려야 네 마음이 편안해질 거야. 두툼한 손으로 치켜세워진 나의 어깨를 살며시 내려놓곤 했다. 어깨를 내리니 처음엔 어색했다. 저절로 어깨는 치켜 올라갔다. 매우 힘들겠군. 용은 혀를 찼다. 어깨를 내리는 연습을 많이 해야겠다. 용이 얼굴에 웃음을 지으며 말했다. 우선 아내를 만나서 어깨 내리는 법을 익혀봐. 용의 부탁대로 보름 전 용기를 내 아내에게 전화했다. 아내는 깔깔한 목소리로 전화를 받았다. 왜 갑자기 만나자는 거야? 그냥 만나서 뭐하자는 거야? 알겠어. 내 맘이 편해지면 연락할게. 그런데 어제 아내가 전화를 했다.

딸의 삼우제 후 주말이면 발길이 추모관으로 가곤 했다. 쓸쓸해지는 주말의 아파트가 싫었다. 딸의 웃음이 그리웠다. 나도 나이가 들었구나. 혼자라는 생각이 드니 나도 모르게 한숨이 나왔다. 또한 너를 딸의 유골함 앞에서 찾고 싶었다. 활짝 핀 벚꽃이 추모관을 덮은 어느 토요일, 딸의 유골함에 낯선 빨강 장미무늬 집게 핀이 놓여 있었다. 누가 놓고 갔지? 눈 속에 집게 핀이 깊게 박혔다. 딸이 외롭지 않을 것 같았다. 사십구재 때였다. 연구 논문 심사 때문에 오후 늦게 추모관을 찾았다. 길 따라 늦게 핀 벚꽃들이 봄비에 흠뻑 젖어 있었다. 빗소리에 묻힌 납골당은 으스스했다. 딸의 유골함 앞에 낯선 조문객이 서 있었다. 가늘게 귓속으로 흐느낌이 흘러 들어왔다. 조문객은 내 발걸음 소리에 이쪽을 돌아봤다. 놀랍게도 아내였다. 나를 보자 쌀쌀한 표정을 지었다. 독감을 앓은 듯한 핼쑥한 얼굴이었다. 당황스러웠다. 웬일이야? 왜, 나는 여기 오면 안 돼? 울음으로 쉰 듯한 목소리였다. 우리는 말없이 방긋 웃고 있는 딸의 사진 앞에 몇 분간 서 있었다. 서로 긴 한숨 소리만 듣고 있었다. 잠시 후 아내가 손수건으로 눈물을 닦으며 나를 쳐다봤다. 왜 정희가 죽었을 때 나한테 연락 안 했어? 아직 우리는 이혼하지 않았으니 법적으로는 여전히 내가 정희 엄마 아냐? 다짜고짜 원망스런 목소리로 따지듯 말했다. 왜 내가 연락해야 하지? 당신은 정희와 별 관계없잖아? 흥! 아내는 고개를 치켜들며 코웃음을 쳤다. 그때 추모관 형광등 불빛 아래 아내의 오른쪽 머리칼에서 빨강 장미무늬 집게 핀이 반짝였다. 유골함에도 똑같은 집게 핀이 반짝였다. 나와 정희는 다정한 모녀 사이였어. 정희 때문에 이혼하려는 거 아니었어. 당신의 그 뻣뻣한 어깨가 점점 더 불쑥 올라가는 꼴이 보기 싫어서 이혼하려는 거였지. 젖은 목소리로 천천히 독백처럼 얘기했다. 별거 후에도 당신 몰래 정희와 자주 만나서 식사도 하며 얘기를 많이 나눴어. 정희가 그러더군. 아빠가 어깨를 치켜세우고 생활하는 것이 힘들고 외로워 보인다고. 자기라도 웃으면서 아빠와 함께 지내야겠다고. 난 그저 듣고만 있었다. 왜, 배신감 느껴? 나와 정희는 꼴 보기 싫은 당신의 그 거만한 어깨춤에 놀아나는 불쌍한 인형들이었어. 내가 불임이란 걸 알았을 때 당신보다 내가 더 힘들 거란 생각 안 해봤어? 당신 눈치만 보며 살아가는 신세가 됐으니. 당신은 내가 불임이라는 핑계로 어깨를 으쓱이며 매우 우쭐대더군. 당신은 냉랭하기만 했지. 그래서 정희와 나는 더욱 친해질 수 있었고, 다정한 모녀가 될 수 있었어. 우리는 결혼 3주년이 지났을 때 불임임을 알았다. 나는 사기당한 기분이었다. 하지만 불쾌한 기색은 내보이지 않았다. 아내의 삼촌은 문교부장관을 지낸 교육계 원로였다. 오히려 당당할 수 있었다. 그래서 나는 주위 동료들보다 쉽고 빠르게 진급할 수 있었다.

빗소리가 세차게 들렸다. 아내가 다시 한 번 쏘아붙였다. 왜 불쾌감을 느껴? 아내 말대로 불쾌감이 느껴졌다. 나도 가끔 엄마 자격으로 이곳에 들를 테니, 그렇게 알고 있어. 딸의 유골함 앞에서도 그렇게 어깨를 치켜세워야만 해? 난 당신이란 인간을 알 수 없어. 제발 딸 앞에서만이라도 어깨를 편하게 내려. 아내는 못마땅하다는 듯이 나를 몰아붙였다. 어깨가 치켜 올라가 있다고? 나는 의식할 수 없었다. 아내가 떠난 자리에 세찬 빗소리가 휘몰아쳤다. 내가 설 자리가 어딘지 당황스러웠다. 빗소리를 담으며 마음이 촉촉이 젖었다. 용, 네가 누군지 꼭 만나야 할 것 같았다. 웃고 있는 딸을 보며 몇 번씩이나 처연하게 스스로에게 하소연했다. 용이 누구일까? 널 만나야 하는데. 딸은 알고 있다는 듯 마냥 웃고만 있었다. 마음에 빗소리만 더욱 세차게 담겼다. 외로움이 밀려왔다. 나는 빗소리 따라 어깨를 들썩이며 흐느꼈다.

아내의 아파트는 아담하다. 남향이라 그런지 저녁 무렵이건만 초여름 햇살이 거실에 가득하다. 거실에는 아내가 즐기는 오디오 세트, 3인용 소파와 조그마한 고딕풍 탁자가 놓여 있다. 벽면에 추상화가 걸려 있고, 불쑥 튀어나온 기둥에는 아내가 좋아하는 은(銀)십자가가 걸려 있다. 잠시 기다려줘. 된장찌개가 다 끓어가. 된장찌개 냄새와 음악이 거실을 가득 메운다. 군침을 삼키며 거실을 거닐다가 탁자 위 오래된 사진 액자에 시선이 멈춘다. 두 장의 낡은 사진이 보인다. 한 장은 딸이 초등학교 6학년 때 셋이서 처음 놀이공원에 갔던 사진이다. 회전목마 앞에서 찍었다. 아내와 딸은 서로 어깨동무를 하고 환하게 웃고 있고, 나는 옆에 멀쑥하게 서 있는 전신사진이었다. 딸의 초등학교 졸업 전, 가족 나들이로 추억을 남겨야 한다고 아내가 우기는 바람에 놀이공원에 갔던 기억이 난다. 다른 한 장은 딸과 아내 두 사람 사진이다. 상반신만 찍었다. 두 사람은 거의 얼굴을 맞대고 활짝 웃고 있다. 딸의 머리칼이 어깨까지 내려온 것을 보니 대학 입학 즈음인 듯하다. 두 사람 머리 양쪽에 빨강 장미무늬 집게 핀이 꽂혀 있다. 아내가 내 곁에 다가와 살포시 웃는다. 배신감 느껴? 질투 나? 관자놀이가 뜨겁게 뛴다. 순간 가슴속에서 용의 속삭임이 들린다. 어깨를 내려야 해. 어깨를 내려. 재차 용이 외친다. 사진 속 당신 모습을 봐. 억지로 따라온 듯한 모습이잖아. 정말 우리를 사랑했어? 당신이 상상할 수 없을 정도로 우리는 쉽고 빠르게 친해졌어. 정희가 아파트에 온 지 한 달도 되지 않았는데 정희는 나를 엄마라고 불렀지. 슬픈 표정을 지으며. 정희는 정에 굶주려 있었어. 정희가 당신을 아빠라 부르고 싶지 않다고 했었지. 아빠라고 부를 만큼 정을 느끼지 못했대. 그때 두 사람은 나에게 뭘 해줬지? 불만이 솟구친다. 어깨가 불쑥 치켜 올라간다. 용이 또다시 내 어깨를 어루만지며 다정하게 속삭인다. 어깨를 내려. 힘을 다 빼고. 가장 편하게 어깨를 내려봐. 당신의 으쓱대는 어깨 꼴이 보기 싫었어. 우리 둘은 서로 사랑하고 친해질 수밖에 없었어. 아내는 신나게 몰아붙인다. 옳지 그렇게 어깨를 편하게 내려놔야 해. 웃으면서 말이야. 아내도 어깨를 내리고 웃으며 네게 말하잖아. 용도 기분 좋게 웃는다. 구수한 된장찌개가 군침을 돌게 한다.

냉혈한, 철면피 같은 놈, 잘나빠진 놈아. 그따위 행실을 하니까 벌 받아서 네 딸이 일찍 세상을 떴지! 넌 딸을 잃고도 아직 너 자신을 모르겠니? 외사촌 형이 뱉은 온갖 욕지거리가 비수로 찌르듯 가슴에 파고들었다. 냉혈한, 철면피 등 한마디 한마디가 선명하게 되새겨졌다. 어둠이 시작되는 길목이 어디인지 모르겠다. 깊은 수령 속으로 허우적거리며 걸어가는 듯하다. 벌 받아서 딸애가 일찍 세상을 떴다? 전혀 이해할 수 없는 무서운 벌칙이다. 벌칙을 받을 만큼 내가 잘나빠진 놈인가? 잘난 놈은 나쁜 놈일까? 좀 사정을 봐주렴. 너는 임대료 못 받는다고 어려운 상황이 되는 건 아니잖아. 네 외사촌 형이 요즘 사정이 딱해서 힘들게 부탁하는데…… 어머니의 말이 끝나자마자 내 입에서 '안 됩니다'란 말이 냉정하게 튀어나왔다. 벌써 이 년째예요. 임대료 밀린 것이. 원칙대로 해야 합니다. 능력 없어서 못 내는 거 아닙니까? 순간 미지근한 커피가 내 얼굴에 뿌려졌다. 외사촌 형이 씩씩거리며 벌떡 일어났고, 어머니의 혀 차는 소리가 들렸다. 바로 외사촌 형의 온갖 욕설이 이어졌다. 평소 얌전하고 어질던 외사촌 형 모습이 아니었다. 몇 번씩이나 벌 받아 마땅한 놈이라고 고함질렀다. 창백한 나와 화난 조카 눈치를 보며 어머니는 어쩔 줄 몰라 허둥댔다. 돈 좀 있고 똑똑한 대학교수라고 어깨를 우쭐대며 집안 어른들 업신여기더니…… 외사촌 형이 떠드는 어떤 말도 들리지 않았다. 벌 받아서 딸애가 일찍 저세상으로 갔다는 말만 귓속에 박혔다. 가슴이 터질 듯했다. 가슴을 움켜쥐고 마냥 거리로 튀어나왔다. 개 짖는 소리가, 기차 지나가는 소리가, 강물이 흐르는 소리가, 버스나 자동차가 달리는 소리가 귓가를 스쳐갔다. 소리들이 귀에 담겨지지 않았다. 오직 외사촌 형의 목소리만 메아리치듯 계속 귓속을 파고들었다. 트럭에 부딪혔을 때, 딸애는 얼마나 아팠을까? 뭐라고 외치며 의식을 잃었을까? '아빠 때문에 난……' 단말마 같은 비명이 들려왔다. 나를 원망했을까? 걸음마다 딸의 비명이 들려오는 듯했다. 식은땀이 흐르고 온몸이 덜덜 떨렸다. 달리는 차들이 서로 부딪히는 듯 눈앞이 어지러웠다. 거리에 울려 퍼졌다. 차에 부딪혀 쓰러지는 사람들이 아른거리는 시야에 보였다. 온 거리가 많은 사람의 핏물로 낭자했다. 어디에 딸애가 있는지 찾을 수 없었다. 어딘가에서 딸애의 비명이 들리는 듯했다. '아빠 때문에 난……' 빨리 찾아야 한다. 빨리 구해야 한다. 하지만 다리는 비틀거리며 눈은 점점 어지럽게 맴돌았다. 너를 찾고 싶었다. 무작정 너를 만나고 싶었다. 서재에 겨우 들어왔을 때, 몸안에 수분의 10퍼센트도 남아 있지 않은 듯 바싹 말라버렸다. 아무리 물을 마셔도 소용없었다. 입술이 타들어가고 가슴이 시커멓게 탔다. 나는 나를 만질 수 없었다. 한 걸음조차 걸을 수 없었다. 어둠은 언제나 면도날처럼 온몸을 할퀴었다. 온몸이 갈기갈기 찢어질 것 같았다. 마지막으로 내 마음을 고백하고 싶었다. 딸아 미안해. 바싹 마른 입술로 겨우 고백했다. 그때 용, 네가 내 앞에 만들어지고 있었다.

발가락 내 발가락

잠이 발가락에서 시작된다. 하루 종일 움직였던 발가락이 조용해지면 실핏줄이 부풀면서 따스해진다. 따스해진 발가락 끝에서 잠이 생겨난다.

  나는 몰랐다. 매일 걸어 다니는 발에서 잠이 시작된다는 것을. 나뿐만이 아니었다. 할머니 한옥에 함께 사는 사람들도 오랫동안 잠이 어디서 시작되는지 몰랐다. 또한, 발가락은 봄 햇살 같은 따스함이 필요하다는 것도 몰랐다. 그래서 모두 오랫동안 같은 병을 앓았다. 밤에 잠을 잃어버린 병이었다. 병명은 심인성 불면증이었다. 꼼꼼히 기억해보면 나는 육 년째 잠을 찾고 있다. 처음에는 잠이 사라지는 것도 몰랐다. 오히려 잠이 사라진 밤들을 신나게 즐겼다. 즐길 수 있는 시간이 많이 생긴 듯해 기뻤다. 잠이 없어져 홀가분했다. 내 인생에서 군더더기가 없어진 듯했다. 밤에만 할 수 있는 것을 찾아다녔다. 그러고는 마음껏 즐겼다. 그래서 잠이 내 몸에서 사라졌을 때 대수롭지 않게 생각했다. 내가 원하면 몸에 언제든지 나타나는 줄 알았다. 잠은 머릿속에 있을 거야. 으레 그렇게 여겼다. 육 년 전에는 베개에 머리만 닿으면 잠이 저절로 왔다. 굳이 잠을 찾을 필요가 없었다. 잠이 갑자기 사라질 줄은 전혀 생각지 못했기 때문이다. 하지만 밤을 즐기는 것도 잠시뿐이었다. 밤에는 잠이 있어야 했다. 잠이 사라진 밤이 나를 괴롭히기 시작했다. 입술이 타들어가고 눈이 충혈되는 고통이 밤새 나를 괴롭혔다. 나는 잠을 열심히 찾았다. 하지만 잠을 도저히 찾을 수 없었다. 그렇게 대수롭지 않게 여겼던 잠이 꼭꼭 숨어버렸다니! 마치 잠과 숨바꼭질하는 것 같았다. 나는 지쳐만 갔다. 온갖 수단과 방법을 다 썼지만 소용없었다. 하루하루 밤은 무섭게 찾아왔다. 뜬눈으로 지새우는 밤들이 무서웠다. 수면제를 삼켜도 소용없었다. 상쾌하게 아침 햇살을 맞이할 수 없었다. 눈가에 다크서클이 점점 커져갔다. 볼살이 사라지면서 광대뼈만 창백하게 두드러졌다. 온몸이 묵직해 걸음걸이가 휘청거렸다. 정신과 의사는 우울증으로 인한 불면증이라고 진단했다. 우울증에 의한 불면증이라니? 어처구니가 없었다. 내가 우울증 때문에 잠을 잃어버렸다고?

할머니가 웃고 있다. 흔들리는 내 눈 안에서 할머니는 소리 없이 웃는다. 덜컹거리는 틀니 소리가 웃음 사이로 흘러나온다. 틀니 소리와 웃음이 자장가처럼 내 귀에 스며든다.

대청마루에 쏟아지는 형광등 불빛이 눈을 아프게 찌른다. 눈을 감고 싶어도 감기지 않는다. 눈두덩이 찢어질 듯 아플 뿐이다. 마룻바닥에 뼈마디가 부딪히며 욱신거린다. 숨결이 짧고 급하게 코와 입에서 쏟아진다. 겨드랑이나 사타구니가 끈적거리며 간지럽다. 온몸이 짜증투성이다. 참을 수 없는 짜증 끝에 씩씩거리며 머리카락을 쥐어 뒤틀어본다. 짜증 그만 내렴. 억지로라도 눈을 감아보렴. 할머니 손길이 눈꺼풀을 덮는다. 할머니가 틀니를 덜컹거리며 발 쪽으로 앉는다. 나는 눈을 감고서 할머니 손길을 기다린다. 할머니가 웃으면서 내 발가락을 만지작거리기 시작한다. 피곤했구나. 온몸이 굳어 있네. 발가락이 너무 차구나. 이러니 잠이 오지 않지. 좋은 꿈을 꾸면서 자렴. 할머니가 부드럽게 속삭인다. 두텁고 거칠며 무딘 할머니 손이 발가락을 주무른다. 주물거리는 할머니 손안에서 발가락이 따뜻해진다. 발가락 속 실핏줄이 부풀어진다. 잠이 시작된다. 따스해진 발가락에서 잠이 시작된다. 잠이 이렇게 편하게 왔었나?

렘수면에 빠져들 수 없었다. 몇 시간씩 눈을 억지로 감고 꼼짝없이 누워 있어도 겨우 10Hz 전후의 알파파만이 간혹 생겨나곤 했다. 꿈이 생기지 않은 지도 거의 몇 년이 됐다. 간혹 환시에 시달려서 꿈인 듯 생각하곤 했다. 꿈이 그리웠다. 꿈을 만드는 렘수면은 나에게 생기지 않았다. 렘수면을 만들기 위해 침대 매트를 세 번이나 바꿨다. 일주일마다 이불과 요를 세탁기에 돌렸다.

캐시미어다, 모시 이불이다, 비단 이불이다, 온갖 이불과 요를 바꿨다. 하지만 소용없었다. 이불이나 요는 언제나 눅눅하기만 했다. 눅눅함은 잠이 찾아오지 않는 첫번째 핑계가 되곤 했다. 그럴 때면 옷장에 있는 옷들을 세탁기에 쑤셔 넣고 밤새 돌렸다. 덜덜거리는 소리만 귓속에 파고들어서 머릿속을 꽉 채웠다. 덜덜거리는 소리에 맞춰 멍하게 고개만 밤새 끄덕였다. 세탁기 돌아가는 소리가 잠이 오지 않는 두번째 핑계를 만들어줬다. 이 세탁기 돌아가는 소리 때문에 나는 잠을 잘 수 없는 거야. 새벽녘에 참을 수 없는 신경질로 망치를 들었다. 망치로 세탁기 옆구리를 후려쳤다. 꽝! 두번째 세탁기가 부서졌다. 세탁기가 부서져도 렘수면은 찾아오지 않았다. 세탁기가 몇 개나 더 부서질지 알 수 없었다. 층간 소음으로 나는 바닷가 아파트에서 쫓겨났다.

황령산 입구 숲속에 위치한 아파트로 옮겼다. 집을 떠나온 후 세번째 이사였다. 밤이면 바람 소리와 숲속 나무들 소리뿐이었다. 너무 조용한 밤도 잠을 만들지 못했다. 또 잠이 오지 않는 핑계가 만들어졌다. 잠이 오지 않아 밤마다 짜증스럽게 뒤척거리는데 어머니 전화 때문에 불면증이 더욱 심해졌다. 어머니가 '왜 이사했냐? 결혼할 생각이냐?'라며 전화로 물었을 때 고함이 먼저 터졌다. 이사한 지 한 달이 넘었건만 이제 겨우 전화하는 거야? 언제나 나에게는 그냥 자식이니까 거는 안부 전화인 거야? 전화 걸기만 하면 결혼 이야기만 꺼내냐고! 내 걱정 해본 적 있어? 결혼한다면 집이라도 사줄 거야? 이러니 내가 잠이 안 오지! 어머니에게 화풀이하면서 잠이 안 오는 이유를 만들었다. 엄마는 불면증의 꼬투리가 될 수밖에 없었다. 내가 알아서 살아가니까 노인네 걱정이나 하슈! 팔십 노모는 조용히 전화를 끊었다. 노모의 긴 한숨 소리가 밤새 귓가에 맴돌았다. 렘수면의 뇌파는 생겨나지 않았다. 알파파 속에 노모의 한숨이 계속 맴돌았다. 잠은 올 수 없었다. 짜증을 왜 냈을까? 다음날부터 눕기만 하면 알파파 속에서 의문만 점점 커졌다. 나는 엄마에게 짜증을 낼 수밖에 없는 놈이야. 밤이 우울하게 다가왔다. 자식을 많이 둔 노모에게 사내로 넷째인 나는 천덕꾸러기였다. 딸을 바라며 사십대 초에 마지막이라고 낳은 자식이 나였다. 엄마는 나를 낳고서 산후우울증에 시달렸다. 연년생으로 결국 막내 여동생을 낳은 후 우울증이 없어졌다. 나는 엄마 품에 겨우 몇 개월만 안겨 있었을 뿐, 엄마의 온기를 기억할 수 없었다.

그것이 노모와의 마지막 통화였다. 몇 달 후 노모는 이 세상을 떠났다. 장례식장에서 마음껏 울고 싶었다. 마음껏 울었다. 가족이나 친지들이 유별나다는 듯이 나를 쳐다봤다. 혹시 잠이라도 한번쯤 푹 잘 수 있을까 하고. 통곡 때문에 머릿속이 멍해지면 잠이 쉽게 찾아올 수 있을 것 같았다. 집안 어른들 잔소리가 또 잠을 방해했다. 네 어미는 네가 사십 넘기 전에 결혼하는 것을 꼭 보고 이 세상을 떴어야 했는데…… 더 늦기 전에 장가가거라. 울화통만 터지는 잔소리였다. 세상 떠난 노모가 나를 도와주길 바랐다. 하지만 노모는 밤새 아파트 안을 그림자로 돌아다녔다. 거실에 앉아 있으면 텔레비전 옆에 앉아서 시청을 방해했고, 화장실에 들어가면 세면대 거울에 나타났으며, 침대에 누우면 천장에 아른거렸다. 나는 노모 품에 안기고 싶었다. 가슴속 온기를 느끼고 싶었다. 허우적거리며 노모 그림자에 붙었지만 소용없었다. 어머니 품에 포근하게 안긴 지가 언제였지? 기억나지 않았다. 노모는 잠을 만들어주지 않았다. 오히려 세로토닌 분비를 방해만 할 뿐이었다. 어릴 적 엄마 품에서 세로토닌을 많이 분비하고 싶었다. 하지만 나에게 주어진 엄마 품은 고작 몇 달뿐이었다. 나는 엄마 품을 그리워했다. 엄마 품에는 언제나 막내 여동생이 안겨 있었다. 나는 좁은 문간방에서 형들에게 구박받으며 잠들 수밖에 없었다. 나는 컴퓨터를 만질 때만 즐거웠다. 컴퓨터와 점점 친해졌다. 식구들보다도 컴퓨터가 더 소중했다. 하지만 컴퓨터만으로는 세로토닌이 많이 분비될 수 없었다.

잠이 허벅지를 타고 올라온다. 나는 눈을 꼭 감는다. 할머니가 허벅지까지 주물거린다. 할머니 무딘 손길이 따뜻하다. 할머니의 온기가 발가락에서 허벅지로 옮아간다. 잠이 없어진 오랫동안 장딴지나 허벅지에 벌레가 기어가는 듯한 느낌을 받았다. 밤이면 벌레를 쫓아내려고 장딴지나 허벅지를 때리기도 했고, 다리를 밤새 움직이기도 했다. 하지만 벌레 기어가는 듯한 느낌을 없앨 수 없었다. 할머니 손길 따라 벌레 같은 놈들이 없어진다. 허벅지가 잠에 빠져든다. 이미 발가락은 편하게 잠들고 있다. 무룡도 조용하다. 허벅지가 몽실몽실 움직인다. 나를 괴롭히던 벌레 같은 것들이 사라진다.

할머니, 우리가 언제 만났죠? 기억도 안 나. 며칠 전인지, 몇달 전인지. 아니면 몇 년 전인지. 멀리서 보니 네가 강 위를 걷고 싶어 하더군. 나는 강가에서 가을 햇살 듬뿍 실은 강바람을 맞으며 잠에 빠져들고 있었지. 잠결에 먼저 떠난 딸애가 찾아왔더군. 강바람 따라 아른거리며 그동안 못다 한 얘기를 재잘거렸어. 나는 가을 햇살을 맞으며 재미있게 이야기를 듣고 있었지. 딸애가 내 얼굴을 쓰다듬으며 '먼저 떠나서 미안하다'는 말을 언제나처럼 하더군. '혼자 지내기 힘들죠?' '외롭지 않아요?' 나는 괜찮다고 웃으며 말했어. 서로 재잘거리며 함께 살면서 즐거웠던 기억들을 나눴지. 한창 이야기를 하고 있는데 딸애가 고개를 돌리더니 깜짝 놀라며 '앗 저 젊은이를 봐! 나처럼 강 속으로 빠지고 있어'라고 외쳤어. 그러더니 바람 따라 잠결에서 사라졌어. 나는 급하게 네게 다가갔지. 너는 멍하게 강 속으로 걸어 들어가더군. 배꼽까지 물속에 잠겨 있었어. 내가 네 손목을 잡고 강가로 끌고 나왔지. 너는 멍청하게 나를 따라 나왔어. 네 눈동자에는 아무것도 보이지 않더군. 그때 너를 처음 만났지. 할머니는 나를 강변 잡초 위에 눕혔다. 할머니, 나는 그때 할머니 손길을 잊을수 없어요. 할머니가 물에 젖은 내 손과 발을 꼭 만져줬어요. 강물에 들어가기 전에 얼마나 힘들었는지 아세요? 머릿속에 수천마리 온갖 벌레들이 우글거리며 잠을 쫓아내는데, 생지옥이었어요. 잔잔한 강물이 포근해 보였어요. 강물에 잠겨야 잠이 올 것 같았어요. 마취된 듯이 강 속으로 걸어 들어갔던 거예요. 할머니 손길 따라 발가락 실핏줄이 뜨거워지더니 잠이 생겨나는 거예요. 깜짝 놀랐죠. 할머니 손길이 요술 부리는 듯했어요. 순식간에 깊은 잠에 빠져들었죠. 온몸이 새털처럼 가벼워지면서 꿈속에서 푸른 하늘을 날아다니는 것 같았어요. 지금처럼. 알파파가 머릿속에 멜로디처럼 움직이기 시작한다. 곧 렘수면 뇌파가 생길 것 같다. 잠은 따뜻하게 허벅지로 퍼지고 있다.

정이가 만들어준 생활은 엉망진창이었다. 그래도 정이와 함께 잔 날들은 렘수면에 깊게 빠질 수 있었다. 정이는 그 지긋지긋한 영주동 산복도로 30여 평 단독주택에서 나를 탈출시켜줬다. 큰형이 결혼했어도 씨름꾼 같은 형제들 때문에 나는 여전히 단칸방 모퉁이에서 잠을 자는 신세였다. 온기는 전혀 느낄 수 없었다. 집이란 자라면서 생리적인 잠을 자는 둥지일 뿐이었다. 어쩔 수 없이 숨을 쉬기 위한 끔찍한 집이었다. 컴퓨터나 스마트폰만 만지작거릴 수밖에 없었다. 인터넷에서 겨우 온기를 느끼며 잠을 만들어나갔다. 어떻게 대학까지 견뎌냈는지 대견하다는 생각마저 들었다. 엄마의 잔소리 때문에 큰누나와 큰형이 전문대학 등록금까지는 마련해줬다. 두 사람이 투덜거리며 대준 등록금으로 나는 물리치료사가 되었다. 물리치료사 면허증으로 홀로 생활할 수 있게 됐다. 컴퓨터와 스마트폰만 있으면 혼자 살아갈 수 있었다. 인터넷으로 나는 하루하루를 만들어갔다. 인터넷에서 그나마 온기를 찾았고, 느꼈다. 하지만 기계에서 느끼는 온기는 금방 식었다. 정이는 내가 근무하는 종합병원에서 만난 치과위생사였다. 정이는 요사스럽게 웃곤 했다. 나는 그녀의 웃음에서, 인터넷에서는 느끼지 못한 따스함을 느꼈다. 요사스런 웃음에 쉽게 빠졌다. 만난 지 보름 만에 함께 모텔로 들어갔다. 나는 정이와 함께 잔 첫날 렘수면에 빠질 수 있었다. 깊은 잠이었다. 개운하게 잠에서 깨어날 수 있었다. 며칠 후 정이가 혼자 거주하는 오피스텔로 잠자리를 옮겼다. 그때부터 이 년간 정이와 전투 같은 동거를 시작했다. 티격태격 거의 매일 싸움이었다. 정이는 여왕벌처럼 행동했다. 그래도 식구보다 편했다. 온기를 느꼈고 잠을 잘 수 있었다. 영주동 산복도로 집에서 탈출할 수 있어서 다행이라 생각했다. 가족들은 편할 대로 하라는 표정이었다. 아버지는 오히려 홀가분한 얼굴로 나를 바라봤다. 나도 굳이 가족이라는 틀이 필요 없었다. 가끔 만나는 이웃처럼 생각이 들었다.

정이가 임신을 했다. 밤낮 구별 없이 나에게 들러붙어 자더니 일을 만들었다. 일이 터지자 정이는 나를 징그러운 벌레 보듯 내 곁에서 떨어졌다. 그녀는 망설임 없이 나를 후미진 골목에 있는 산부인과로 데리고 갔다. 우리는 부부예요. 아직 형편이 어려워서 애를 가질 수 없어요. 정이는 당당하게 의사에게 말했다. 병원 문을 나서자 세번째 낙태수술이라고 했다. 그러곤 나에게 헤어지자고 했다. 나는 이런 구질구질한 집안에서 애를 낳고 싶지 않아. 우리는 뻔하잖아. 결혼하고 애 낳아봤자 스무 평 전셋집에서 언제 벗어나겠니? 나는 임신하면 불면증에 걸려. 나는 편하게 자고 싶어. 아직 애를 가질 때가 아냐. 너하고 살림 차리고 싶지 않아. 그녀는 코웃음 치면서 내 곁을 떠났다. 나 역시 아직 아이를 가지고 살림을 차리고 싶지 않았다. 나는 겨우 한숨을 쉬며 10평 오피스텔에서 나 홀로 생활을 시작했다. 그 후 정이는 함께 근무하던 병원에서 보이지 않았다. 가끔 동네 친구인 기태와 술 한잔했다. 기태도 혼자 사는 것이 편하다고 떠들곤 했다. 까짓거! 결혼해서 자식들에게 얽매일 필요 있어? 우리 아버지도 자식 키운다고 고생만 하더니 결국 제명에 못 살고 당뇨, 고혈압 후유증으로 저세상 갔잖아! 요즘 자식 앞에 떳떳하려면 사십 평 정도의 집은 가지고 있어야 하는데 그게 말이 쉽지…… 인터넷과 스마트폰만 있으면 혼자 살아가는 데 지장 없어. 혼자가 홀가분하지. 그냥 그때그때 생리적으로 여자를 만나면 그만이야. 함께 살면 쓸데없이 돈이나 낭비하게 되고. 우리는 홀로 삶을 서로 위로했다.

하지만 오피스텔은 썰렁했다. 온기를 점점 느낄 수 없었다. 밤새 온기를 찾아 인터넷을 샅샅이 뒤졌다. 거기서도 온기를 찾을 수 없었다. 올빼미처럼 눈만 휑하게 커졌다. 잠시나마 정이 덕분에 렘수면에 빠질 수 있었다. 정이와 함께 있었을 때 렘수면을 쉽게 잊어버렸다. 서른 갓 넘은 늦가을 비 오는 날 밤, 잠이 사라진 것을 알았다. 도대체 잠이 어디에 있는지 찾을 수 없었다.

잠이 배꼽까지 다다랐다. 온기가 온몸에 확 퍼진다. 아랫도리가 뜨거워진다. 잠이 배꼽까지 오면 아랫도리도 잠을 느낀다. 아랫도리가 커졌다가 작아졌다. 잠이 아랫도리를 마음대로 주물럭거린다. 방귀가 시원하게 터진다. 꿈이 아랫도리에서 만들어지기 시작한다. 오늘은 따뜻한 꿈이 만들어질 듯하다. 할머니가 계속 발가락을 만지작거린다. 꿈이 만들어지는구나. 네 눈꺼풀이 풀리는 것을 보니. 할머니 목소리가 잠결에 아련하게 들린다. 강가에서 네가 정신을 차려서 안심하고 집으로 오는데 네가 나를 따라오더군. 잠에 젖은 듯한 표정으로. 집안에 따라 들어오더니, 대청마루에 그냥 꼬꾸라져서 깊게 잠이 들어버렸어. 가을 햇살이 너를 포근하게 감싸더구나. 아마 하루 종일 잤을 거야. 쌕쌕거리면서. 얼마 만인지 꿈이 만들어지더군요. 그렇게 만들고 싶어도 만들어지지 않더니…… 할머니 손길에 꿈이 만들어지다니. 아버지, 어머니와 함께 동물원 가는 꿈이었어요. 한 번도 부모님과 놀이공원이나 동물원에 가본 적이 없었어요. 어릴 적에 한 번은 함께 가고 싶었거든요. 꿈속은 화창한 어린이날이었어요. 아버지와 어머니가 내 양손을 꼭 잡고 동물원을 구경하며 돌아다녔어요. 어머니가 내 오른손에 노란 풍선을 쥐여줬어요. 너무 좋았죠. 사자 우리 앞에 가니, 사자가 문을 열어주더군요. 나를 보더니, 우리 안에 들어와서 함께 놀자고 하더군요. 아버지가 아이스크림을 두 개 사줬어요. 사자와 아이스크림을 나눠 먹으럼. 그걸 들고 우리 안에 들어갔어요. 사자에게 아이스크림을 줬더니 맛있게 핥으면서 나를 껴안더군요. 사자 품이 너무 따뜻하고 포근했어요. 언제까지 있었는지 모르겠어요. 가장 행복한 꿈이었으니까요. 꿈을 꿀 수 있는 잠이 얼마나 소중한지.

너 요즘 잠 잘 잔다면서? 기태가 울먹이며 전화를 걸었다. 수면제를 복용하지 않아도 잠을 편하게 잘 수 있다던데, 정말이냐? 네가 잘 잔다는 소문이 친구들 사이에 쫙 퍼졌던데? 도대체 어떻게 불면증을 고쳤냐? 기태는 애원하듯 크고 높은 목소리로 다그쳤다. 제발 나에게 잠자는 방법을 가르쳐줘. 울먹이면서 전화를 끊지 않았다. 세로토닌을 만들어봐! 인터넷을 멀리하고 햇빛을 받으며 누군가에게서 온기를 느껴보라고. 발가락에서 잠이 시작돼. 넌 그 사실을 몰랐지? 나는 웃으면서 대답해줬다. 세로토닌? 발가락에서 잠이 생긴다고? 기태는 궁금한 듯 몇 번이나 물어봤다. 며칠 전 정신과 주치의도 의아한 듯 물리치료실로 찾아왔었다. 잠을 찾으셨다면서요? 궁금한지 내 얼굴을 찬찬히 쳐다봤다. 잠을 푹 잔 얼굴이네요. 어떻게 된 일인지요? 의사의 놀란 눈동자 속에 나는 편하게 웃고 있었다.

할머니와 헤어졌다. 할머니는 골목 어귀까지 함께 걸어와서 배웅해줬다. 한참 걷다 뒤돌아보니 할머니는 여전히 손을 흔들고 있었다. 할머니 집은 한옥이었다. 마당과 대청마루, 집안에 햇빛이 가득했다. 대청마루는 유달리 편안했다. 집으로 돌아가는 발걸음은 가벼웠고 어두운 거리에 부는 초가을 바람이 상쾌하게 내 어깨를 스쳐갔다. 발목에서부터 허벅지 따라 배꼽을 거쳐 등과 어깨까지 힘이 넘쳐났다. 걸음걸이가 가을바람 따라 가뿐했다. 잠으로 만들어진 힘이었고 기분이었다. 하지만 오피스텔에 들어서자 또다시 잠은 사라졌다. 혼자서 밤새 발가락을 만지작거렸다. 아무리 주물럭거려도 온기는 생기지 않았다. 할머니는 어떻게 내 발가락을 만졌지? 발등을 쓰다듬어보기도 하고, 엄지발가락을 힘껏 당겨보기도 하면서 밤새 잠을 만들어봤지만 생겨나지 않았다. 어쩔 수 없었다. 퇴근길에 할머니 집으로 발길을 돌렸다. 오피스텔로 돌아가기 싫었다. 수면제도 소용없었다. 사자와 놀았던 꿈이 그리웠다. 할머니도 기다렸다는 듯이 반갑게 나를 맞이했다. 구수한 된장찌개 냄새가 가을바람 타고 콧속으로 스며들었다. 내 딸애가 조개와 호박 넣은 된장찌개를 좋아했지. 며칠 사이 왜 얼굴이 파리해졌어? 할머니는 따스한 물이 담긴 대야를 가져왔다. 그러고는 수건을 나에게 건네줬다. 세수하자 할머니는 대야에 내 발을 담그고 정성껏 발가락 하나하나를 씻겨줬다. 갑자기 세로토닌이 온몸에 퍼졌다. 대야에 담근 발가락에서 잠이 생겨났다. 할머니는 따스한 물속에서 내 발등을 쓰다듬었다. 아 렘수면은 이렇게 찾아오는구나. 저절로 대청마루에 누워버렸다. 콧잔등에 가을바람은 살랑거렸다. 스치는 바람 따라 세로토닌이 얼굴에 살포시 퍼졌다. 세로토닌 덕분에 어깨를 짓누르던 통증이 사라졌다. 잠들기 전에 된장찌개로 저녁

밥을 먹으렴. 할머니는 식사하는 나를 대견하다는 듯 바라봤다. 내 딸애도 너처럼 맛있게 된장찌개를 먹었지. 네가 딸애처럼 밥 먹는 것을 보니 나도 기쁘구나. 나도 가끔 잠이 오질 않는단다. 먼저 간 딸애가 보고 싶어서. 렘수면은 쉽게 찾아왔다.

결국 할머니에게 애원했다. 할머니와 함께 살고 싶다고. 그러렴. 내 딸애처럼 맛나게 된장찌개를 먹는 것만 봐도 난 기분 좋단다. 텅 비어 있는 다섯 개의 방 중에 첫번째 방으로 나는 살림을 옮겼다. 밤마다 할머니는 따뜻한 물이 담긴 대야 속에서 내 발을 씻겨줬다. 그러고 할머니의 손맛 나는 저녁식사를 하고 나면 저절로 발가락에서 잠이 생겨났다. 인터넷을 켤 시간도 없었다. 아침이 되면 햇살이 방 안 가득히 채워졌다. 간혹 밤중에 소변 때문에 깨면 건넌방에서 할머니가 쌔근거리며 잠자는 소리가 들렸다. 할머니는 맛나게 잠을 자고 있었다. 여러 가지 꿈들이 만들어졌다. 기태에게서 매일 전화가 걸려왔다. 잠을 찾을 수 없어서 너무 괴롭다고. 밤이 무섭다고. 파리한 얼굴, 눈동자에서 세로토닌이 전혀 느껴지지 않았다. 기태가 한심스러웠다. 애처로워 보였다. 한심함에 웃었더니 엉엉 울면서 '제발, 제발' 애걸했다. 친구를 할머니에게 데리고 갔다. 할머니가 친구의 초라한 꼴을 보더니 혀를 찼다. 우리 집에서는 밤중에 컴퓨터를 사용하면 안 돼! 할머니는 단호하게 말하며 친구가 두번째 빈방을 쓰는 것을 허락했다. 할머니는 친구의 발도 씻겨줬다. 친구에게 잠이 쉽게 찾아오지 않았다. 친구는 불면증을 나보다 더 심하게 앓고 있었다. 그래도 할머니는 정성껏 친구 발가락을 주물럭거렸다. 공휴일이면 할머니는 아침 햇살 가득한 마당으로 친구를 불러내서 집안일을 시켰다. 쓰레기를 버린다든지, 마당을 청소 시킨다든지, 부서진 가구를 수리한다든지. 처음엔 짜증 내던 친구는 차츰 햇살에 묻혀 열심히 일하기 시작했다. 일이 끝나면 할머니는 친구의 발가락을 만져줬다. 친구는 햇빛을 받으며 몇십 분간 낮잠을 잤다. 친구는 조금씩 잠이 만들어져갔다. 몇 주 지나자 드디어 코까지 골면서 맛나게 잠이 들었다. 친구는 매일 낮잠 자는 버릇이 생겼다. 낮잠에서 깨어나면 친구는 어린애처럼 천진난만하게 웃었다.

잠이 가슴에 채워진다. 심장이나 허파에 묻은 하루의 때를 씻어내면서 차곡차곡 채워진다. 가슴은 아침부터 활기차게 움직였다. 힘들지 않았나? 누군가와 싸우지 않았나? 남에게 못된 짓을 얼마만큼 했나? 거짓말은 얼마만큼 했나? 할머니 목소리가 가슴으로 스며든다. 네가 열심히 일해야만 이렇게 집안에서 편하게 있을 수 있단다. 잠결에 할머니 목소리가 주문처럼 아련히 들린다. 할머니…… 할머니…… 나는 오늘…… 행복했어요. 열심히 일했어요…… 어제 만들어진 세로토닌 덕분에 무사히 하루를 마쳤어요. 잠꼬대하듯 렘수면 상태에서 중얼거린다. 하루의 빛으로 만들어진 세로토닌이 잠으로 변하고 있다. 이제는 너 혼자 잘 수 있구나. 할머니가 살며시 일어나서 안방으로 들어간다. 곧 할머니 코 고는 소리가 자장가처럼 들릴 것이다. 나는 렘수면 끝 자락에서 할머니 코 고는 소리를 듣게 된다. 할머니의 세로토닌파가 너울처럼 집안으로 퍼진다. 나도 심장이 쉬는 서파수면에 빠질 것이다. 세로토닌으로 채워진 가슴에 가장 편안한 밤이 만들어진다. 심장을 도려내고 싶었던 불면의 밤은 기억 속으로 사라졌다. 이제는 가슴속에서 오늘 하루를 그릴 수 있다. 붉게 뛰는 심장의 소리를 잠 속에서 들을 수 있다.

오늘 낮에 오랜만에 큰형에게서 전화가 걸려왔다. 오랜만이네, 형. 집안 식구들 잘 있어? 연락 자주 못해 미안해. 큰형이 반가운 듯 웃으면서 말했다. 네 목소리에 웃음이 서려 있네. 걱정돼서 안부차 전화했어. 걱정할 필요가 없겠네. 큰형의 웃는 얼굴이 그려졌다. 괜히 미웠던 큰형이 보고 싶었다. 내 눈가에 물기가 촉촉이 맺혔다. 큰형의 눈가에도 물기가 촉촉이 그려졌다. 아버지 제삿날은 기억하겠지? 음력 10월 11일 아니에요? 미안한 생각이 들었다. 큰형 말 속에 미안한 느낌이 듬뿍 들어 있다. 이제 식구들을 편하게 볼 수 있겠구나. 큰형에게 이번 아버지 제삿날에는 꼭 가겠다고 말했다. 그런데 그동안 왜 식구들이 미웠을까? 내 잠을 빼앗았기 때문이었다. 어릴 적 내 발가락을 만져달라고 큰형에게 부탁할걸. 우리 웃음은 전화 속에서 길게 이어졌다. 잠으로 만들어진 좋은 기억 때문에 나는 큰형을 다시 사랑하게 되었다.

한옥이 나날이 시끌벅적해진다. 조용하던 마루나 마당에 발소리가 하루 종일 들린다. 웅성웅성 사람 움직이는 소리나 소곤소곤 말소리, 가끔 웃음소리까지 한옥 여기저기서 터져 나온다. 그중 할머니 웃음소리가 또렷하게 자주 퍼진다. 빈방들이 사람들 코 고는 소리로 채워졌다. 지난 입동 즈음 세번째 빈방에 새 입주자가 들어왔다. 할머니가 왼 다리를 쩔뚝이는 추레한 오십대 아줌마를 데리고 왔다. 오늘부터 이 아줌마가 세번째 빈방에서 지내기로 했어. 아줌마는 연길에서 온 중국 교포였다. 한국에는 오 년 전에 왔단다. 함께 왔던 남편은 삼 년 전에 급사했고, 연길로 돌아가서 자식 신세 지기 싫다고 혼자 여기저기 떠돌아다녔단다. 중국 교포 아줌마는 밭일을 너무 잘하네. 내 딸애처럼 말이야. 나이도 아마 내 딸애와 비슷할 거야. 언뜻 보면 입이나 눈 주위가 내 딸애와 많이 닮았어. 왼 무릎에 관절염이 심하게 걸렸어. 갱년기장애와 우울증으로 잠이 안 온다네. 아줌마 눈가에는 할머니보다 더 깊게 주름이 패어 있었다. 다크서클이 눈동자보다 더 컸다. 주름 깊숙이 눈물 찌꺼기가 시퍼렇게 남아 있었다. 불면증이 남긴 흔적들이었다. 가볍게 웃으며 바라볼 수 없는 꼴이었다. 잠이 전혀 없는 행색이야. 어떻게 세로토닌을 만들 수 있을까? 수면제도 소용없다네. 할머니는 아줌마를 처음 데리고 오던 날, 혀를 차며 걱정스레 고개를 설레설레 저었다. 할머니 딸 노릇 하며 한 달이 흐르자 아줌마 방에서 가끔 코 고는 소리가 들렸다. 다크서클이 눈동자보다 작아졌다. 절룩거리던 왼쪽 다리가 많이 나아졌다. 말은 없지만, 간혹 웃기도 했다. 한 밥상에서 함께 식사도 했다.

크리스마스 때, 네번째 빈방에 새 식구가 들어왔다. 새 입주자는 베트남 청년이었다. 인근 교회 목사가 베트남 청년을 데리고 한옥을 방문했다. 빈방이 있다는 말을 들은 적이 있어서…… 너무 사정이 딱해서…… 베트남에서 온 노동자입니다. 근처 가구 제조 공장에서 근무하는데…… 할머니는 베트남 청년을 찬찬히 보더니 또 혀를 차면서 허락했다. 그러고 나서 할머니는 고개를 돌려 살짝 눈물을 훔쳤다. 내 딸애 젊은 시절 사랑했던 남자와 많이 닮았어. 피부색만 다를 뿐이지. 두 사람이 얼마나 사랑했는지 몰라. 그런데 남자 집안에서 결혼을 반대하는 바람에 남자는 비관해 자살하고 말았지. 그 바람에 딸애는 결혼하지 않고 나와 함께 살았던 거야. 그날 밤늦게 할머니 방에서 흐느끼는 소리가 들렸다. 베트남 청년은 겨울바람에 몹시 지쳐 있었다. 서툰 우리말에 눈동자 초점이 심하게 흔들렸다. 겁먹은 표정으로 힐끔힐끔 우리 눈치를 봤다. 세로토닌이 생겨날 수 없었다. 세로토닌이 고갈된 얼굴이었다. 겨우내 베트남 청년은 잠을 자지 못했다. 할머니는 부지런하게 뜨거운 물이 담긴 대야를 들고 네번째 방을 들락거렸다. 입춘이 될 무렵, 네번째 방에서 쌔근쌔근 잠자는 소리가 들렸다. 세로토닌이 퍼진 얼굴에 웃음이 자주 보였다. 중국 교포 아줌마의 음식 솜씨가 저녁을 즐겁게 만들었다. 우리는 다섯번째 빈방에 누가 올까 궁금했다. 할머니에게 넌지시 물어봤다. 할머니는 마냥 웃기만 했다.

 음력 설날 아침, 뜻밖의 방문객이 찾아왔다. 사십대 중반쯤으로 보이는, 밍크코트를 입은 여인이었다. 마당에 들어선 여인은 한옥과 어울리지 않는 행색이었다. 허리까지 오는 트렁크 두 개를 들고 있었다. 큰고모, 잘 있었어요? 설날 아침에 갑자기 나타난 불청객인가요? 여인은 간드러지게 웃음을 날렸다. 아니란다. 너무 반갑구나. 미국 생활 하다가 여기서 제대로 살 수 있겠냐? 지내다보면 적응하겠죠. 힘없이 말꼬리가 처졌다. 화려한 옷차림에 비해 표정은 쓸쓸했다. 왜 잠이 부족한 얼굴이지? 그동안 마음고생 많았겠구나. 이혼하고 홀로 타국 생활 한다고. 두 사람은 설날 아침 마당 한가운데에서 얼싸안고 한없이 울었다. 여인은 쉽게 한옥 생활에 적응하지 못했다. 몇 달간 불면증이 그녀를 괴롭혔다. 이혼한 후 술이 없으면 잠을 잘 수 없어. 그녀는 잠을 포기한 말투였다. 그녀는 우리에게 애절하게 도움을 청했다. 나도 잠을 자고 싶어. 당신들처럼…… 우리는 그녀를 위해 주말이면 등산을 하기 시작했다. 그녀는 햇빛이 가득한 숲길이나 산길을 매일 홀로 다녔다. 햇빛은 점점 그녀 몸에 세로토닌을 만들었다. 할머니의 불호령이 술을 멀리하게 만들었다. 햇빛 가득 비치는 한옥에 웃음이 점점 커졌다. 밤마다 쌔근거리며 잠자는 소리가 자장가처럼 집안을 가득 채웠다. 아침에 마당에서 만나는 우리는 서로 잠으로 포동포동해진 얼굴을 보며 전날 밤 꿈 얘기를 한다.

잠이 뇌 속으로 스며든다. 낮의 때를 씻어내면서 서파수면에 빠진다. 잠이 뇌 속에 가득 채워진다. 서파수면에 빠지며 우리들이 뇌 속에 모인다. 뇌 속에 옹기종기 모여 앉는다. 서로 다정하게 이야기를 나눈다. 어떠한 이야기라도 좋다. 이야기를 나누며 웃음이 얼굴에서 한없이 피어난다. 서파수면에서 우리는 다정해진다. 발가락에서 시작된 잠이 뇌 속에 가득 채워졌다. 손이 따뜻해. 서로 손을 잡으며 언제나 서로 온기를 느낀다. 왜 우리는 서로 잠을 채워주지 못했을까? 코 고는 소리가 감미롭다. 수면 뇌파는 서로를 감싸면서 방마다 너울거린다. 서로의 온기들이 수면 뇌파를 만든다. 서로들 고마워, 사랑해, 웃으면서 말을 건넨다. 또 내일 세로토닌을 편하게 만들자고 잠꼬대를 한다. 밤마다 온 집안에 잠결 따라 드뷔시의 피아노협주곡 「달빛」의 멜로디가 넘실거린다. 꿈속에서 내일 아침 햇살을 기다리며, 코 고는 소리는 방문 틈 사이로 훈훈하게 새어 나온다.

오늘의 추상화

자정

　오늘은 신데렐라의 마법이 풀리며 시작된다. 하루가 유리구두 한 짝을 잃어버리고 어제가 됐다. 자정의 저주인가? 풀리지 않는 저주 때문인지 어제는 무채색으로 칠해졌다. 어제가 무채색이 돼도 나는 매일 신데렐라의 마법에 걸리고 싶어 한다. 너도 나와 같은 마음이다. 유리구두 한 짝을 잃은 채 신데렐라의 하루가 새롭게 만들어진다. 유리구두 한 짝을 가슴에 품은 채 너와 나의 오늘이 자정에 시작된다. 마법이 풀리는 어제와 오늘의 틈은 어둠뿐이다. 소리도, 모양도, 움직임도 없는 틈은 온통 까맣다. 자정이 지나면 유리구두를 닮은 별들만이 까맣게 칠해진 하늘에서 반짝인다. 꿈속에서 잃어버린 구두 한 짝을 찾으려고 잠을 만든다. 하지만 잠은 쉽게 만들어지지 않는다. 어제의 스트레

스 호르몬이 여전히 심장에, 근육들에, 핏줄에 엉켜 있다. 스트
레스 호르몬인 코르티솔이 렘수면을 만들지 못한다. 코르티솔에
엉킨 심장이, 근육들이, 핏줄들이 굳어졌다. 나는 유리구두 한
짝을 가슴에 품고 잠에 겨우 빠진다. 어제 만들어진 코르티솔이
악몽을 만든다. 헐떡이며, 헛소리를 하며, 깜짝 놀라기도 하며
렘수면을 만들 수 없다. 악몽이 나를 더욱 괴롭힌다. 거친 너울
같은 악몽에서 헐떡이며 잃어버린 구두를 찾는다. 하지만 더욱
허우적거릴 뿐이다. 무채색으로 칠해진 어제는 너에게도 만들어
진다. 신데렐라 마법이 풀리자 너와 나는 무채색으로 칠해졌다.
어제의 색깔을 기억할 수 없다. 너도 악몽에서 허우적거린다. 렘
수면에 빠져 분홍빛 꿈을 만들고 싶다. 분홍빛 꿈속에서 잃어버
린 유리구두를 찾고 싶다. 너와 만든 어제의 색깔을 악몽 속에서
찾을 수 없다. 어제의 코르티솔은 쉽게 없어지지 않는다. 오늘
을 시작하며 어제 부른 노래를 전혀 기억하지 못한다. 어제가 무
채색이었기 때문에, 너와 나는 오늘을 새롭게 칠해야 한다. 오늘
너는 어떤 색으로 칠해질까? 신데렐라의 마법이 너와 나에게 또
다시 시작된다. 오늘이 시작되는 자정에서부터.

새벽

언제나 새벽 공기는 맑다. 누구에게나 정하다. 숨결로 들이켜

는 공기는 허파와 심장을 깨끗하게 씻어준다. 핏속으로 녹아든
다. 뇌 속과 근육 사이로 스며든다. 스트레스 호르몬을 온몸에서
없앤다. 악몽이 끝나고 렘수면에 깊게 빠진다. 너와 나는 분홍빛
꿈속에서 오늘의 마법을 펼칠 준비를 한다. 분홍빛 꿈을 꾸는 동
안, 동쪽 하늘에서 빛이 태동한다. 새벽 공기 속으로 오늘도 햇
빛이 스며든다. 햇빛 품은 공기는 바람이 된다. 바람이 천지만물
을 휩쓸고 다니며 온갖 색깔을 입힌다. 오늘은 식목일이다. 봄바
람이 식목일 새벽을 파르스레하게 칠한다. 나는 파르스레한 새
벽을 꿈꾼다. 어릴 적에는 새벽이 무서웠다. 입안에 어금니가 붕
출한 새벽부터 온몸과 머릿속이 천둥 번개 치듯 요란스러워졌
다. 핏줄들이 터질 듯이 팽팽해지면서 온몸이 뜨거워졌다. 더구
나 아랫도리는 벌겋게 부풀어 올라서 터질 것 같았다. 그냥 누
워 있어도 심장은 마라톤 할 때보다 강하게 뛰었다. 머릿속 뇌
세포들은 맹렬하게 스파크를 일으켰다. 나는 어떻게 될까? 괴물
이 되고 있나? 부푼 아랫도리가 터질 것 같아 걱정스러웠다. 어
떻게 하면 터지지 않을까 깊게 고민하기 시작했다. 사춘기 때 오
늘의 첫 고민이었다. 아랫도리는 나날이 더욱 부풀고 뜨거워졌
다. 마치 무기처럼 보였다. 가족들에게 들키면 집에서 쫓겨날 것
같았다. 하지만 더욱 뜨거워지고 부풀수록 수많은 네가 보였다.
너를 안고 싶었다. 그리고 온갖 색깔들로 오늘을 칠하고 싶었다.
하지만 새벽 색깔은 전혀 알 수 없었다. 하루하루 바람 따라 새
벽 색깔이 변했다. 너와 나는 새벽 색깔 따라 오케스트라 연주

같은 하루를 만들 것이다. 오늘은 봄바람에 어울리는 너를 찾아야 한다. 부푼 아랫도리가 단단해진다. 단단해진 아랫도리가 하루를 만들기에 충분하다.

아침

4월 5일 토요일. 식목일이다. 동쪽에서 떠오르는 햇살이 거룩하다. 햇살이 온 누리에 거룩하게 뿌려진다. 햇살로 가득 찬 온 누리는 삶의 숨을 쉬기 시작한다. 온 누리는 찬란하게 꿈틀거린다. 햇살은 나의 창문에도 거룩하게 뿌려진다. 황금빛 노을로 칠해진 온 누리는 살맛이 날 만큼 아름답다. 창문을 열자 바람 품은 황금빛 하늘이 나를 안았다. 황금빛 아침 하늘은 한없이 컸다. 큰 숨결로 봄바람을 마셨다. 가슴이 팔딱팔딱 뛰었다. 나는 온 누리에서 먼지보다 더 작게 나풀거린다. 기지개를 켜자 어깨가 시원하게 풀어진다. 생수를 마시자 아랫도리까지 짜릿하게 퍼진다. 여전히 아랫도리가 단단하다. TV 아침 뉴스에서 오늘이 식목일이라고 말한다. 연이어 오늘 일기예보가 TV 화면에 뜬다. 최저기온 9도, 최고기온 17도, 습도 40~60퍼센트, 강수확률 10~30퍼센트, 오전 맑음, 오후 구름 약간 낌. 식목일이라 비가 살짝 내리는 것도 좋을 텐데. 기분 좋게 하늘을 보며 생각한다. 하지만 흙 속에서는 상쾌하게 받아들일 수 있는 날씨다. 오늘은 어떤 너를 만날까? 설렌다. 벌써 십오 년이 흘렀다. 십오 년 전 식목일, 너와 사무실 건물 옥상 정원에 장미 묘목을 심었다. 처음 너의 손에 이끌려 묘목을 심었다. 흙 속에 묘목을 곱게 묻을 때 나는 떨렸다. 흙냄새는 달콤했고 묘목은 가냘팠다. 나도 너도 묘목도 함께 삶의 공기를 들이마셨다. 생명이 신비로웠다. 지금도 햇살이 장미꽃을 피우고 있을까 궁금하다. 그때 젊을 적 너는 빨강이었다. 기억이 반짝 빛난다. 젊을 적 너는 매일 아침 장미꽃 한 다발을 내 사무실 화병에 꽂았다. 나는 빨간색으로 칠해진 세상에서 너와 함께 아침을 만들었다. 젊을 적 너와 함께 빨간색 마술이 펼쳐졌었다. 아침이 빨간색인 줄 알았지만 그게 아니었다. 아침도 바람 따라 색깔이 바뀌었다. 이제 무채색에 묻혀버린 젊을 적 네가 오늘 아침 빨간색을 기억나게 한다. 뉴스가 끝나고 우유를 한 잔 마시자 장미 묘목과 그때의 빨강은 기억 속에서 사라졌다. 오늘 아침을 빨강으로 칠할까? 이미 황금빛 하늘은 사라졌다. 어떤 네가 아침을 또 빨간색으로 칠할까 궁금하다.

갑자기 밖에서 구급차 사이렌 소리가 들린다. 아침 공기를 시끄럽게 뒤흔든다. 아침이 언제나 산뜻하게 시작될 수는 없다. 눈앞 풍경이 잠시 회색으로 칠해진다. 카카오톡에 부고 문자가 수없이 뜬다. 아침부터 어디서나 죽음이 있다. 빨간색, 너만 만날 수 없다. 나 혼자 회색 아침을 느낄 때가 있다. 창밖 동쪽 하늘에 황금빛 아침노을이 아직 잔잔하게 남아 있다. 기지개를 켠다. 눈을 감고 마음속으로 일일이 아멘을 외친다. 일일이 회색 문자를 지운다. 힘껏 아랫배에 힘을 주고 아침을 연다. 테이블 위에 빨강 장미 송이가 듬뿍 있다. 오늘 아침도 빨간색으로 잠시 칠해진다.

오전

나는 매우 상쾌하다. 하늘이 맑은 만큼 나도 맑다. 오전에 산 뜻하게 집을 나선다. 바람은 벚꽃만큼 달콤하다. 코끝을 간질인 다. 거리마다 햇빛 담은 바람이 넘실거린다. 스치는 거리 풍경이 따스하다. 어디선가 새싹 품은 흙냄새가 풍겨온다. 상큼하다. 새 싹이 움트는 소리가 흙 속에서 들린다. 귓속으로 달콤하게 스며 든다. 유치원생들이 재잘거리는 동요가 함께 들린다. 오늘 오전 도시는 새롭게 만들어지고 있다. 어제 만났던 너희는 이제 무채 색으로 지워졌다. 오늘 상쾌한 날씨만큼 여러 색깔의 너희를 만 날 것이다. 가슴이 두근두근거린다. 은행 앞 화단에 개나리꽃이 내 마음을 건드린다. 오늘따라 개나리꽃이 소담하게 피어 있다. 은행문 안으로 들어선다. 깜짝 놀랄 정도로 은행 안이 온통 노 랗다. 너는 수북이 쌓인 노란 5만 원권 지폐 곁에 앉아 있다. 잔 뜩 긴장한 채 씩씩거리며 두 눈을 부릅뜨고 쌓여 있는 노란 지 폐를 지키고 있다. 너는 못난 노랑이다. 너는 왜 못난 노랑이 됐 니? 불쌍하게 너를 쳐다본다. 너는 뱁새눈을 가진 심술꾸러기 행색이다. 춥고 배고팠던 겨울이 나를 노랗게 만들었지. 넌 배고

파본 적 있니? 못난 노랑이 못나게 대답한다. 배부른 사람이 말하더구나. 노란 지폐를 찾으라고. 노란 지폐만 많이 가지면 원하는 것을 다 가질 수 있다고. 노란 지폐 냄새를 맡으며 이곳으로 왔지. 나는 노란 지폐 냄새를 맡는다. 온갖 것들을 다 가질 것 같다. 마음이 붕 떠서 터질 듯하다. 나도 못난 노랑이 된다. 거울에 비친 내 모습이 온통 노랑이다. 노랑으로 너무 쉽게 변했다. 노랑 지폐 냄새에 빨리 중독된다. 네 곁으로 다가가자 너는 으르렁거린다. 노란 지팡이로 나를 쫓아낸다. 그럴수록 나는 노란 지폐 곁으로 더 가까이 간다. 은행 출입문이 열릴 때마다 사람들이 들이닥친다. 들어온 사람들은 바로 노랗게 변한다. 네 곁에 있는 노란 지폐 쪽으로 으르렁거리며 다가간다. 사람들이 너무 많이 들이닥쳐서 은행 안이 온통 노란색이다. 부푼 노란 풍선처럼 터질 것 같다. 노란색으로 칠해진 생지옥 같다. 꽝! 결국 은행 안이 터졌다. 너도 나도 터졌다. 노란색으로 칠해진 몸과 마음이 갈기갈기 찢어졌다. 노란 지폐가 분수처럼 온 도시로 퍼진다. 봄바람에 덧없이 나풀거린다. 너도 결국 개나리 꽃잎처럼 봄바람에 휘날린다. 은행이 사라졌다. 개나리꽃이 활짝 핀 은행 앞 화단만 달랑 남았다. 나는 개나리꽃만 생각하기로 했다. 이미 신데렐라의 마법이 시작됐다. 노란색 너는 사라졌다. 오전은 노란색이었다.

정오

햇빛의 각(角)이 점점 날카로워진다. 바람이 점점 빠르게 흐른다. 땅속 물길 따라 새싹들이 굼틀거린다. 몸속 핏물이 점점 뜨거워진다. 햇빛이나 바람이나 너나 내가 오늘을 만들어간다. 정오에는 또 다른 너를 만날 수 있다. 햇빛의 각 따라 무지개가 하늘에 아롱진다. 나에게나 너에게도 무지개가 보일 수 있다. 햇빛은 땅속 깊이 스며들지 못한다. 너는 무지개를 그리지 못한다. 나는 너를 만나야 한다. 지하철 구석 자리에서 너는 울고 있다. 오늘 몇 번째 너인지 모르겠다. 지하철은 온종일 쉴 새 없이 도시의 땅속을 돌아다닌다. 햇빛이 없는 지하철에서 너는 무지개를 상상한다. 너를 달래려고 네 곁으로 다가갔다. 너는 오들오들 떨며 온 얼굴이 눈물로 젖어 있다. 너는 손에 화분을 들고 있다. 화분에는 묘목이 시들고 있다. 너는 묘목 뿌리에 눈물을 적시고 있다. 하지만 쓸데없는 것이다. 묘목이 불쌍하게 시들고 있어요. 여기에는 물이 없어요. 햇빛을 찾을 수 없어요. 오늘 눈물 흘리는 너를 처음 만났다. 무지개를 본 적 있나요? 너는 계속 묘목에 눈물을 적시며 궁금한 듯 물어본다. 지하철 안에서 나도 슬퍼진다. 너를 닮아 눈물이 흐른다. 나도 묘목에 눈물을 적신다. 너와 나는 몇 시간을 울면서 부지런하게 묘목에 눈물을 부었다. 겨우 줄기 끝에 초록 새싹이 피어난다. 파릇파릇하다. 새싹 내음이 싱싱하다. 어두운 지하철 안이 환해진다. 너는 두 손으로 소중하게 초록 새싹을 감싼다. 싱긋 웃는다. 그래도 너는 계속 눈물을 흘린다. 지하철 밖으로 나가렴. 햇빛을 쏘여보렴. 바람을 맞아보렴. 무지개도 찾을 수 있단다. 안 돼요. 너는 웃음을 거두며 슬퍼한다. 오늘은 지하철을 타고 할머니 대신 햇빛 잃은 사람들을 찾아야 해요. 할머니는 허리가 아파서 움직일 수 없어요. 할머니가 나에게 묘목을 주면서, 햇빛 잃은 사람들에게 묘목에서 초록 새싹이 싹트는 것을 보여주라고 하셨어요. 너무 불쌍한 사람이 많아요. 근데 초록 새싹이 싹트지 않아 너무 걱정했어요. 시든 묘목에서도 초록 새싹이 햇빛 없이 피어나는 것을 보여줘야 해요. 매일 지하철에서만 지내야 하는 사람들이 너무 많아요. 지하철 안 사람들은 너무 바쁘다. 얼굴들이 창백하고 부스스하다. 그들은 초록색 새싹을 본 적 있을까? 초록인 네가 화분을 들고 지하철 안을 춤추듯 돌아다닌다. 너의 목소리에 웃음이 가득하다. 지하철 여기저기서 사람들이 모여든다. 신기한 듯 너와 초록 새싹을 바라본다. 무뚝뚝한 얼굴들에서 웃음이 새싹처럼 피어난다. 너는 초록 새싹이 핀 묘목을 한 사람 한 사람에게 보여준다. 사람들은 신기한 듯 초록 새싹을 만져본다. 지하철 안이 웃음소리로 가득 찬다. 나는 너를 초록이라고 이름 짓는다. 정오의 지하철은 어둡고 바쁘다. 하지만 오늘은 식목일. 초록 새싹을 볼 수 있었다.

오후 2시

14시. 기온 17도의 도시는 바쁘다. 햇빛과 바람이 그렇게 만든다. 내 발걸음도 들떠 있다. 또 다른 너를 바쁘게 만나야 하니까. 도시는 햇빛 따라 바람 따라 휘청거린다. 도시 가운데 서 있는 70층 고층빌딩이 햇빛에 바싹바싹 말라간다. 빌딩이 품고 있는 물기를 바람이 빼앗아간다. 고층건물은 이 도시의 상징이다. 언제나 수많은 사람이 터질 듯이 빌딩 안에서 웅성거린다. 위대한 건축물이라고 바벨탑처럼 우러러본다. 새들이 빌딩에서 이사간 지 오래됐다. 아무도 눈치채지 못했다. 새들이 훨훨 이사 간 것을. 곧 균열이 생길 것이다. 붕괴되는 시간이 있을 것이다. 거룩한 햇빛이, 무서운 바람이 빌딩을 싫어한다. 쓸데없이 높이 치솟아 햇빛이나 바람의 길을 막아버린다. 하지만 도시 사람들은 너도나도 바쁘다. 빌딩 꼭대기 층 비밀의 방에 올라가고 싶어 한다. 이상한 소문에 시민들이 중독되었다. 비밀의 방에는 불로장생의 물이 있다고. 불로장생의 물을 마시면 이 도시를 영원히 지배할 수 있다고. 어느 누구도 비밀의 방에 갔다는 이야기를 들은 적이 없다. 빌딩 안이나 밖에서 땀을 뻘뻘 흘리며 우왕좌왕한다. 빌딩 밖 아스팔트에는 빵빵거리는 자동차 소리로 가득 찼다. 빌딩으로 진입하려고 북새통이다. 소음들로 귀가 멍멍하다. 질주하는 차들은 으르렁거리는 야수 같다. 간혹 귀청이 찢어질 듯한 굉음이 도시 곳곳에서 터진다. 서로 먼저 진입하려고 아웅거리다 부딪힌다. 너는 지쳐서 빌딩 밖으로 빠져나온다. 너는 넋이 나간 듯 도로 위를 비틀거리며 걷는다. 혼자서 미친듯이 중얼거린다. 저 빌딩은 빨리 무너져야 해. 저 빌딩은 생지옥이야. 꼭대기 비밀의 방은 없어. 모두들 악마의 놀이를 하고 있어. 햇빛의 각이 가장 날카로울 때 너는 아스팔트 위에 내던져졌다. 악! 너에게서 비명이 터졌다. 피를 부르는 비명이다. 꽝! 차에서 나는 무섭고 두려운 굉음이다. 소름이 끼쳐 들을 수 없다. 바벨탑 같은 빌딩 앞에서 자주 듣는 비명과 굉음이다. 손에서, 얼굴에서 피를 흘린다. 피는 햇빛에 반사되어 더욱 빨갛게 보인다. 너는 신음한다. 도시가 만든 풍경이다. 매일 도시 구석구석에서 만들어지는, 빨강이 있어야 하는 풍경이다. 처참하다. 빵빵거리는 차들 속에서 너는 점점 빨갛게 물들어간다. 아스팔트를, 차들을, 고층빌딩들을 빨갛게 칠하면서. 너는 무서워한다. 나도 무섭다. 모두 무서워한다. 오늘 세번째로 너를 만나는구나. 햇빛의 각은 더욱 날카로워진다. 피할 수 없다. 어쩔 수 없이 나까지 빨갛게 칠해진다. 너와 나는 함께 외친다. 70층 고층빌딩이 우리를 빨갛게 만든다고. 그래서 너는 오늘의 빨강이 됐다.

오후 4시

도시는 온갖 병들을 만든다. 공황장애, 대사성증후군, 대상포진, 폐암이나 간암 등등. 헤아릴 수 없을 정도로 병들이 만들어진다. 내 얼굴은 주글주글하다. 눈가 다크서클은 얼룩져 있다. 어깨는 축 처지고 아랫배는 기름기로 가득 차며 걸음걸이는 비틀거린다. 거울 속에 나는 괴물로 보인다. 도시에서 벗어나고 싶다. 너를 찾고 싶다. 내 상처를 쓰다듬어줄 네가 보고 싶다. 누군가 너를 파랑이라 불렀다. 너의 노래가 물소리처럼 은은하게 들렸다. 물 따라 걸었다. 물은 산속 깊숙이에서 시작됐다. 옹달샘이다. 물소리의 시작이다. 졸졸. 처음에는 소리가 매우 작았다. 콸콸. 물은 점점 크게 소리를 냈다. 개울이 만들어지더니 개천으로 커졌다. 그리고 강이 됐다. 강은 바다와 만났다. 나는 숲속과 강가에서 두 명의 너를 만났다. 너무 기뻤다. 파랑이라 불리는 너는 숲속에서 울지 않았다. 너는 바람이 가장 잘 불어오는 숲속에 앉아 있다. 너는 가부좌를 하고 너의 소리를 낸다. 소리는 낭랑하고 청청하다. 너의 소리는 네 스스로를 깨끗하게 한다. 소리는 머리에서, 가슴에서, 아랫배에서 만들어진다. 브라마리 호흡이다. 옴옴(O'm O'm), 정수리나 양미간에서 만드는 소리는 머리를 맑게 한다. 함함(Ham Ham), 목에서 만드는 소리는 우리를 순수하게 만든다. 얌얌(Yam Yam), 가슴에서 만드는 소리는 사랑을 느끼게 한다. 람(Ram), 배꼽에서 만드는 소리는 힘을 만든다. 반(Van), 치골에서 만드는 소리는 생명을 느끼게 한다. 람(Lam), 회음에서 만드는 소리는 모든 에너지의 근원이다. 너는 지그시 눈을 감고, 너의 소리는 숲속으로 퍼진다. 새가 부르는 노래와 어울려 자장가처럼 들린다. 나에게 브라마리 호흡 노래를 가르친다. 불러보렴. 숨을 깊게 들이쉬는 소리를. 만들어 보렴. 옴옴, 합합, 얌얌, 왐람. 정신이 맑아지고 가슴이 따뜻해지 며 허벅지가 단단해질 거야. 파랑, 너는 요가 선생이 된다. 브라마리 호흡법이 끝나자 어깨와 허벅지에 불끈 힘이 솟는다. 너와 나는 바람으로 가득 찬 숲속을 용감하게 뛰어다닌다. 나는 파랑과 함께 하늘을 만지고 싶어 산꼭대기에 올라갔다. 산들은 하늘에 묻혀 있다. 파랑은 나를 하늘 깊숙이 헹가래 쳤다. 그래도 하늘을 만질 수 없다. 파랑이 말했다. 하늘이 언제나 우리를 만지고 있어. 햇빛이 온갖 색깔을 너와 나에게 칠하고 있는 거야. 지금은 너도 파랑, 나도 파랑이잖아.

강과 바다가 햇빛의 각 따라 출렁인다. 마치 심호흡하듯이. 햇빛이 강이나 바다에서 아지랑이, 안개, 구름을 만든다. 그것들이 바람에 실려 하늘을 누빈다. 오늘은 솜털 구름이 강가를 맴돈다. 한가롭다. 너를 뭐라 부르지? 너는 한가롭게 강가에 앉아 물장구를 친다. 남빛이야. 남빛이 나를 부른다. 곁에 앉으라고 한다. 함께 물장구를 치자고 한다. 물이 햇빛 때문에 뜨거워지면 언제나 식혀주고 있어. 그래야 내일이 만들어지니까. 또 마른 땅속으로 스며들어 흙을 촉촉하게 만들어 흙을 숨 쉬게 하지. 나는 초록을 만나야 해. 남빛은 언제나 초록을 만나고 싶어 한다. 강 따라 가다 보면 초록을 만날까? 남빛이 애타게 나에게 물어본다. 초록에게 물길 찾는 법을 알려주고 싶어. 남빛을 껴안으며 대답한다. 지하철에서 초록을 만났어. 시든 묘목을 들고 있었어. 물이 없어서 내 눈물로 초록 새싹이 싹을 틔웠어. 빨리 초록을 찾아봐. 노을이 찾아오기 전에. 오늘이 식목일이잖아. 초록은 나를 알아볼까? 남빛은 걱정한다. 너는 오늘 몇 그루 심었어? 잘 자랄 수 있을까? 흙이 없어져가잖아. 아스팔트가 깔리고, 수많은 콘크리트 건물들이 땅 위에 만들어지고. 땅속에 물기도 사라져 가고. 나무들이 잘 자라서 우리들이 놀 수 있는 숲을 만들 수 있을까? 남빛이 걱정스런 얼굴로 쉴 새 없이 물어본다. 나는 오늘 몇 번째 만나는 거야? 남빛이 나를 빤히 보며 물어본다. 너는 다섯번째야. 나는 대답을 하며 남빛과 함께 물장구를 쳐본다. 바람이 물결을 만든다. 물결이 안개의 노래를 부른다. 구름의 노래도 부른다. 남빛이 물결 따라 흥얼거린다. 나는 남빛의 손을 꼭 잡으며 신신당부한다. 노을이 찾아오기 전에 꼭 초록을 찾아야 해. 햇빛의 각이 무뎌진다. 파랑이 산속에서 외친다. 우리는 봄을 만들고 있다고. 나와 남빛도 함께 응답한다. 우리는 봄을 만들 수 있다고.

저녁

서쪽 하늘에 노을이 그려진다. 노을이 한 점 구름에 불씨 되어 붙더니 순식간에 서쪽 하늘을 활활 태운다. 불길처럼 맹렬하게 번지는 서쪽 노을을 넋 잃고 바라본다. 가슴이 드럼 치듯 떨린다. 테라스 긴 의자에 비스듬히 앉아 휴식을 맞이한다. 테라스 앞 벚꽃잎들이 노을 불길에 휩싸여 함께 타오른다. 노을이 뜨겁다. 바람에도 뜨거움이 듬뿍 담겨 있다. 나도 점점 노을 불길에 휩싸여간다. 나는 불이 되어 활활 타오른다. 네가 세인트헬레나 커피 두 잔을 들고 내 곁에 앉는다. 함께 불길에 휩싸이고 싶다면서. 커피 향이 노을을 더욱 활활 타오르게 한다. 노을에 젖은 너는 황홀하다. 가슴이 터질 듯이 너는 황홀하다. 가슴속에서 폭죽 터지는 소리가 들린다. 노을에 젖은 너를 마냥 쳐다본다. 너는 나를 살포시 안는다. 나의 떨림이 걷잡을 수 없다. 멈추지 않을 것 같다. 언제 멈출까? 너는 홍시처럼 말랑말랑하고 달콤하다. 떨림은 첫 울음을 터뜨릴 때부터 시작했다. 겹겹이 쌓이는 기억 속에 너는 여러 번 나와 만났다. 기억하냐? 네가 나를 살포시 안을 때마다 너는 속삭였지. 나는 주홍이에요. 나를 잊지 못할 거예요. 당신은 만찬을 먹어야 하니까요. 당신이 얼마나 떨고 있는지 아세요? 우리는 번지점프 하듯 노을 속으로 끝없이 떨어진다. 서로의 떨림을 온몸으로 느끼면서. 노을의 끝 무렵 너는 내 손을 이끌고 '요시노스시'라는 일본 음식점으로 데리고 갔다. 요시노스시에는 만찬을 위한 사람들로 언제나 왁자지껄하다. 오늘도 요시스노시에서 만찬을 하자꾸나. 너와 나는 피로를 풀 수 있는 만찬을 즐길 자격이 있어. 열심히 하루를 뛰었으니까. 주홍은 "예"라며 수줍게 대답한다. 그런 너의 모습이 저녁노을만

큼 나를 활활 타오르게 한다. 우리는 염화시중의 미소처럼 저녁
에 알아야 할 것을 말없이 알고 있다. 만찬은 오늘이 괜찮았다는
것을 느끼게 한다. 오늘의 온갖 일들이 서로의 눈 속에서 스쳐간
다. 슬플 때도 있었고 힘들었을 때도 있었고 화가 날 때도 있었
다. 하지만 저녁노을 속에서 헛된 것들을 태워버렸다. 너와의 만
찬은 입속에 녹아드는 참치회처럼 달달하다. 너의 얼굴에 주홍
색 노을이 그려져 있다. 너와의 만찬은 느긋하다. 저녁을 편하
게 느끼게 한다. 사케 한 잔에 참치회 한 점이 서로를 더욱 다정
하게 만든다. 서로의 눈길 속에서 서로의 하루를 보게 된다. 다
음엔 어디에서 저녁 만찬을 할까요? 돼지갈비에 소주 한잔? 아
니면 빈대떡에 막걸리? 저녁때 너와의 만찬은 어디든지 즐겁다.
주홍이 홍시 같은 웃음을 지으며 오늘의 저녁을 곱게 접는다.

밤 9시

삼바 파티가 흐른다. 기타 음률이 어둠을 파고든다. 밤이 조용
할 수 없다. 너는 와인을 한 잔 마신다. 혀끝으로 천천히 음미하
면서. 기타 소리가 촉촉하다. 내 마음도 촉촉하다. 이미 밤 내음
을 풍기는 와인에 취했다. 너는 오늘 몇 번째 너인가? 네 이름이
보라인가? 예, 보라예요. 오늘 만나는 마지막 너인가? 예, 맞아
요. 너는 말보로 연기 속에서 흐느적거리며 대답한다. 너의 눈이

촉촉하다. 밤이 담긴 와인이 잔 안에서 찰랑거린다. 나도 말보로 담배 연기 속으로 빠져든다. 밤이 뜨거워진다. 모두가 삼바로 밤을 태운다. 오늘 일기예보는 오늘을 그리기 좋았다. 네가 내 옷을 벗기기만 한다면. 네가 오늘 마지막 칠을 해야 한다. 네가 어느덧 내 몸을 보라색으로 덧입힌다. 삼바 리듬 따라 숨결이 거칠어진다. 네가 내 귀를, 목덜미를 어루만진다. 언제나 하던 대로. 그리고 속삭인다. 자정의 저주가 일어나기 전에 밤을 뜨겁게 만들자고. 와인에 젖은 눈길 속에서 너와 나는 만난다. 밤마다 기타 소리 들으며, 와인을 마시며, 밤을 아름답게 그려야 한다. 태풍이 불어닥친 어느 여름날 오늘, 너와 나는 밤에 만날 수 없었다. 기타 연주를, 삼바를, 와인을 태풍으로 잃어버렸다. 너는 만날 수 없다는 연락을 했다. 외로움을 느꼈다. 오늘은 함께 할 수 없다는 걸 깨달았다. 외로움이 몸서리칠 정도였다. 머릿속이 멍멍해졌다. 네가 무슨 색인지 기억나지 않았다. 밤을 전혀 그릴 수 없었다. 무슨 색으로 밤을 칠해야 하는지 도저히 알 수 없었다. 밤은 태풍으로 갈기갈기 찢어졌다. 형체를 찾을 수 없었다. 너와 나는 오히려 빨리 저주의 자정이 오길 바랐다. 태풍 부는 오늘도 신데렐라의 마법인가? 고뇌에 깊게 빠졌다. 고뇌가 만든 밤의 색은 흰색이었다. 흰색이 무서웠다. 흰색에 갇혀 외로움에 떨었다. 정신착란을 일으킬 정도였다. 그때 언제나 오늘을 무지개 색으로만 그릴 수 없다는 사실을 깨달았다. 4월 5일 식목일 밤, 레드와인에 젖은 너의 입술이 반짝인다. 나의 입술에도 레드와인이 젖는다. 기타 소리가 점점 날카로워진다. 유리구두를 신은 너와 나는 아름답게 삼바 춤을 춘다. 신데렐라 마법에 걸린 키스를 나누자꾸나. 오늘을 아름답게 끝낼 수 있는 키스를. 보라, 네가 내 아랫도리를 끌어당긴다. 솜털 구름 같은 침대 위에서 나를 뜨겁게 껴안는다. 오늘 밤은 아직 자정이 오기 전까지 서로 포옹하는 보라색 밤이다. 오늘의 마지막 색깔이 칠해진다. 신데렐라 마법에 걸린 오늘이 예쁘게 그려진다.

자정

오늘은 신데렐라의 마법이 풀리며 시작된다. 하루가 유리구두 한 짝을 잃어버리고 어제가 됐다. 자정의 저주인가? 풀리지 않는 저주 때문인지 어제는 무채색으로 칠해졌다. 어제가 무채색이 돼도 나는 매일 신데렐라의 마법에 걸리고 싶어 한다. 너도 나와 같은 마음이다. 유리구두 한 짝을 잃은 채 신데렐라의 하루가 새롭게 만들어진다. 유리구두 한 짝을 가슴에 품은 채 너와 나의 오늘이 자정에 시작된다. 마법이 풀리는 어제와 오늘의 틈은 어둠뿐이다. 소리도, 모양도, 움직임도 없는 틈은 온통 까맣다. 자정이 지나면 유리구두를 닮은 별들만이 까맣게 칠해진 하늘에서 반짝인다. 꿈속에서 잃어버린 구두 한 짝을 찾으려고 잠을 만든다. 하지만 잠은 쉽게 만들어지지 않는다. 어제의 스트레스 호르몬이 여전히 심장에, 근육들에, 핏줄에 엉겨붙어 있다. 스트레스 호르몬인 코르티솔이 렘수면을 만들지 못한다. 코르티 솔에 엉킨 심장이, 근육들이, 핏줄들이 굳어졌다. 나는 유리구두 한 짝을 가슴에 품고 잠에 겨우 빠진다. 어제 만들어진 코르티솔 이 악몽을 만든다. 헐떡이며, 헛소리를 하며, 깜짝 놀라기도 하 며 렘수면을 만들 수 없다. 악몽이 나를 더욱 괴롭힌다. 거친 너 울 같은 악몽에서 헐떡이며 잃어버린 구두를 찾는다. 하지만 더 욱 허우적거릴 뿐이다. 무채색으로 칠해진 어제는 너에게도 만 들어진다. 신데렐라 마법이 풀리자 너와 나는 무채색으로 칠해 졌다. 어제의 색깔을 기억할 수 없다. 너도 악몽에서 허우적거린 다. 렘수면에 빠져 분홍빛 꿈을 만들고 싶다. 분홍빛 꿈속에서 잃어버린 유리구두를 찾고 싶다. 너와 만든 어제의 색깔을 악몽 속에서 찾을 수 없다. 어제의 코르티솔은 쉽게 없어지지 않는다. 오늘을 시작하며 어제 부른 노래를 전혀 기억하지 못한다. 어제 가 무채색이었기 때문에, 너와 나는 오늘을 새롭게 칠해야 한다. 오늘 너는 어떤 색으로 칠해질까? 신데렐라의 마법이 너와 나에 게 또다시 시작된다. 오늘이 시작되는 자정에서부터.

여보! 여보!

들숨이 배꼽까지 내려오지 못한다. 가슴에서 멈춘다. 힘껏 아래 뱃살에 힘을 주지만 들숨이 평소처럼 아랫배로 내려오지 못한다. 날숨을 가쁘게 내뿜는다. 가슴이 답답하다. 머릿속이 어지럽다. 어깨가 파르르 떨린다. 화장실 거울에 창백한 얼굴만 비친다. 찬물로 얼굴을 씻는다. 한 번 더 들숨을 쉬어본다. 들숨이 가슴에서 따뜻하게 퍼지지 않는다. 아래 뱃살에 힘을 줄 수가 없다. 세면대에 기댄 손들이 후들거린다. 어지럽다. 담당의사 말들이 거울에 띄엄띄엄 쓰인다. 판결문처럼 들렸다. 여러 가지 검사 결과, 두 사람 모두 정상 수치입니다. 원인 불명의 난임인 듯합니다. 그동안 면담했던 그 의사가 맞나 싶을 만큼 얼굴에 웃음이 없다. 의사는 며칠 전까지 웃는 얼굴로 소곤거렸다. 남편은 매우 건강한 남자입니다. 아내분도 혈중 호르몬 검사, 난관조영술 초음파 검사 등 모두 정상입니다. 정신과 치료와 병행해서 앞으로 좀더 정밀하게 분석하면서 난임 원인을 찾아봐야겠습니다. 의사는 그렇게 말해야 한다는 듯 말했다. 우리 앞에 진료기록부와 검사지를 마치 판결문처럼 내밀면서. 남편 얼굴이 벌겋게 달아오르며 나를 빤히 쳐다봤다. 남편은 눈가에 핏줄을 세우며 겨우 눈물을 참았다. 남편이 그런 표정을 지을 때 내가 어떻다는 것을 알고 있다. 나는 숨이 막혀 넋 나간 듯 멍하게 앉아 있을 것이다. 남편이 내 손을 꼭 잡았다. 여보! 여보! 목이 멘 목소리로 나를 불렀다. 의사는 방관자로 앉아 있다. 남편이 나를 힘껏 껴안았을 때에야 겨우 숨을 쉴 수 있었다. 혼자 화장실로 뛰어 들어왔다. 내가 남편 가슴을 밀어낼 만큼 정신을 차릴 수 있다는 것이 놀라웠다. 혼자 일어나서 화장실에 올 수 있다는 것도 놀라웠다. 화장실 거울에 아직 숨을 고르지 못한 여자가 보였다. 들숨날숨이 힘들다. 난임이라? 내가 난임이라? 몇 번 되새겨본다. 짐작했지만 원인 불명이라는 병명이 나를 더욱 숨 가쁘게 만든다. 난임 검사 결과 몸은 정상이라고 한다. 마음 때문에 난임이란 말인가. 다시 한 번 얼굴을 닦고 들숨날숨을 깊게 쉬어본다. 아랫배에 힘껏 힘을 주고 숨을 들이켜본다. 겨우 들숨이 배꼽까지 다다른다. 거울 속 얼굴이 평온해진 듯하다. 화장실을 나오자 남편이 문 앞에 초조하게 서 있다. 눈가에 눈물 흔적이 보인다. 이번에는 내가 남편 손을 꼭 잡았다. 집에 갈까? 아니면 국제시장에 가서 저녁이나 먹고 갈래? 물기 어린 남편 안경에 웃고 있는 내 얼굴이 비친다. 남편 손이 너무 차다. 우리, 병원 진료 없이 아이를 가져볼까? 뜻밖의 내 말에 남편이 놀란다.

결혼 이 년째다. 할머니가 황령산 벚꽃동산에서 벚꽃잎과 함께 흩날릴 때 나는 남편에게 결혼하자고 했다. 그는 내 손에서 흩뿌려지는 할머니를 지켜보며 엉엉 울기만 했다. 나는 울고 싶지 않았다. 벚꽃잎과 함께 바람에 흩날리는 할머니가 아름답게 보였다. 하늘은 봄바람 따라 파랗게 넘실거렸다. 할머니는 분홍 꽃잎과 어울리며 푸른 하늘 높이 퍼져나갔다. 그는 마냥 울기만 하더니 말을 제대로 잇지 못한 채 할머니에게 작별 인사를 했다. 편안하게 잘 가이소. 파란 하늘에 할머니의 웃음이 너울거리며 퍼졌다. 할머니는 지그시 웃으면서 그와 나를 대견한 듯 바라봤다. 그때 나는 그에게 결혼하자고 말했다. 그는 숨을 멈춘 듯 깜짝 놀랐다. 그는 잠시 울음을 멈추더니 내 어깨에 얼굴을 기대고 다시 가슴 깊숙이에서 울음을 토해냈다. 기쁜 마음을 토해내는 울음이었다. 그의 손을 잡아 할머니를 한움큼 쥐여줬다. 함께 뿌리제이. 벚꽃잎과 함께 푸른 하늘 높이 날아가게. 봄바람은 향기로웠다. 바람 따라 흩날리는 벚꽃잎과 할머니는 아름다웠다. 할머니가 원하는 대로 우리 결혼하자. 벚꽃잎과 함께 흩날리는 할머니도 들으라는 듯이 크게 말했다. 그의 얼굴은 온통 눈물투성이였다. 고마워. 정말 사랑해. 울음에 묻혀 그의 말이 제대로 들리지 않았다. 대신 더듬거리며 겨우 말을 잇던 할머니의 마지막 모습이 떠올랐다. 두 사람 결혼하렴.

그는 거의 매일 할머니가 있는 요양병원을 찾아왔다. 퇴근하고 요양병원에 가면 그는 먼저 와서 할머니와 함께 있었다. 처음 그가 요양병원에 찾아왔을 때는 매우 귀찮았다. 왜 왔어요? 돌아가세요. 당신은 여기 올 이유가 없어요. 단호하고 쌀쌀맞게 말했다. 그는 병원 입구 정원 앞에서 우산을 쓰고 우두커니 서 있었다. 늦여름 소낙비는 뜨거웠던 오후를 시원하게 식혀줬다. 아무 말 없이 멀뚱멀뚱 서 있는 모습을 이해할 수 없었다. 모르는 사람처럼 냉담하게 병원 입원실로 발길을 돌렸다. 이 남자가 왜 이러지? 이런 의문은 그 후 할머니의 입원실에서 그를 만날 때마다 생겼다. 매우 불쾌한 의문이었다. 그를 볼 때마다 귀찮고 언짢은 기분이 들었다. 그는 간병인처럼 매일 병원에 출근했다. 신경질도 부리고, 화도 내보고, 병원 직원에게 출입을 금지시켜달라는 부탁까지 했지만 소용없었다. 교회에서만 기도하는 마음으로 그를 만나면 될 뿐이었다. 교회에서 함께 예배하는 성도로만 생각하고 있었다. 교회 밖에서는 굳이 만나고 싶지 않았다. 아는 사이가 되고 싶지도 않았다. 모르는 채 지내고 싶었다. 그에 대한 내 기도는 형벌이며 고통이었다. 예수의 십자가 순교를 가슴에 되새기며 기도했다. 순교하는 마음으로 그를 만나야 했다.

장 전도사가 처음 그를 나에게 소개했을 때 의아했다. 이번 주부터 우리 교회에 등록한 새 신자야. 네가 새 신자 교육을 맡아주렴. 새 신자 교육은 장 전도사 몫이었다. 나는 가끔 보조 역할만 했다. 그리고 도시 변두리에 있는 개척교회에 새 신자가 스스로 찾아오다니? 회색 양복을 입은 모습이 반듯했다. 동사무소에 근무하는 공무원이야. 나를 바라보는 눈초리에 반가움과 놀라움이 가득했다. 낯설지 않은 인상이었다. 예. 장 전도사의 단호한 부탁에 나도 모르게 대답했다.

주일마다 그는 하루 종일 내 곁을 맴돌았다. 말쑥하게 차려입고 얼굴 가득 웃음 지으며 교회를 떠나지 않았다. 새 신자 교육 시간에는 유달리 들떠 있는 듯했다. 말수는 적었지만 몸짓은 아주 활발했다. 함께하는 주일이 늘어날수록 그가 부담스러워졌다. 그의 눈동자에 언제나 물기가 어려 있었다. 나를 보는 시선이 뜨거웠고 애절했다. 마치 그의 눈초리 안에 갇힌 기분이었다. 주일이 거듭될수록 그의 시선에서 벗어나야겠다는 생각이 들었다. 하지만 주일에는 벗어날 수 없었다. 40여 평 교회 안에서 그의 눈초리는 언제 어디서나 나를 향하고 있었다. 새 신자 교육 기간이 끝나갈 즈음, 그는 더욱 내 곁에 바싹 붙어 다녔다. 나에게 말을 건네는 시간도 늘어났다. 간혹 그가 말을 할 때 유별난 냄새를 풍겼다. 그 냄새가 후각신경을 몹시 자극했다. 언젠가 맡았던 냄새인 듯했다. 가물가물, 냄새는 나를 괴롭혔다. 언젠가 맡았어. 코를 찌를 듯이 화한 은단 냄새였다. 가까이 다가가 신경 써서 맡아봤다. 그의 입안에서 은단 냄새가 확 풍겼다. 끄집어내고 싶지 않은, 봉인된 기억을 건드리는 냄새였다. 한번 코를 찌른 냄새는 또다시 불면의 밤을 만들었다. 몇 번째 놈이었지?

은단 냄새는 언제나 마지막 차례였다. 역겨운 놈들의 체취에 몸서리치며 겨우 들숨날숨을 쉬었다. 아랫도리가 난도질당하는 통증은 날이 갈수록 무뎌갔지만 놈들이 풍기는 악취는 날이 갈수록 온몸을 부서뜨리기라도 할 듯 나를 더욱더 괴롭혔다. 쌕쌕거리며 내뿜는 날숨이 아무리 눈을 감고 고개를 돌려도 코를 콕콕 찔렀다. 숨을 멈추고 싶었다. 죽고 싶었다. 놈들의 악취는 나에게 독약이었다. 치아 썩은 냄새, 시큼한 땀냄새, 쿰쿰한 머리 냄새, 똥 냄새, 정액 냄새 등등. 다행히 속이 텅 비어 있었다. 그렇지 않았다면 구토 때문에 놈들을 견뎌낼 수 없었을 것이다. 몇 놈째인지 몰랐다. 온갖 악취로 실신 상태에 빠질 즈음, 은단 냄새가 코를 확 트이게 했다. 잠시 머릿속이 맑아졌다. 누군가가 머뭇거렸다. 뭐하노? 빨리 해치아라! 안 하려면 우리 간데이. 인마! 나중에 후회하지 마. 다그치는 고함 소리가 귓가에 들렸다. 몇몇은 귀에 익은 목소리였다. 누군가 머뭇거리며 내 위로 덮쳐왔을 때, 흐느끼는 소리와 함께 은단 냄새가 풍겼다. 흐느끼며 나를 제대로 건드리지 못했다. 은단 냄새에 온몸이 나른하게 풀어졌다. 곧 조용해졌고 은단 냄새는 사라졌다. 나는 꼼짝없이 어둠으로 채워진 창고 구석에 드러누워 있었다. 시궁창 냄새가 창고 안으로 밀려왔다. 놈들의 악취보다는 괴롭지 않았다. 아랫도리는 나무토막처럼 전혀 감각이 없었다. 밤은 무섭게 덮쳤다. 시간을 느낄 수 없었다. 꼼짝할 수 없었다. 실신한 듯했다. 잠시 후 아랫도리가 뜨겁게 느껴졌다. 할머니가 흐느끼면서 내 아랫도리를 따뜻한 물수건으로 닦고 있었다. 아랫도리가 쓰리고 아팠다. 통증으로 골반을 움직일 수가 없었다. 할머니의 흐느낌이 밤새 내 귓가를 맴돌았다. 나쁜 놈들. 나쁜 놈들. 할머니의 손길이 허벅지와 사타구니, 아랫도리 구석구석에서 부드럽게 움직였다. 할머니의 손길에 눈물이 묻어 있었다. 할머니는 내 얼굴을 쓰다듬으며 눈물을 뿌렸다. 불쌍한 내 새끼. 불쌍한 내 새끼.

이후 흐느낌과 함께 간혹 은단 냄새가 풍겼다. 언제나 마지막 차례였다. 그나마 마지막이 은단 냄새라 다행이라고 생각했다. 며칠을 잠 못 이루다가 새벽 기도를 해야 했다. 설마? 혹시? 봉인된 상처뿐인 기억들을 건드렸다. 새벽 기도를 신실하게 할 수 없었다. 장 전도사에게 몇 번이나 묻고 싶은 마음을 억눌렀다. 그가 새벽 예배에까지 참석하자 나는 도저히 교회에 머물 수가 없었다. 그에 대해 장 전도사에게 묻지 않을 수 없었다. 장 전도사는 언제나 평온한 표정이었다. 처음으로 장 전도사에게 언짢은 목소리로 물었다. 그 사람 누구예요? 전도사님은 알고 있나요? 그 사람이 나를 알고 있는 듯해요. 도저히 잠도 안 오고, 신실하게 기도할 수가 없어요. 나 대신 권 집사가 새 신자 교육을 담당하면 안 될까요? 언젠가 만났던 사람 같아서 정말 기분 나빠요. 장 전도사는 또다시 쉽게 웃으며 부탁했다. 네가 계속 교육을 맡으면서 끝내렴. 마음이 흔들리지 않도록 주님께 더욱더 기도하면서. 하지만 그다음 날부터 새벽 기도 예배는 참석할 수 없었다. 은단 냄새는 내 머릿속에서 쉽게 사라지지 않았다. 틀림

없어. 봉인된 기억 속의 역겨운 놈들 중 한 명일 거야. 약간 착했을 뿐이야. 장 전도사의 전화가 계속 걸려왔다. 아무도 너에게 돌 던질 사람은 없어. 더 열심히 기도하면서 주님의 말씀으로 네 마음을 진정시켜. 새벽 기도 예배 참석하고, 새 신자 피하지 말고 네가 주님의 말씀을 교육시켜. 장 전도사의 목소리에 간절함이 섞여 있었다. 처음 느끼는 장 전도사의 마음이었다. 나는 그를 볼 때마다 깊게 들숨날숨을 쉬면서 마음속 기도를 했다. 그는 언제나 착하게 웃으며 행동했다. 하지만 웃으면서 그를 마주할 수 없었다. 장 전도사는 나와 그를 간절하게 쳐다봤다. 기도를 열심히 하라는 충고뿐이었다. 하지만 나는 기도와 성경 말씀만으로는 마음이 편해지지 않았다. 구역질나는 기억을 쉽게 지울 수 없었다. 교회 안에서 그를 안 선생이라고 편하게 부르는데 일 년여가 걸렸다. 그는 교회 안에서 항상 내 곁에 머물렀다.

그가 교회에서 두번째 부활절을 맞이한 날이었다. 오후 예배 후에 그가 나와 장 전도사에게 커피 마실 자리를 마련했다. 교회 옆에 있는 카페였다. 그의 착한 입에서 결혼하자는 핵폭탄 같은 말이 나왔다. 장 전도사는 짐작했다는 느긋한 얼굴이었다. 나는 봉인된 기억이 터져서 다시 아픔으로 숨이 막혔다. 그는 평소답지 않게 용감했다. 우리도 주님처럼 부활하는 의미로 결혼하자고 나를 질식시키는 프러포즈를 했다. 나를 어떻게 생각하노? 얼이 빠져 멍하게 앉아 있었다. 장 전도사는 기다렸다는 듯 웃으며 거들었다. 안 선생과 결혼하렴. 그녀가 나에게 이렇게 쉽게 얘기할 수 있을까? 장 전도사가 정말 이상했다. 오랫동안 이모처럼 생각하며 내가 기대왔던 사람이다. 절망의 늪에서 성경 말씀으로 나를 구해준 은인이었다. 그는 창백한 얼굴로 멍해 있는 나를 보더니 땀을 흘리며 초조해했다. 어찌할 줄 몰라 장 전도사에게 구원을 청하는 눈길을 보냈다. 나를 애처롭게 쳐다보는 눈동자에 물기가 서렸다. 더 이상 함께 자리할 수 없었다. 장 전도사가 일어서려는 나를 꽉 잡았다. 기도하듯 앉으렴. 내 얘기를 들어봐. 나는 거역할 수 없었다. 장 전도사 얘기에 귀를 기울였다.

나도 그가 삼 년 전쯤 내 앞에 나타났을 때 깜짝 놀랐다. 처음에는 누구인지 몰랐다. 그저 새 신자구나 여겼다. 그가 자신에 대해 소개했을 때 십여 년 만에 이렇게 어엿하게 자랐나 놀라움이 더했다. 폭풍우 치던 여름밤 교회 문단속을 하고 있는데, 한 남학생이 헐떡거리며 뛰어왔다. 삐쩍 마르고 새까만 까까머리 남학생이 물에 빠진 생쥐처럼 폭우 속에서 가쁜 숨을 몰아쉬면서 나를 불렀다. 전도사님, 도와주이소. 사람 좀 구해주이소. 저 위 구멍가게 옆 도랑가 판잣집 창고에 사람이 죽어갑니더. 제발 도와주이소. 나와 남학생은 폭우 속을 달려갔다. 도랑물 소리가 세차게 들렸다. 두 평 남짓한 창고 안에서 세찬 도랑물 소리보다 더 애달픈 울음소리가 들렸다. 할머니가 소녀를 껴안은 채 통곡하고 있었다. 불쌍한 내 새끼. 불쌍한 내 새끼. 할머니가 있네. 걱정 안 해도 되겠다. 걱정하는 남학생에게 얘기하자 남학생은 긴 숨을 내쉬었다. 그때 은단 냄새가 코를 찔렀다. 남학생은 혹시 모르니 내일 아침에 한 번 더 소녀와 할머니를 찾아봤으면 하고 발길을 돌리며 부탁했다. 남학생은 눈을 반짝이며 은은히 은단 냄새를 풍겼다. 판자촌 사정을 잘 알고 있는 나로서는 남학생에게 더 이상 묻고 싶지 않았다. 그저 착한 학생이라고 생각했다. 다음날 새벽 기도 예배 후 남학생의 걱정스런 말투가 생각나서 다시 할머니의 판잣집을 찾았다. 비가 그친 후 콸콸 뻘건 도랑물 소리는 더욱 세차게 들렸다. 하지만 판잣집 안은 조용했다. 열린 문틈 사이로 본 쪽방엔 할머니와 소녀가 늘어져 있었다. 심상찮은 광경에 급히 119에 신고했다. 창백한 전경이었다. 소녀는 반나체 상태로 끙끙 앓는 소리를 냈고, 할머니는 가는 숨소리를 겨우 이어가는 반 실신 상태였다. 그때부터 소녀와 할머니는 판자촌 쪽방에서 벗어날 수 있었다. 할머니는 당뇨병 저혈당 쇼크였고, 소녀는 심신이 너절하게 찢어진 정신병 환자였다. 소녀는 기독교 재단의 복지원에서 생활하며 나와 인연을 맺게 됐다. 가끔 남학생이 찾아와 물었다. 그 애는 잘 지내나요? 나는 잘 지낸다고 답했고 남학생은 안도의 한숨을 쉬며 은단 냄새를 풍겼다. 서울에 있는 대학교에 입학했다는 말을 전한 뒤로 남학생은 더 이상 나타나지 않았다.

몰골이 흉측했던 소년이 의젓한 청년으로 변신해 다시 나타났을 때 깜짝 놀랐다. 청년은 나를 만나자마자 소녀의 소식을 물었다. 나는 모른다는 대답만 했다. 하지만 소용없었다. 청년은 거의 매일 찾아와 애원했다. 가슴에 응어리가 뭉쳐 있어 언제나 악몽 꾸듯 살아왔다고. 가슴속 응어리를 토해내고 싶다고. 소녀를 만나야 토해낼 것 같아서 그녀를 만나기 위해 열심히 대학에서 공부하며 공무원 채용 시험에 합격했다고. 애원하는 그에게서 여전히 은단 냄새가 풍겼다. 그의 마음이 바위보다 단단하다는 것을 알았다. 그의 삶 자체가 그 소녀를 위한 것임을 알았다. 나는 그가 소녀를 만날 자격이 있다고 생각했다. 요즘 기도를 하면 주님의 응답이 들리더구나. 너희는 결혼해서 단란한 가정을 꾸릴 수 있을 것 같아.

오늘은 어떻노? 예배드리면서 마음을 가다듬지 않았나? 함께 가보제이. 주일예배를 마치자 남편은 내 어깨를 껴안으며 진지하게 말한다. 어깨를 껴안은 남편의 손이 매우 뜨겁고 힘이 있다. 눈동자에 간절함이 있다. 몇 달째인지 모르겠다. 남편은 간절하게 부탁한다. 예배 중 열심히 기도하며 들숨날숨을 깊게 쉬어도 마음속 봉해진 기억을 편하게 꺼낼 수가 없다. 두렵다. 기억을 꺼내자마자 나는 또다시 허물어지며 우울증 치료를 받아야 할 것이다. 오늘은 나와 함께 갈 곳이 있데이. 예배 후 함께 가보제이. 몇 달 전 일요일, 교회로 향하는 차 안에서 남편이 평소답지 않게 단단하게 말했다. 어디 가는데? 그냥 내 따라온나. 내 물음에 쉽게 대답하지 않았다. 주일예배 후 남편이 차를 몰고 범일동 산복도로에 진입하자 알게 됐다. 안 돼! 거긴 가기 싫어. 나는 앙칼지게 외쳤다. 어차피 겪어야 할 과정이야. 초여름 가로수들은 산복도로를 싱그럽게 만들었다. 하지만 나는 가슴이 굳어졌다. 머릿속이 새하얗게 탈색됐다. 아직 가기 싫어. 흐느꼈다. 남편은 깜짝 놀라 길가에 차를 세우고서 나를 껴안았다. 이제는 편하게 찾아가자. 봉해진 기억들을 꺼내 연기처럼 날려뿌자. 그래야 우린 아이를 가질 수 있어. 십여 년 동안 잊고 싶었던 옛 동네다. 십 년이 훌쩍 넘은 세월은 내가 옛 동네를 잊기에는 부족했다. 나를 감싸 안은 남편의 사랑이 깊게 느껴지지만 아직도 봉해진 기억들을 쉽게 열어 연기처럼 날릴 수가 없었다. 구역질이 나며 온몸에 경련이 일어났다. 나는 당신만 받아들이면 되는 줄 알았어. 아이를 가질 수 있다고 여겼어. 그런데 내 몸과 마음이 아직…… 가자. 오늘은 동네 입구까지만 갔다 오자. 남편의 손이 너무 뜨겁다. 남편의 눈 속에 사랑이 깊게 담겨 있다. 몇 번씩이나 되풀이하는 말 속에 힘이 느껴진다.

할머니는 내 손을 잡았다. 손길에 힘은 없었지만 기도하는 손길이었다. 할머니는 눈도, 귀도, 말조차도 점점 희미하고 약해졌다. 결혼하렴. 매우 착실한 청년이구나. 겨우 말을 이었다. 매일 기도한단다. 두 사람 결혼하게 해달라고. 세상 떠나기 전 거의 매일 말할 수 있을 때마다 애절하게 부탁했다. 교회에서만 그를 만나고 싶었다. 은단 냄새도 맡고 싶지 않았다. 교회를 가지 않자 그와 장 전도사가 찾아왔다. 결혼 프러포즈는 없었던 것으로 하고 교회에서만 함께 예배드리자고 그가 간절하게 애원했다. 장 전도사의 기도는 내 마음속으로 간절하게 스며들었다. 할머니는 기력이 점점 떨어지며 혼미해졌다. 하지만 할머니는 혼잣말로 주문처럼 중얼거렸다. 그 남자와 결혼하렴. 입술만 움직였지만 간절하게 들렸다. 어느 날 교회 가기 전에 아랫배까지 들숨날숨을 쉬며 밤새 기도했다. 새벽녘 할머니의 귓가에 따뜻하게 속삭였다. 네, 결혼할게요. 며칠간 말없이 편하게 눈가에 웃음이 번지더니 눈을 감았다.

결혼 첫날밤이었다. 남편은 기도하면서 기다리겠다고 했다. 은단 냄새를 풍기지 않겠다고 했다. 남편은 밤새 들숨날숨을 깊게 쉬면서 어렸을 때 보았던 내 모습에 대해 이야기했다.

어릴 적 우리 동네는 난장판이었다. 하루라도 싸움 소리가 들리지 않는 날이 없었다. 부부끼리, 가족끼리, 이웃끼리 온 동네가 무너질 듯 밤새 곳곳에서 싸움하는 소리가 떠들썩하게 울려 퍼졌다. 나는 이 동네가 싫었다. 술주정뱅이 아버지는 매일 판잣집에서 뒹굴었고, 엄마는 새벽부터 밤늦게까지 부산진역 근처 식당에서 일하며 힘겹게 살았다. 도시 속 산동네 판자촌에서 탈출하는 것이 내 유일한 꿈이었다. 판자촌 입구부터 풍기는 온갖 오물 냄새가 역겨웠지만 간절하게 기도하며 참아야 했다. 하지만 오물 냄새는 사라질 날이 없었다. 우리는 너를 알고 있었다. 너무 예쁜 아이가 다리병신 할머니와 함께 판자촌 산길 끝자락 쪽방에 살고 있다는 것을. 나는 보았다. 가끔 구멍가게 대머리 할아버지가 쪽방에서 바지를 주섬주섬 입고 나오면서 할머니에게 돈을 쥐여주는 것을. 할머니는 돈을 받자마자 흐느끼면서 쪽방으로 들어갔다. 소문은 온 동네에 퍼져 있었다. 할머니가 몸이 아파 아랫동네에서 파지를 수집하지 못하면 예쁜 손녀를 팔아 생계를 이어간다고. 할머니의 흐느끼는 소리는 자주 들렸다. 예쁜 너는 학교 가는 날보다 안 가는 날이 더 많았다. 말이 없었다. 웃음도 없었다. 여드름투성이 우리들은 너를 보기 위해 쪽방 근처를 자주 배회했다. 나도 네가 보고 싶어 거의 매일 너의 판잣집 근처를 지나가곤 했다. 훈이가 위험스런 제안을 했다. 할머니가 파지 수집하러 가서 늦게 오는 저녁에 쪽방을 덮치자고. 그 둘은 좋다는 대답이 쉽게 나왔다. 그들은 내 눈치를 봤다. 망설이는 나를 언짢게 본 친구들이 돌아서자, 나는 떨리는 목소리로 좋다고 대답했다. 11월 보름달은 유난히 밝았다. 하지만 도도하고 쌀쌀맞아 보였다. 훈이가 들개처럼 으르렁거리며 우리를 몰아붙였다. 조금 전 만화방으로 오면서 봤대이. 과일 가게 털보아저씨가 절뚝발이 할머니 집에서 나왔어. 할머니는 없더라고. 이른 밤이지만 판자촌 언저리에는 어둠이 깊었다. 우리는 먹이 사냥하듯 입맛을 다셨다. 곧바로 미친개처럼 너의 집으로 달려갔다. 너는 반 실신 상태로 내복만 입은 채 누워 있었다. 차가운 달빛은 너의 쪽방 구석구석을 비췄다. 너는 우리의 인기척을 듣지 못한 듯했다. 훈이는 미친개처럼 성큼 너를 창고 쪽으로 끌고 가서 바로 덮쳤다. 사냥은 순식간이었다. 너는 먹이가 된 채 그들에게 야금야금 씹어 먹혔다. 너는 전혀 움직임이 없었다. 우리 셋은 씩씩거리며 먹잇감을 갖고 놀았다. 그들 숨소리는 매우 뜨겁고 거칠었다. 그들의 마지막 신음 소리는 들개 울음소리 같았다. 내 가슴속에서 울컥 뜨거움이 솟구쳤다. 달빛에 싸인 네가 애처로웠다. 사냥을 마친 그들 숨소리에서 역겨운 냄새가 풍겼다. 역겨운 냄새를 맡아야 하는 네가 가련했다. 나는 은단을 입 안에 급하게 집어넣었다. 도도한 달빛에 싸인 너는 아름다운 미라처럼 보였다. 눈물이 날 듯해 도저히 너를 덮칠 수 없었다. 나를 다그치는 친구들의 목소리에 얼떨결에 네 위에 누웠다. 하지만 너를 사냥할 수 없었다. 달빛 속에 너의 얼굴은 너무 아름다웠다. 너는 미동도 없이 가냘프게 숨을 내뿜었다. 너의 입술에 키스를 했다. 입안에는 울음이 가득 차 있었다. 울음을 터뜨리고 싶지 않아 입술에 잔뜩 힘을 주고 있었다. 너를 내 품 안에서만 품고 싶었다.

그날 이후 훈이가 가끔 우리를 불러냈다. 세번째로 사냥했을 때 너를 꼭 내 품에 품어야겠다고 결심했다. 입안의 울음을 터뜨려주고 싶었다. 나는 거의 매일 네 주변을 맴돌았다. 간혹 할머니가 절뚝거리며 동네 아저씨들에게서 돈을 몰래 받는 것을 봤다. 그러곤 그들은 너의 쪽방으로 슬그머니 들어갔다. 할머니는 그들이 다시 나올 때까지 도랑가 풀밭에서 소리 없이 통곡했다. 가슴을 쥐어뜯으며 울음을 삼켰다. 나도 함께 울었다. 울분이 솟구쳤다. 도랑물 소리에 할머니 울음이 실려갔다. 낮에 거리에서 본 너는 무표정하지만 예쁜 인형처럼 걸어 다녔다. 우리를 전혀 알아보지 못했다. 폭우가 쏟아지던 여름밤, 너의 집 근처를 배회하는데 할머니와 털보아저씨의 다투는 소리가 들렸다. 술 취한 털보아저씨의 목소리는 폭력적이었다. 털보아저씨가 할머니를 도랑가에 내팽개치고 쪽방으로 들어갔다. 잠시 후 너의 비명이 들리더니 이내 잠잠했다. 나는 길가에 있는 돌을 가만히 집어 들었지만 어찌할 수 없었다. 돌을 내던지고 급하게 교회로 달려갔다. 그것이 내가 할 수 있는 최선이었다. 네가 판자촌을 떠났어도 판자촌 생활은 언제나처럼 변함없었다. 오물 냄새로 가득한 판자촌에는 여전히 싸움 소리가 끊이지 않았다. 그 이후 너를 만날 수 없었다. 너에 대한 그리움이 쌓여갔다. 네가 판자촌을 떠난 것이 다행이라고 생각했지만, 나는 점점 너의 울음 속으로 깊게 빠져버렸다.

남편은 가끔 할머니가 너무 불쌍했다고 한숨 섞인 말을 한다. 남편이 그렇게 말할 때마다 나는 남편을 껴안으며 속삭인다. 할머니는 불쌍하지 않았어. 내가 옆에 있었잖아. 지금 내 곁에 남편이 있다. 나는 불쌍하지 않다. 내가 불쌍하지 않기 때문에 남편을 받아들일 수 있다. 편안하고 따뜻하게 남편만을 받아들일 수 있다. 네 말대로 그때 할머니는 불쌍하지 않았어. 남편이 다시 고쳐 말하며 내 속으로 들어온다. 할머니를 불쌍하게 만들고 싶지 않았다. 입을 꼭 다물며 속으로 몇 번이나 다짐했다. 지금 눈앞에 보이는 산동네 판자촌 마을 입구에서. 여름 오후 뙤약볕의 산골 오르막 흙길은 나와 할머니에게 생지옥처럼 느껴졌다. 지금은 번듯하고 넓은 4차원 아스팔트길로 변했다. 게다가 동네 입구엔 관광 안내 입간판이 서 있다. 그때 나는 가방과 옷 보따리를 양손에 든 채 지금 입간판이 서 있는 곳까지 올라오며 엉엉 울었다. 당시 겨우 초등학교 5학년인 나에게는 공포스런 길이었다. 할머니는 쩔뚝거리며 온몸이 땀범벅이 된 채 짐을 등에 지고 나를 이끌었다. 바람 한 점 없었다. 오르막길 중간 버드나무 밑에서 쉬면서 할머니에게 울지 않겠다고 약속했다. 속으로 할머니를 돌봐야겠다고 다짐했다. 할머니는 내 손을 꼭 잡으며 흐느꼈다. 못된 연놈들. 어린 너를 팽개치고…… 할머니는 차마 말 끝을 맺지 못했다. 아버지가 교통사고로 세상을 떠난 후 이 년도 안 되어 엄마까지 우리 곁을 떠났다. 어쩔 수 없이 산동네 판자촌이 나의 어릴 적 동네가 됐다.

남편이 입간판 옆에 차를 세웠다. 오늘은 여기까지만 기억을 날려보낼까? 할머니가 불쌍하지 않았다고 생각해. 오늘은 동네로 들어가보자. 뜻밖의 내 대답에 남편이 놀란다. 괜찮겠어? 어젯밤 남편을 깊게 받아들이며 할머니를 따뜻하게 그리워했다. 그리고 결심했다. 주일예배 후 어릴 적 판자촌 동네를 찾아가기로. 들숨날숨을 깊게 쉬면서 다짐했다. 나는 이제 불쌍하지 않으니 옛 동네를 찾아가도 된다고. 남편은 다시 동네 안쪽으로 천천히 차를 몰았다. 동네에 들어서자마자 방문객을 위한 큰 주차장이 보인다. 교회 옆 공터가 있던 곳에 현대식 화장실과 관광 안내소가 들어서 있다. 관광객을 환영한다는 큰 간판도 동네 어귀에 세워져 있다. 할머니와 십여 년 생활했던 그 동네는 이미 사라졌다. 오물 냄새와 싸움 소리로 가득했던 판자촌이 관광객을 위한 오리고기 전문 음식점 관광 거리로 변했다. 담벼락에는 '산동네 판자촌 마을에 오신 여러분을 환영합니다'라는 팻말이 붙어 있다. 이곳은 어느새 사람들을 불러들이는 동네가 됐다. 살기 좋은 동네라 자랑하고 있다. 십여 년 세월이 만든 엄청난 신천지다. 구멍가게도, 과일 가게도, 만화방도 없어졌다. 구불구불 골목길은 예쁘게 벽화로 단장됐다. 울퉁불퉁 흙길은 아스팔트와 시멘트로 깨끗하게 포장됐다. 할머니와 함께 걸었던 도랑가 좁은 계단은 적색 벽돌로 차곡차곡 채워졌다.

없어졌다. 사람들이 오기 싫어하고 살기 싫어하던 옛 동네는 없어졌다. 내가 살았던 판잣집은 사라지고 그 자리에 방문객 쉼터가 들어서 있다. 벚꽃나무가 심어져 있고, 방문객의 휴식을 위한 벤치가 놓여 있다. 옆에 있던 구멍가게는 예쁜 카페로 변신했다. 요술을 부린 듯한 동화 속 풍경 같다. 아팠던 내 기억을 더 이상 재생시킬 수 없다. 흔적조차 남아 있지 않다. 저 예쁜 카페는 내 고등학교 동기가 운영하고 있데이. 남편이 반갑다는 투로 설명한다. 간혹 옛 건물이 보이지만 외관은 수리해서 깨끗하게 단장됐다. 동네를 방문객으로 돌아다니는 동안 남편은 내 손을 꼭 잡고 다닌다. 봉해진 기억을 조심스레 열어보지만 도저히 옛 동네를 기억해낼 수 없다. 몇 년 전부터 도시개발 정책의 일환으로 이 동네는 재개발 지역으로 선정돼 관광 지역이 됐지. 남편은 이미 옛 동네가 사라진 것을 알았다. 두려움이 사라지며 신기하게 변한 동네를 두리번거린다. 오히려 낯선 동네 풍경에 마음이 저민다. 오리 백숙이나 먹고 갈까? 남편은 내 식욕을 자극한다. 걷는 동안 할머니의 모습이 골목마다 아른거린다. 마음속에서 눈물이 흘러내린다. 배꼽 아래까지 깊숙이 들숨날숨이 쉬어진다. 숨길 따라 정신이 맑아진다.

오늘 마침 복지원 업무가 일찍 끝났고, 내일은 할머니 생신이다. 혼자 산동네 판자촌 마을에 갔었어. 퇴근하고 집에 온 남편에게 보고하듯 말했다. 혼자? 남편이 놀라면서 환하게 웃는다. 낯설어. 어떻게 그리 변할 수가 있지? 온 동네를 돌아다녀봐도 할머니와 함께 지내던 흔적은 거의 사라졌어. 산복도로를 따라 다니는 미니 관광버스를 타고 동네에 들렀지. 동네를 돌아다니다 고교 동기가 운영한다는 카페에서 커피 한잔하며 할머니를 그리워했어. 다 찌그러져 허름하던 구멍가게가 예쁘고 분위기 있는 카페로 요술 부리듯 바뀌었더라. 도저히 상상할 수 없었던 일이야. 카페에서 커피를 마셨다고? 남편이 또 한 번 놀란다. 어릴 적 구멍가게. 끼니도 제대로 잇지 못하던 시절, 처음 아랫도리를 난도질당하는 고통을 겪었다. 엄청난 통증이었다. 며칠간 혼이 나간 듯 꼼짝도 할 수 없었다. 그때 나는 겨우 중학교 2학년이었다. 할머니가 몸이 아파 파지를 수집하러 가지 못하는 날이 며칠 계속되면 당장 끼니부터 걱정해야 했다. 학교를 다녀오면 라면 몇 봉지와 식은밥이 쪽방에 놓여 있었다. 옆집 구멍가게 할아버지가 갖다 줬다며, 참 고마운 사람이라고 할머니가 몇 번이나 얘기했다. 우리에게 고마운 이웃이었지만, 나를 보는 눈은 점점 음흉스러워졌다. 하지만 그런 눈길을 피할 수 없었다. 간혹 나를 불러 아이스크림이나 빵을 주곤 했다. 거절할 수 없었다. 오히려 덥석덥석 잘 받았다. 어느 봄날 잠결에 당한 겁탈은 생지옥으로 떨어지는 절망이었다. 저항할 수 없었다. 멍하게 누워서 할머니의 우는 소리만 들을 수밖에 없었다. 그 후 끼니 걱정은 하지 않아도 되었다. 하지만 소름 돋는 할아버지의 손길은 바퀴벌레처럼 내 몸을 기어다녔다. 내가 달거리 끝나고 며칠 후가 되면 할머니는 아침마다 약을 먹였다. 피임약이었다. 할머니의 한숨과 울음은 그칠 날이 없었다. 밤마다 엄마를 원망하는 잠꼬대가 들렸다. 내 몸은 점점 여러 사람의 손길이 스쳐갔다. 나는 악몽을 꿔야 살 수 있다고 주문을 외웠다. 눈만 감고 숨만 죽이면 나와 할머니는 끼니 걱정을 하지 않아도 됐다. 그런 쪽방도, 구멍가게도 사라졌다. 가끔 속이 메스꺼워 토악질하던 도랑만 남아 있다. 그때는 악취 나는 개울물에 더 심하게 악취 나는 아픔을 흘려보냈다. 지금은 졸졸거리며 운치 있게 흐른다. 커피 향이 코끝에서 살랑거린다. 들숨날숨을 차분하게 쉬어본다. 커피 향이 가슴에 잔잔하게 퍼진다. 남편의 고교 동창이라는 카페 주인은 남편처럼 말갛게 생겼다. 웃음이 순진하게 크다. 편하게 느껴진다. 이 카페는 언제부터 시작했어요? 카페 주인에게 허물없이 물어본다. 삼 년 전쯤에요. 카페 주인이 시원하게 대답해준다. 구멍가게 할아버지가 세상을 뜬 후 그 아들을 통해 집을 구입해서 시작했다고. 할아버지는 세월 속에 파묻혔다. 커피를 단숨에 마신다. 가슴이 파르르 떨린다. 내가 봉인해야 할 기억들이 없어졌다. 왠지 허전하다. 오늘 6월 초여름 오후를 야릇하게 보냈다고 남편에게 미역국을 건네며 말한다. 내 얘기를 듣는 남편의 얼굴에 계속 웃음이 번진다. 참, 친구 와이프도 봤어. 두 살배기 딸아이가 너무 깜찍하던데? 매우 단란한 가족 같았어. 친구 와이프의 인상도 좋고 시원시원하던데. 나도 그런 예쁜 딸아이를 낳고 싶다. 그럼 우리 다음주에 그 카페에 찾아가볼까? 남편이 웃음 끝에 넌지시 물어본다.

열대야로 잠 못 이루지만 푸르른 벚꽃나무들에 둘러싸인 카페의 밤은 시원하다. 토요일 밤, 남편 손길에 끌려 카페로 왔다. 사람들이 더위를 피해 쉼터 벤치에 웅성웅성 모여 있다. 예전에는 이곳에 사람의 발길이 뜸했다. 밤이면 가끔 구멍가게에 물건 사러 오는 사람만 한둘 있었다. 그동안 몇 번씩이나 와서 벤치에 앉아 기억을 더듬어봤지만, 내가 웅크려 흐느꼈던 쪽방이나 창고 위치를 찾을 수 없었다. 카페 주인의 아내가 명랑하게 우리를 맞이했다. 그동안 몇 번 만난 적이 있었다고. 서글서글한 성격이 우리를 편하게 한다. 카페 주인은 특별히 만들었다는 루와 핸드드립 커피를 우리에게 대접한다. 모처럼 만난 남자들 수다도 더위를 무색케 한다. 그녀와 쉽게 친해졌다. 가끔 개그콘서트에 나오는 개그우먼 흉내까지 내며 속내를 시원하게 드러낸다. 카페 주인은 그의 아내보다 말수가 적고 얌전한 듯하다. 여기가 언젠가 온몸을 역겨운 땀냄새로 범벅된 채 누워 있었던 장소였나? 봉인된 기억 속 그때 열대야는 생지옥이었다. 웃을 수 있다는 것은 상상조차 하지 못했다. 지금 나와 남편, 카페 주인과 그의 아내는 마냥 웃고 있다. 무더위로 익어가는 어둠 속으로 봉인된 기억들이 날아가고 있다. 허물 없이 이어지는 대화 중에 그녀가 갑자기 까르르 웃으며 말을 꺼낸다. 카페를 여기 차린 이유가 있어요. 생뚱맞게 얘기를 꺼낸다. 카페 주인이 말리는 것도 아랑곳 않고 그녀는 신나게 수다를 떤다. 애 아빠가 고등학생 때 짝사랑하던 첫사랑 예쁜 여학생이 저 쉼터에 살았대요. 그녀가 생각나서 이곳에 카페를 차렸다네요. 순간 남편이 긴장한 눈으로 나를 쳐다본다. 들숨날숨을 아랫배까지 내려오게 깊이 쉬면서 천천히 커피 맛을 음미한다. 커피가 여름밤 더위를 조용히 식힌다. 남편이 웃음을 잃은 채 계속 나만 응시한다. 내가 남편을 향해 웃음을 보낸다. 그 여학생이 너무 예뻐서 이 동네 남학생들이 거의 짝사랑했다더군요. 당신처럼 예뻤던 모양이에요. 무더운 밤하늘로 그녀는 마냥 카페 주인의 옛사랑을 털어놓는다. 카페 주인은 무안한 듯 얼굴이 빨개지며 그만 하라는 말만 되풀이한다. 그녀는 고자질하는 것이 신이라도 난 듯하다. 요즘도 간혹 담배를 피우며 저 쉼터를 물끄러미 바라보곤 해요. 얼마나 얄미운지 몰라요. 남편의 눈길이 더욱 날카로워진다. 지금은 단란한 가정을 꾸리고 있잖아요. 나는 그녀에게 웃으며 대답하고 남편에게도 웃음을 던졌다. 왠지 웃음만 터져 나온다. 쉼터에서 사람들이 도랑물 소리로 더위를 식힌다. 그때도 판잣집에 사람들이 몰래 들락거렸다. 하지만 그 사람들은 사라졌다. 할머니부터 사라졌다. 지금은 쉼터와 카페, 그리고 벚나무들만 있다. 여름밤 엉엉 울었던 기억이 더위에 허물어지며 웃음으로 되새겨진다. 도랑물 소리가 맑게 들린다. 남편이 편하게 웃는다. 돌아오는 차 안에서 나는 왠지 남편을 '여보'라 부르고 싶어진다. 남편이 먼저 걱정스레 여보라 부르며 괜찮냐고 물어본다. 남편 얼굴에 아직 긴장이 남아 있다. 여보, 난 괜찮아. 나는 대수롭지 않게 대답한다. 여보, 방금 그 친구가 몇 번째 남자였어? 개그우먼 흉내를 내며 남편에게 되물어본다. 남편이 머뭇거리다가 대답한다. 첫번째 훈이…… 참 어처구니없다. 그렇게 미친 들개 같았던 첫번째 놈이 카페 주인이라니! 맞춰지지 않는 기억들이 싱겁게 웃으며 넘겨진다. 여보, 정말이야? 기억들을 되새겨보며 다시 물어본다. 여보란 말이 편하게 입에서 나온다. 싱겁다. 웃음만 터져 나온다. 여보, 그 친구는 너를 전혀 알아보지 못해. 나를 여보라 부르며 스쳐가듯 말을 한다. 싱겁게 웃고 있는 나를 더욱 싱겁게 만든다. 다음에 또 그 부부 만날까? 응! 나는 편하고 빠르게 대답했다. 남편도 싱겁게 웃다가, 반갑게 웃기도 하면서 눈물까지 흘린다. 왜 울지? 오히려 우는 남편을 이상하게 쳐다본다. 할머니가 보고 싶어. 달리는 창밖 더운 어둠은 바람 한 점 없이 깊어가고 있다. 하지만 오늘따라 스쳐가는 풍경은 편하게 보인다. 여보, 병원은 언제 가? 남편이 걱정스럽고 조심스레 물어본다. 나는 계속 싱겁게 웃으며 대답한다. 지난달부터 정신과 치료는 받지 않고 있어. 이제 안 가도 될 거 같아. 마음이 홀가분해졌어. 들숨날숨을 배꼽 아래까지 깊게 쉬어본다. 아랫도리로 뜨거움이 퍼진다. 남편 손을 꼭 잡으며 싱겁게 말한다. 아기집이 아직도 텅 비어 있어. 뜨겁게 채우고 싶어. 남편은 오늘 밤을 어떻게 생각할까?

매일 포장마차에 출근하다

"아줌마! 내가 뭐하는 놈인지 아십니까? 직업이 도둑놈입니다. 도둑이라고요. 사람들이 싫어하고 무서워하는 그런 놈이랍니다. 아시겠어요?"

상대방이 놀라지 않게 또박또박 차분하게 이야기해야겠다고 몇 번이나 입안에서 연습했던가! 취기 어린 말투가 튀어나오지 않게 미리 냄비우동을 먹어서 뱃속을 든든하게 했다. 용감하게 말하고 싶어 소주 한 병을 천천히 마셨다. 깊게 숨을 쉬면서 표정을 진지하게 지으려고 몇 번이나 연습했다.

새벽 네다섯시가 되면 포장마차에 손님이 없다는 걸 알고 있다. 항상 나 혼자 딱딱한 나무 의자의 마지막 손님으로 앉아 있다. 가스레인지 위 철판에서 오징어불고기가 만들어지는 구수한 소리가 퍼진다. 아줌마의 손길은 여전히 맛깔스럽게 움직인다. 내가 진지하게 쳐다보지만 여전히 고개를 숙이곤 가끔 끄덕이기만 한다.

"직업이 도둑이라? 이런 불경기에는 꽤 괜찮은 직업이지. 누구나 할 수 있는 건 아니지만. 나도 짐작은 했지만, 생김새는 그다지 배짱 좋게 생기지도 않았는데 왜 그런 힘든 직업을 택했어? 세상살이가 그렇게 만든 모양이지? 자! 맛있게 익었으니 먹기나 해요. 힘들게 고백했으니 오늘은 내가 소주 한 병 서비스할게."

이미 알고 있었다는 말투다. 이렇게 고백하려고 한 달 전부터 얼마나 망설였던가. 쓴웃음이 나온다. 소주 두 잔을 연거푸 들이켠다. 아주머니는 내 말에 아랑곳없이 나에게 뜨거운 오뎅 국물을 건넨다.

"속 풀리게 쭉 마셔요."

큰누님처럼 느긋하게 웃는다. 항상 맛깔스럽게 느껴지는 웃음이다. 맵싸한 냄새가 군침을 돌게 만든다. 취기가 온몸에 확 퍼진다. 이 포장마차 음식 맛은 아줌마의 웃음에서 만들어진다. 웃음이 배어 있는 오뎅과 냄비우동은 이곳의 별미다. 다시마와 굵은 통멸치로 진하게 우려낸 국물은 입안에서 긴장과 피로를 녹여버린다. 식도로 흐르면서 차디찬 사지를 따뜻하고 편안하게 만든다. 뱃속이 온기로 채워지면서 졸음이 나른하게 눈가에 퍼진다.

"아줌마 참 이상하네요? 나는 거의 한 달을 벼르다가 내 직업을 말했는데 놀라지 않다니."

"요즘처럼 괴상망측하고 예측 불허한 세상살이에 도둑이란 직업이 별난 직업인가? 하느님도 예측할 수 없는 희한한 일들이 얼마나 많이 일어나는데."

아줌마는 한바탕 웃음 짓는다. 피곤한 기색이라곤 전혀 찾아볼 수 없다.

"나 같은 직업을 가진 놈에게 아줌마 음식은 최곱니다. 순식간에 긴장이 확 풀리거든요. 얼마나 힘든 직업인지 아줌마에게 말해주고 싶었어요. 정말 힘든 직업입니다. 사람들은 우리 직업을 길거리에 뒹구는 폐기처분된 부탄가스통처럼 여기지만 우리도 직업 정신만은 투철합니다. 작업을 성공시키기 위해서는 정확한 정보가 필요하고, 게다가 민첩하고 날렵하게 행동해야 합니다. 작업할 장소가 정해지면 며칠간 잠복근무를 하면서 그 동네 지형을 정확하게 머릿속에 주입해야 하고, 어느 집이 허술하며 쉽게 잠입할 수 있는가를 파악해야 하죠. 또 훔칠 만한 재산이 있는지도 잘 염탐해야 합니다. 어느 시간이 행동하기 좋은지도 알아놔야 하고요. 우리는 항상 극도로 긴장된 상태에서 한 치의 실수도 없이 조심스럽게 행동해야 합니다. 실패하면 인생 종쳐야 하니까요. 어느 직업이나 다 그렇듯이 쉽게 살아갈 수 없는 것 아닙니까?"

계속 입안에서 오징어불고기가 고소하고 기분 좋게 씹힌다. 소주에 섞이는 맵싸한 맛이 콧등에 땀 내음을 내며 나른하게 만든다.

"제가 언제부터 이 포장마차에 매일 출근했죠?"

"육칠 개월쯤 됐을 거야. 내가 이 포장마차를 연 지가 그쯤 됐으니까"

"맞아요! 나도 원주에서 서울로 온 지 얼마 안 됐을 때니까요. 지방자치제를 시행한 지도 몇십 년이 됐건만 어떻게 된 노릇인지 지방 도시들은 세월이 흐를수록 돈줄이 마르고 우리나라에 있는 돈들은 왜 몽땅 서울로 몰리는지 모르겠어요. 그래서 큰맘 먹고 고향을 떠나 서울로 올라왔죠. 이삼 년간 열심히 서울 돈을 끌어모아서 노후 대책이나 마련하려고요. 그런데 웬걸! 더 힘듭니다. 고향에서는 아무리 불경기라도 그런대로 생활할 수 있는 짭짤한 수입이 있었는데…… 서울 사람들은 얼마나 영악스러운지. 온갖 최첨단 경비 시스템을 설치하지 않나. 지문 인식이라든지 비밀번호를 입력해야 하는 요상한 열쇠를 장치하지 않나…… 작업하기가 여간 힘들지 않아요. 처음 서울 올라와서는 혼자 작업하기 때문에 낯설고 힘들어서 거의 공치는 날이 많았으니까요. 계속 힘들고 지친 나날이었는데 어느 날 갑자기 오아시스처럼 포장마차가 생겨났더군요. 어찌나 반가웠는지. 첫날 먹은 냄비우동은 하늘나라 가서도 기억할 것 같네요."

아줌마의 웃음은 언제나 달달하게 퍼진다. 맛깔 나는 냄새와 함께. 고백하고 나니 속이 후련하다. 요리하는 아줌마의 모습이 달무리 속에 신비스럽게 보인다. 마치 어릴 적 어머니에게서 들은 할머니 모습처럼. 할머니 음식 솜씨는 소문이 나서 동네잔치가 있으면 늘 할머니에게 부탁했는데, 그때마다 할머니는 거절하지 않고 잔칫집에 가서 맛있게 음식을 만들어줬다는 것이다. 그래서 가끔 할머니 같은 느낌에 빠지곤 한다.

어떤 계절이든 새벽 걸음은 으스스한 칼바람을 맞아야 한다. 상쾌한 새벽 내음은 전혀 맡을 수 없다. 걸을 때마다 피로에 찌든 근육들이 삐걱거리는 소리를 낸다. 오장육부는 아직 풀리지 않는 긴장으로 공허하기만 하다. 두개골 안이 고장 난 컴퓨터 잡음처럼 찍찍거리는 소리로 가득하다. 작업이 성공했든지 실패했든지 상관없다. 어차피 이 직업을 택한 팔자 때문에 가져야 하는 직업병이다. 언제나 도둑이라는 직업은 새벽을 그렇게 맞이해야 한다. 서울의 새벽 공기는 왜 이렇게 텁텁한지. 걸을 때마다 속을 뒤집어놓는 느끼함까지 나를 괴롭힌다. 서울 올라온 후 구토 증상이 생겨났다. 새벽 귀갓길에 걷기 힘들 정도로 심하게 속이 울렁거렸다. 미리 작업 들어가기 전에 멀미약을 귀밑에 붙였지만 전혀 효과가 없었다. 한 달쯤 지나자 '서울에 괜히 왔구나!' 하며 후회스런 생각이 들기 시작했다. 으스스한 4월 날씨로 몸살감기에 두통까지 겹쳤다. 그날은 정말 쉬고 싶었지만 엿새째 허탕을 친 터였다. 오기로 감기몸살 약에다 진통제 및 소화제 등 여러 종류의 약으로 아픈 몸을 추스르고 작업에 들어갔다. 하지만 결국 그날도 빈손으로 돌아오고야 말았다. 살맛이 없었다. 서울 변두리 달동네로 올라가는 계단은 매우 가파르다. 지친 걸음으로 겨우 한 계단씩 기어 올라갔다. 달동네 입구 주차장 공터에 한 걸음 한 걸음 다다랐다. 눈앞에 갑자기 주차장에 나타나지 않던 대보름달이 불쑥 나타났다. 깜짝 놀랐다. 그리고 바람결 새장처럼 보름달에 매달려 있는 포장마차가 보였다. 새벽이 이렇게 밝은 적이 있었던가? 전율을 느낄 정도로 환했다. 포장마차가 신기루처럼 눈앞에 보였다. 순간적으로 예민하게 단련시킨 후각으로 자극이 짜릿하게 왔다. 허겁지겁 포장마차 나무 의자에 털썩 주저앉자, 뜨거운 오뎅 국물이 담긴 그릇이 기다렸다는 듯이 나에게 건네졌다. 심한 갈증과 허기가 갑자기 온몸을 덮쳐온 터라 정신없이 꿀꺽꿀꺽 마셨다. 혀끝에 감칠맛을 남기면서 목젖으로 흘러 들어가는 국물은 깊은 산속 샘물 같았다. 어깻죽지가 확 처지면서 관절이 풀어지는 소리가 들렸다. 순식간에 온몸으로 따뜻함이 퍼졌다.

"이제야 정신이 드는 모양이군. 얼굴이 왜 그 모양이야? 지옥에 가서 염라대왕이라도 만나고 온 거야? 목숨이라도 두고 가라고 그러디?"

컬컬하고 투박한 목소리라 말투만으로는 여자인지 남자인지 구별하기 힘들었다. 고개를 들어보니 밤하늘에 보름달이 떠 있고 그 아래 보름달 같은 얼굴이 환하게 보였다. 육십대 초반의 아주머니인지 할머니인지 어디선가 많이 본 듯한, 기억을 아물거리게 하는 그런 행색이다. 체구가 풍성하고 포근하게 보였다. 특히 웃음이 담긴 눈은 귀여운 초승달을 닮았다. 어디서 많이 본 듯한데 어디서였는지 기억이 가물가물했다. 하지만 분명 낯설지 않은 얼굴이었다.

"이 포장마차 언제 생겼어요?"

얼큰한 국물로 허기와 갈증이 다소 풀어지자 여러 가지 맛있는 냄새가 침샘을 심하게 자극했다.

"오늘이 영업 첫날이야."

"정말 반갑네요. 앞으로 단골이 될 거 같아요. 이 포장마차 별미는 뭐죠?"

"오징어불고기와 냄비우동이지."

아주머니는 내가 주문도 하지 않았는데 벌써 오징어를 다듬기 시작했다. 그러고는 순식간에 요리된 오징어불고기와 소주를 내 앞에 내놓았다.

"쭉 마셔요. 사는 게 고된 모양이네. 마시고 집에 가서 잠이나 푹 자구려."

구수하게 들렸다. 작업 중에는 청각, 후각, 시각이 언제나 긴장돼 있다. 그래서 귀갓길에는 귀, 코, 눈 등은 굳어져서 비몽사몽 걸어오게 된다. 오직 미각만은 예민하게 남겨져 있어 뇌신경 세포에 자극을 전달하는 것이다. 안주들과 한 잔의 소주가 미각신경을 자극하면서 짜릿한 전율이 혀끝에서 시작된다. 전율은 목덜미로 전해져 어깻죽지 쪽을 통해 겨드랑이 옆을 가로질러 척추를 따라 온몸으로 퍼졌다. 근육들이 완전히 풀어졌다. 졸음이 나른하게 밀려왔다. 온몸이 해파리처럼 흐물거렸다. 그날부터 나는 매일 포장마차의 마지막 손님이 됐다.

왜 내 직업을 말하고 싶었지? 굳이 고백하지 않아도 되건만 다달이 지나면서 내 직업을 고백하고 싶었다. 아줌마가 내 마음에 왠지 가족처럼 느껴졌다. 그래서 고백해야 한다는 의무감이 생겼는지도 모른다. 포장마차에 출근하기 시작한 첫날부터 이상하리만치 편안하게 느껴졌다. 매스꺼운 구토 증상이 싹 가셔져 굳이 멀미약을 복용하거나 귀밑에 붙일 필요가 없어졌다. 텁텁하던 새벽 공기도 상쾌하게 느껴졌다. 그 이후 허탕을 치든 안 치든 상관없이 포장마차에 들르기 위해서라도 서둘러 작업을 마치곤 했다. 그렇게 매일 포장마차에 들르니 더욱 편해지고 싶었다. 내 직업을 고백해야만 편해질 것 같았다. 직업을 숨기기 위해 하루하루 거짓말을 기발하게 만들어야 하는 것, 그것조차 힘들었다. 물론 아줌마는 한 번도 내 직업이나 사생활에 대해 물어보지 않았다. 음식 장만한다고 손놀림만 바쁠 뿐, 가끔 정신없이 먹는 내 모습을 보면서 느긋하게 웃기만 할 뿐이었다. 내게서 주문을 한 번도 받아본 적이 없다. 이상했다. 내가 무엇을 먹고 싶어 하는지 다 알고 있다는 듯 내가 나무 의자에 앉자마자 오뎅 국물을 건네면서 바로 소주 안주를 장만했다. 하루하루 안주감이 다르지만 내가 먹고 싶어 하는 음식을 언제나 맛있게 만들어줬다. 닭똥집, 순대, 꼼장어, 오징어불고기, 고등어구이 등등 어떤 안주라도 척척 만들어 내 앞에 내놨다.

"내가 뭘 먹고 싶어 하는지 어떻게 아세요?"

"얼굴에 쓰여 있잖아. 금방 알 수 있어. 어떤 안줏감이든 항상 준비돼 있으니까."

아주머니는 매일 소주 한 병만 마시게 할 뿐이다. 더 이상 주문할 수가 없다. 소주 한 병이 다 비워지면 어느덧 포장마차는 끝마칠 준비를 하고 있다. 간혹 다른 손님과 함께 앉아본 적이 있지만 거의 항상 내가 마지막으로 혼자 남아 있게 된다. 소주한 병을 더 마시고 싶어도 마칠 준비를 다하고 웃고 있는 아줌마에게 더 주문할 수가 없다. 아줌마는 나에 대해 모든 것을 다 알고 있는 것 같았다. 마치 우리 할머니처럼, 조용히 바라만 보고 있을 뿐이다. 차라리 내 직업을 고백하는 게 더 편할 것 같았다. 그래야만 아주머니에게 내 마음속 울분이나 불만을 이야기할 수 있을 것 같았다. 그러나 망설여졌다. 나에게 실망하거나 혹은 크게 놀랄까 봐, 아니면 나를 두려워할까 봐 걱정됐다. 고해성사를 하듯 말했건만 아줌마는 이미 내 직업을 알고 있다는 듯 담담한 표정을 지었다. 나에게 줄 안줏감을 만들기 위해 손을 바쁘게 움직일 뿐이었다. 고백을 하고 나니 마음이 홀가분하다. 한잔 술에 온갖 세상일이 별것 아닌 듯 편하게 느껴진다. 내 입에서 쏟아지는 이야기들이 새벽 시간을 정신없이 바쁘게 움직인다. 목젖에 걸려 있던 말들이 시원하게 내뱉어진다. 잡소리를 지껄이건, 고함을 지르건, 욕지거리를 하건 아줌마는 그저 웃기만 한다. 오직 소주 한 병만을 마시길 기다리면서. 그 시각이 오전 5시를 넘기지 않았다. 날이 갈수록 점점 내 목청이 나도 모르게 높아만 갔

다. 신나게 새벽 공기를 휘저으면서. 그러던 어느 날부터인가 소
주 한 병과 함께 빈 병이 내 앞에 놓였다. 오직 한 개의 빈 병이
었다.

"아줌마, 나도 젊었을 때에는 성공하겠다는 부푼 꿈을 가졌었
지요. 그렇다고 부모 덕으로 어린 시절부터 잘살았던 건 아니었
고요. 고등학교 시절 아버지가 돌아가시는 바람에 오남매가 스
무 평 주공아파트에서 구질구질하게 살았지요. 아르바이트를 하
면서 지방 대학교를 겨우 졸업하고 나니 취직하기는 하늘의 별
따기처럼 힘들더군요. 청년 백수로 빌빌거리다 팔십만 원 정도
월급을 주는 코딱지만 한 작은 회사에 겨우 취직했는데 일 년
쯤 지난 후 부도가 나서 또 빈둥거리는 신세가 됐고…… 빌어먹
을! 인생살이가 왜 이렇게 고달픈지…… 이것저것 닥치는 대로
다 해봤지요. 젠장할 우리나라에서는 나 같은 놈 잘 먹고 잘살기
가 어렵더군요. 그래도 은행에 근무하던 예쁜 아가씨와 사랑에
빠져서 결혼도 하게 됐죠. 그때 이삼 년이 가장 행복했던 것 같
네요."

비워진 소주잔에 아줌마가 나의 한숨을 채워준다.

"자, 홍합이 싱싱해서 안줏감으로 장만해봤어. 어서 먹구려."

"악착같이 살려는데 빌빌거리기만 하게 되니 이 세상이 너무
원망스럽더라고요. 가슴엔 알 수 없는 탄식만 쌓여가고…… 그
래서 삐딱하게 살아보자고 마음을 바꿨죠. 부가가치가 높다는
술장사를 하기로 인생살이를 삐딱하게 바꿨어요. 빚을 내서 아

가씨 서너 명을 거느린 단란주점을 했어요. 뜻밖에도 장사가 잘 되더군요. 한 달에 육칠백만 원 정도의 순수입을 올렸으니까요. 덕분에 이삼 년간 기고만장하게 살았죠. 더 잘살아보려고 욕심을 부려 주식도 손대보고, 아파트 분양권 전매도 해보고, 땅 투기도 해보고…… 그런데 술장사라는 게 원래 흥청망청 눈먼 돈을 벌어들이는 것 아닙니까? 젊은 놈들이 신나게 카드를 긁으면서 매상을 올려주더군요. 언제는 경기부양책이라고 젠장! 카드를 무절제하게 남발하더니…… 갑자기 국가적 부도가 날 정도로 신용불량자가 많다고 카드 사용을 억제하는 정책으로 바뀌더군요."

술잔이 자주 비워질수록 내 목청은 높아만 갔다.

"그 후로 완전히 적자가 나면서 모든 것이 엉망이 됐어요. 돈맛을 알아버렸으니 어린 시절처럼 궁상맞게 살기 싫더군요. 수단 방법을 가리지 않고 사기를 쳐서라도 돈을 벌고 싶을 만큼 돈독이 오르더군요. 결국 나도 신용불량자가 됐고, 빚보증까지 떠안으면서 아내와 이혼하게 됐죠. 빈털터리가 되니까 아내는 냉정하게 아이 둘을 데리고 떠나더군요. 참담한 심정은 이루 말할 수 없었어요. 자살까지 생각했으니까요."

입안에서 말들과 음식들이 쉴 새 없이 요동쳤다. 목청은 핏대를 세우며 한없이 높아만 갔다. 아줌마는 계속 오뎅 국물을 부어주면서 '그래, 그랬군. 그랬을 거야.' 미소 지으며 열심히 내 이야기에 귀를 기울였다. 언성이 높아질수록 심장박동이 심하게 빨라졌다. 이혼 도장을 찍은 후 한 번도 뒤돌아보지 않았던 아내 모습이 떠올랐다. 주체할 수 없는 울분이 용암처럼 가슴속에서 휘몰아쳤다. 머릿속에서 응어리진 스트레스 때문에 눈동자가 파열할 것 같다.

"아줌마! 가슴이 터질 것 같아요!"

순간 아줌마가 뜻밖에 고함을 질렀다.

"앞에 놓인 빈 병을 집어 들어! 어서 빨리! 그 병을 저 달을 향해 힘껏 던져봐! 네 울분이 허공에서 산산이 부서지도록. 저 달은 너의 울분을 이해하고 받아줄 거니까 말이야!"

나도 모르게 빈 병을 들고 달을 향해 힘껏 던졌다. 팍! 어디선가 통쾌하게 깨어지는 파열음이 귓속을 파고든다. 내가 어떤 행동을 했는지 전혀 모르겠다. 그저 속이 후련할 뿐이다. 아줌마는 여전히 미소 지으며 내 이야기를 기다리고 있다.

"이젠 더 할 이야기가 없니?"

마냥 웃고 싶어진다. 가슴이 시원하다.

"이젠 없어요."

"오늘은 빈 병 하나로 응어리진 마음을 다 날려보냈군. 언제나 하고 싶은 이야기 있으면 나에게 하소연하렴."

아주머니의 웃음소리가 살갑게 새벽바람에 어우러진다. 어느덧 새벽달은 능청스럽게 빌딩 속으로 숨어버렸다. 트림과 방귀가 시원스럽게 내 몸에서 배출된다. 마냥 달콤한 잠 속으로 깊게 빠지고 싶다.

빈 병은 매일매일 한 개만 놓여 있다. 나무 의자에 앉자마자 빈 병이 있는지 저절로 두리번거리게 된다. 으레 놓여 있어야 한다. 파열음이 너무 듣기 좋다. 빈 병을 힘껏 던질수록 아름다운 소리가 새벽바람 속으로 강하게 파고든다. 날이 갈수록 가슴 깊이 묻어두었던 온갖 울분이 심하게 앙앙거리는 것이다. 하루하루 스트레스가 머릿속에서 터질 듯 부풀어서 눈동자마저 튀어나오려 한다. 혈관들은 팽창할 대로 팽창해서 터질 것 같다. 날이 갈수록 내 목청이 더욱 높아만 가서 내가 내뱉은 말조차 도저히 알 수가 없다. 아무래도 빈 병 하나로는 아쉬워. 빈 병 하나만으로는 극도로 흥분된 나를 진정시킬 수 없다. 더욱 신나고 통쾌하게 깨뜨리고 싶다. 내 울분을 너그럽게 받아줄 저 달을 향해 던져서 깨지는 소리를 짜릿하게 듣고 싶다.

"아줌마, 이제부터는 빈 병을 두 개 놓아주세요. 저렇게 빈 병이 많이 뒹구는데…… 부탁해요. 그렇지 않으면 매상도 올릴 겸 소주 두 병을 주든지. 한 병은 마신 후에 그걸 던질 테니까요."

아주머니 눈치를 보면서 애걸했다. 하지만 아주머니는 내 말이 마이동풍인 듯 그저 웃기만 하더니 단호하게 거부했다.

"안 돼! 아직 그럴 시기가 아니야. 내가 만든 음식으로 이제야 편안하게 몸이 풀리기 시작했고, 내 호령 없이 빈 병 깨기 시작한 지 겨우 이십 일 지났어. 이제 겨우 너의 잠재된 폭력이 너의 아내까지 이르렀어. 며칠간 너에게서 도망하다시피 떠난 아내를 안줏감 삼아 욕설과 저주를 얼마나 퍼부어댔는지 알기나 해? 온몸을 부르르 떨고 어금니를 꽉 물면서 말이야. 이제야 아내에 대한 원망이나 증오가 사라졌다. 그동안 너의 가족을 안줏감으로 씹고, 찢고, 깨물고 하면서 이제 겨우 소화시켰잖아. 너의 폭력이 네 가슴 깊숙이 묻혀 있는 원한 덩어리를 없애기에는 아직 미숙해. 천천히 차분하게 너의 폭력을 세련되게 미화시켜야 해. 급하게 서두르면 스스로 폭발해버려. 너를 더욱더 막장까지 몰고 갈 세상 온갖 기상천외한 사건들이 얼마나 많이 너절하게 펼쳐질 것인데. 자! 오뎅 국물이나 마저 마셔! 그리고 집으로 가서 내일을 위해 잠이나 자두렴."

이십 일 전부터 호령 없이 달을 향해 빈 병을 힘껏 던질 수 있었다. 그 전에는 도저히 감당할 수 없는 울분 때문에 아줌마 호령 없이는 빈 병을 던질 수 없었다. 아줌마는 호령할 때 유격훈련장 조교 같았다. 내가 빈 병을 던져야 할 때를 훤히 알고 있었다. 머릿속 혈관들이 터지기 직전에 호령했다. 이십여 일 전부터 마음속 응어리들이 많이 사라진 것을 느꼈다. 호령 없이 울분을 조절하며 빈 병을 던질 수 있었다.

매우 긴장된 작업이었다. 도둑이란 직업이 이토록 위험하다는 것을 처음 경험했다. 며칠간 표적을 배회하면서 열심히 염탐했고, 치밀한 계획을 반복적으로 세웠다. 예행연습도 몇 번씩이나 실전처럼 했다. 다행히 작업은 성공적이었고 그 수입은 매우 엄청났다. 다이아 3캐럿, 미화 2만 달러, 루이비통 갈색 가방 등 등…… 처음 손에 잡히는 고가의 노획물이다. 어떻게 아줌마가 이런 집을 정확히 알고 있을까? 며칠 전이었다.

"요새 작업이 신통치 않은 것 같아. 얼굴 표정을 보니."

"맞아요. 신문에 연일 보도되듯이 경제 불황이 계속이잖아요. 요즘은 작업하다 보면 훔쳐올 것이 없어 오히려 내가 도와주고 싶은 심정입니다."

"그럼 청담동 A아파트 1×××동 ××호를 염탐해봐. 만족스럽 게 한탕 할 수 있을 거야. 그런데 아주 힘들고 고도의 기술이 필 요할 거야. 온갖 보안 시설이 다 되어 있으니까. 그 집 주인은 매 우 파렴치한이라 부담은 없을 게야."

작업은 무사히 끝냈다. 만족스럽게 한탕 했다. 엄청난 노획물 에 놀랄 뿐이다. 집주인은 고위직 공무원이었다. 집주인은 어떻 게 이런 엄청난 재산을 갖게 됐지? 기쁨보다 허탈감과 분노가 가슴속 깊숙이에서 솟구쳤다. 그럼 내 팔자는 뭐야? 서둘러 포 장마차로 발길을 돌렸다. 여전히 달무리 속에 흔들거리는 포장 마차에서 얼큰한 안주 냄새가 따뜻하게 퍼진다.

"힘들었겠구나! 기분이 매우 상했을 거야."

내 심정을 다 알고 있는 듯 여전히 미소 지으며 오뎅 국물을 건넨다. 앗! 빈 병이 세 개 놓여 있다. 가물거리는 내 눈이 확 커 진다.

"오늘은 세 개가 필요할 거야. 그리고 소주도 반병이 더 필요하고……"

"아줌마 고맙습니다."

"너의 폭력도 많이 세련되었지만 그건 시작에 불과해. 아직
미숙한 면이 너무 많지. 폭력을 잘 길들여야만 네 스스로 세련된
폭력으로 가슴 깊숙이 있는 원망이나 분노 전부를 묵은 김치처
럼 맛깔나게 삭일 수 있는 거야. 그래야만 세련된 폭력으로 너의
앞날을 편하고 길게 이어갈 수 있어."

"이놈의 세상은 온갖 폭력투성이네요. 저 잘사는 동네에 사
는, 겉치레 번지레한 놈들도 법을 무시한 채 나보다 더 무지막지
한 폭력을 휘두르고 있어요. 폭력도 지긋지긋합니다. 에잇! 무법
자들 세상! 차라리 고향으로 내려가 소담하게 살렵니다."

아줌마의 손길이 안줏감을 만들기 위해 바쁘게 움직인다. 이
미 야릇한 흥분으로 손이 떨리고 있는 것을 느낀다. 세 개의 빈
병이다. 힘껏 깨뜨려야지. 온 세상을 무너뜨릴 듯 힘껏 깨뜨려야
한다. 오늘따라 오징어 불고기가 혀끝에서 더욱 감칠맛을 낸다.
아줌마가 가르쳐주는 정보는 확실히 정확하다. 어떻게 그런 정
보를 알고 있지? 궁금했지만 대답해주지 않는다는 것을 뻔히 알
고 있다. 굳이 묻지는 않는다. 물론 작업은 갈수록 더 위험해지
고 머릿속은 스트레스로 더욱 굳어진다. 그럴수록 아줌마가 내
앞에 놓는 빈 병 수는 늘어간다.

아줌마는 정말 휴가를 떠났을까? 눈을 뜨자 묵직한 뇌리 속에

불길한 생각이 선뜻 떠오른다. 시계를 보니 오후 2시가 조금 넘었다. 평상시보다 한 시간 정도 늦게 일어났다. 어깻죽지가 뻐근하고 손목이 아릿하게 아프다. 하지만 모처럼 깊게 자서 그런지 기분은 산뜻하고, 봄바람을 포근하게 마실 수 있었다.

포장마차에 가봐야겠다는 생각으로 서둘러 집을 나섰다. 오늘따라 봄바람에 아롱거리는 햇살이 눈을 부시게 한다. 향긋한 봄 내음이 코끝을 간지럽게 한다. 마음이 편하다. 정말 휴가를 갔을까? 아줌마에 대한 궁금증이 더해질 뿐이다.

뻐근한 손목을 풀기 위해 움직이자 언뜻 어젯밤 기억이 아물거린다. 취기는 남아 있지만 발걸음은 가뿐하다. 신나게 무엇인가를 휘둘렀던 것 같다. 급히 포장마차가 있는 언덕 위 주차장 공터로 갔다. 대낮 넓은 공터는 서너 대 차만 있을 뿐 썰렁하기 그지없었다. 기억을 더듬으며 무엇인가를 찾듯 사방을 두리번거렸다. 포장마차가 있던 자리는 깨끗하게 치워져 있다.

음식물 찌꺼기조차 보이지 않는다. 어렴풋이 야구 방망이가 생각났다. 다시 한 번 주차장 주변을 샅샅이 훑어보았다. 정말 매일 밤 이곳에 포장마차가 있었던 것일까? 의심이 날 정도로 주변은 깨끗하기만 하다. 기억을 꼼꼼하게 되살리며 시각을 예민하게 작동시켰다. 마침내 주차장 공터 올라오는 계단 한구석에 야구 방망이가 눈에 띄었다. 급히 집어보니 오래되어 요즘은 잘 사용하지 않는, 둥근 끝 부위가 약간 갈라진 나무 방망이다. 순간 어젯밤 기억들이 재빠르게 재생, 편집된다. 확실히 휴가를 간다고 말했다. 그리고 난 이 야구 방망이로 저 허공을 향해 맘껏 휘둘렀고, 아니 포장마차를 신나게 부수었다. 갑자기 가슴이 덜컥 내려앉는다. 내가 정말 포장마차를 부쉈던가? 의심과 불안이 가슴을 메운다. 새벽녘까지 있었던 포장마차의 흔적이 전혀 없다. 신기루를 본 듯한 기분이다.

그러자 곧 언덕 위 민들레 꽃잎이 썰렁한 가슴에 바람결 따라 차곡차곡 쌓인다. 아롱아롱 아줌마 웃는 얼굴이, 구수한 목소리가 아른거린다. 봄 햇살에 눈부신 눈가에 물기가 젖어든다. 소리 없이 흘러내리는 눈물이 행복하게 가슴으로 스며든다. 마음은 봄바람보다 더 훈훈하게 부풀어져 있다.

도저히 작업 나갈 기분이 아니다. 혹시나 하는 기분으로 언덕 위 민들레 꽃밭에 털썩 주저앉았다. 그렇게 오랫동안 매일 포장마차에 출근했건만 마치는 시간을 알면서 언제쯤 시작하는지는 모르다니. 어제도 평상시처럼 오후 5시쯤 집을 나섰다. 아줌마가 정보를 준 강남 쪽으로 향했다. 날이 갈수록 아줌마가 정해주는 장소는 작업하기가 매우 힘들고 위험하다. 물론 위험한 만큼 수입은 상대적으로 많지만 극도로 긴장하지 않으면 안 된다. 우연히 목표 지점 근처에서 화재가 나는 바람에 결국 허탕 치고 말았다. 돌아오는 길에 어수룩한 동물 병원에 들러 접수대 서랍 안에서 푼돈만 훔친 채 조금 일찍 포장마차로 왔다. 짧은 휴가를 얻은 것 같아 왠지 기분이 좋았다. 아줌마와 마음껏 이야기하고 싶었다. 느긋하게 술잔을 기울이며.

"아줌마 내가 요새 많이 변한 것 같아. 대낮에 길거리에서 아는 사람을 만나면 모두들 내 얼굴이 훤해졌고 평온하게 보인대요. 심지어는 동네 꼬마들이 귀여운 뽀빠이 아저씨 같다고 놀리기도 해요. 아줌마와 매일 만나다 보니 아줌마처럼 웃게 되고 말하게 되는 모양이에요. 아마 아줌마를 닮아가는 것 같아요."

아줌마는 흐뭇하게 웃는다.

"맘 편하고 기분 좋은 모양이지?"

"기분 좋지요. 요새 같으면 살맛이 나거든요. 서울 공기도 상쾌하게 느껴지고요. 이 포장마차가 마치 천국 같아요. 수입이 좋아서가 아니고 마음이 매우 편안해지니까요."

언제나처럼 닭똥집 익는 냄새가 군침 나게 퍼진다.

"얼마만큼 마음이 편하냐?"

"이제는 빈 병이 필요 없어요. 던지지 않아도 마음이 편하거든요."

"네 얼굴을 보니 마음이 많이 편해진 것 같구나."

"오늘따라 반달이건만 유난히 내 마음을 밝게 비춰주네요. 사시사철 달은 여러 가지 모양으로 포장마차 동쪽 하늘에 항상 떠 있었던 것 같아요. 마치 아줌마처럼 말예요."

아줌마가 손놀림을 멈추고 나를 대견한 듯 찬찬히 쳐다본다.

"달은 넓은 방어벽이 되어서 너의 폭력을 세련되게 길들여주었지. 언제나 너만의 달을 마음속에 간직하도록 하렴."

아줌마는 신중하게 명령했다.

"참! 아줌마도 저 달처럼 하루도 쉰 적이 없어요. 내가 매일 출근한 지도 일 년이 넘었건만 매일 포장마차를 열었어요. 힘들지 않나요? 태풍이 불든 폭우가 쏟아지든 눈보라가 치든 사시사철 나를 위해 영업을 했네요. 난 이제 괜찮으니까 며칠만이라도 휴가 갔다 오세요."

안주를 만들던 손길을 멈추고 나에게 술을 한 잔 따르면서 웃음기 없는 정중한 목소리로 아줌마는 두 번이나 심각하게 물어본다.

"정말 휴가 가도 괜찮겠니?"

포장마차에 출근한 후 처음으로 나에게 던지는, 내 대답을 듣기 위한 질문이다. 기분 좋게 취기가 오른 기분으로 나는 대답했다.

"당연하죠. 그동안 나를 위해 얼마나 고생했는데 아줌마 며칠 안 계셔도 저는 충분히 견딜 수 있어요."

"그래 너의 폭력을 스스로 조절할 수 있을 만큼 마음이 넓어졌으니 빈 병이 없어도, 저 달이 없어도 네 맘속 원망이나 분노와 불만 덩어리들을 묵은 김치처럼 푹 삭일 수 있을 거야. 사람들이 네가 뇌락한 표정을 짓는다고 말할 정도가 됐으니까!"

아줌마와 처음으로 대작한다. 술잔이 부딪치는 순간 언뜻 아줌마 눈가에 물기가 달빛에 어른거린다. 그러곤 포장마차 밑바닥에서 무언가를 꺼내어 나에게 건네준다. 끝이 갈라진 낡은 나무 야구 방망이다.

"그럼 네가 원하는 대로 휴가를 갈게. 그동안 일곱 병까지 깨뜨리면서 네 폭력도 많이 세련되었으니까. 마지막으로 낡아빠진 이 포장마차를 신나게 부수어다오. 너의 마음과 몸을 다해서 힘껏 부수어보렴. 그럼 새로운 새벽을 맞이하게 될 테니까. 나도 휴가 다녀온 후 새 포장마차를 만들어야 하거든."

어느덧 내 손에 야구 방망이가 쥐어졌다.

"아름답게 부수어라. 너의 원한, 저주, 분노를 저 하늘로 힘껏 날리면서 말이다. 달님이 너에게 주는 마지막 선물임을 기억하면서 말이다."

아줌마 목소리가 달빛 멜로디로 연주되듯 귓가에 맴돈다.

해는 빌딩 사이로 사라지건만 아줌마는 기어이 나타나지 않는다. 오늘따라 밤하늘에 달무리가 떠오르지 않는다. 내 곁에 다시 오지 않을 휴가를 갔구나. 이제 고향으로 돌아가야겠다. 돌아갈 고향 생각에 마음이 편해진다. 넓은 주차장 공터에 민들레 꽃잎이 봄바람에 나불거린다. 온몸이 봄바람 따라 밤하늘로 날아가는 듯하다.

집으로 향하는 발길이 상쾌하다. 내일 아침에는 달콤하게 눈을 뜰 것 같다. 언제든지 어디선가 아줌마는 달님에 걸려 달랑거리는 포장마차에서 새로운 손님을 맞이할 준비를 하겠지!

달빛 같은 은빛 물결

그녀의 죽음

매일 생글생글 웃는 모습이 더 서글펐어. 보기 안쓰러웠어. 출근한 사무실 분위기가 묵직하다. 수군대는 직원들 목소리나 표정도 묵직하다. 사무실 문을 열자 평소와 다른 사무실 분위기를 느꼈다. 어리둥절해 사무실을 돌아보는데, 정영숙 사무장이 급하게 나에게 왔다. 슬픈 표정을 지으며 보고하듯 얘기한다. 정희가 어제 하늘나라로 갔대요. 결국 발병한 지 삼 년을 못 넘기네요. 오히려 잘된 거 아닐까요? 그동안 할머니 간병하느라 고생했고, 할머니가 떠난 후 너무 슬퍼했는데…… 변론 같은 말을 던진다. 사무실 분위기의 정체가 느껴진다. 정희가 죽었다는 말이 나에게 비수처럼 날아왔다. 숨이 막힐 정도로 정 사무장의 말들이 가슴을 깊숙이 찌른다. 온몸이 굳어지며 순식간에 차디차게 식는다. 나에게로 향한 눈길들이 어둡고 슬프다. 다들 눈초리에 눈물이 서려 있다. 참 안됐어. 언제나 명랑하게 싱글거리며 웃었는데…… 사무실 어느 구석에서 누군가가 혀를 차며 말한다. 사람들에게 굳어진 내 모습을 들키고 싶지 않다. 응, 그래? 안됐군. 내 입에서 말들이 토막토막 튀어나온다. 슬픈 분위기를 뒤로하고 신속하게 내 방으로 숨어버렸다. 문을 닫자마자 그대로 바닥에 주저앉아버렸다. 문이 열리지 않도록 손잡이를 꽉 잡았다. 내가 문을 닫는 순간 뒤에서 누군가가 말했다. 오늘 저녁 단체로 문상 가야 되는 거 아녜요? 대답할 겨를이 없다. 직원들에게 비통해하는 모습을 보이고 싶지 않다. 온몸이 후들후들 경련을 일으키며 모래성처럼 무너진다. 머릿속에 스파크가 번개처럼 번쩍이더니 이내 깜깜해진다. 문밖에서 사무장 목소리가 메아리치듯 웅웅거리며 들린다. 수석 변호사님, 오전 회의 소집할까요? 내 대답이 없자 노크 소리가 크게 울리며 사무장이 다시 재촉한다. 잠시 후 다시 연락하겠소. 겨우 변론 때처럼 또박또박 목청을 높였다. 그냥 주저앉은 채로 꼼짝할 수 없다. 등줄기부터 허리, 허벅지를 거쳐 장딴지까지 근력이 사라졌다. 머릿속은 깜깜하다. 가슴은 숨이 멈춘 듯 조여 온다. 갑자기 울음이 터져 나왔다. 몸을 가눌 수가 없다. 눈물을 멈출 수 없다. 옷들을 방바닥에 벗어던진 채 벌거숭이로 방 한쪽에 있는 샤워실로 기어들어 갔다. 벌거숭이 몸을 물속에 가뒀다. 샤워 물이 쏟아지며 울음도 함께 쏟아진다. 억세게 쏟아지는 물소리만큼 소리 높여 울었다.

아무리 목 놓아 울어도 마음이 시원치 않다. 울면서 주먹으로 타일 벽을 치기 시작했다. 자괴감이 너울처럼 나를 덮친다. 무섭게 공격한다. 수치심이 삭풍처럼 나를 할퀸다. 샤워 물이 세차게 온몸을 때려도 자괴감이나 수치심을 씻어낼 수 없다. 타일 벽을 타고 흘러내린 핏물이 샤워실 바닥에 번진다. 이미 주먹이 찢어졌지만 아픔을 느끼지 못한다. 엉엉 피눈물이 쏟아진다. 잔인하게끔…… 결국 죽었구나. 그녀의 해맑은 웃음만이 잔인하게 깜깜한 머릿속에서 어른거린다.

마지막 만남

그녀를 마지막으로 만난 것은 일 년여 전이었다. 봄의 문턱이 건만 피부에 닿는 바람은 겨울이었다. 며칠을 밤새우며 망설였다. 불면증에 걸렸다. 집을 나서기 전까지 그녀에게서 문자 오기만을 기다렸다. 사정상 만날 수 없다는 그녀만의 단순한 대답이 문자로 올 줄 알았다. 50평 아파트에 고요함과 내 가슴 뛰는 소리만 어둠 속에 깔렸다. 아내는 아직 뉴질랜드에 거주하는 처제 집에서 돌아오지 않았다. 무서운 결정 뒤의 갈등은 질병이었다. 오락가락하는 정신병에 걸렸다. 어둠에 퍼지는 외로움이 결국 집을 나서게 했다. 하지만 외로움은 변명이었다. 토요일 저녁이건만 길거리는 썰렁했다. 아직 겨울인 듯한 바람만 매섭게 몰아쳤다. 3월 중순을 지나는 바람은 아니었다. 앙상한 가지들이 가로등불 따라 흔들렸다. 만날 수 없게 됐다는 문자를 카페 라디오에 도착하기 전까지 기다렸다. 매서운 바람 때문인지 온몸이 덜덜 떨렸다. 택시 안에서도 온몸은 덜덜 떨렸다. 기사가 '히터 온도를 높일까요?'라고 물었다. '아니오'라고 대답할 때 턱까지 떨리고 있음을 느꼈다. 카페 라디오에 들어서자마자 문자가 떴다. 정희가 보낸 문자였다. 할머니 식사 때문에 조금 늦겠다고. 죄송하다며 애교스런 이모티콘으로 끝맺음했다. 나도 모르게 안도의 한숨을 쉬었다. 마음을 가다듬을 여유가 생겼다. 맥주를 마시며 턱이 떠는 것을 멈춰야겠다고 다짐했다. 주말 밤인데 카페 라디오가 조용했다. LP판 팝송들이 언제나처럼 은은하게 카페에 흘렀다. 이런 분위기가 좋아 변함없이 카페를 즐겨 찾았다. 정희도 처음 왔을 때 카페 분위기에 흠뻑 빠졌다. 정희는 올드팝을 즐겼다. 카펜터스, 다이애나 로즈, 아바의 노래를 신청했고 들으면서 흥얼거렸다. 그녀는 들리는 노래마다 흥얼거리며 얼굴 표정이 바뀌었다. 신기했다. 노래 속 가사나 멜로디에 맞춰진 주인공 같았다. 나는 그녀 표정에 빠져 함께 흥얼거렸다. 기다리는 동안 빠르게 코젤 흑맥주 한 병을 비웠다. 턱 떨림이 겨우 멈췄다. 갑자기 아델의 「헬로」가 퍼졌다. 아델의 목소리가 가슴을 파고들었다. 그녀가 부르는 듯했다. 너울 같은 멜로디 따라 가슴도 너울처럼 울렁거렸다. 그녀가 내 마음을 가득 채웠다. 내 마음속에서 그녀는 멜로디 따라 걷잡을 수 없을 정도로 나를 휘몰아쳤다. 온몸의 열기가 순식간에 사라졌다. 그녀가 오지 않기를 바랐다. 몸속 구정물이 눈물로 정수되어 얼굴에 흘러내렸다. 고개를 숙이고 흐르는 눈물을 닦지 않았다. 주르륵 더러워진 껍데기를 씻어냈다. 아델의「헬로」가 끝나도 가슴은 너울처럼 울렁거렸다. 눈물은 목을 타고 흘러내려 가슴을 적셨다. 집에 가야겠다는 비겁한 생각이 스쳤다. 도저히 그녀를 볼 자신이 없었다. 그녀는 여전히 마음속에서 태풍처럼 휘몰아쳤다. 다시 한 번 가야겠다는 비겁한 생각을 했다. 그때 그녀는 카페 문을 열고 허둥지둥 들어섰다. 온몸이 뻣뻣해지며 마음속 그녀를 지울 수 없었다. 정희는 미안하다며 예의 웃음을 띠고 내 앞에 나타났다. 다리가 후들후들 떨리며 일어설 수 없었다. 다시 주문한 코젤 흑맥주를 급하게 마셨다. 언제나 편하게 했던 말도 잊어버렸다. 그녀는 생글생글 웃으며 차디찬 내 손을 잡았다. 미안해요. 기다리게 해서. 숨이 차는 듯 헐떡이는 말투로 말하며 나를 또렷이 쳐다봤다. 카운터 쪽으로 고개를 돌리며 급하게 눈물을 손등으로 닦으면서 괜찮다고 겨우 한마디 던졌다. 웃으며 말하려 했다. 땀에 젖은 검은 머리칼이 창백한 볼에 엉켜 있는 것이 보였다. 웃을 수 없었다. 다시 눈시울이 뜨거워졌다. 웃고 있는 그녀가 마음속 그녀와 겹쳐졌다. 화장실에 다녀올게. 그녀에게 눈물을 보이고 싶지 않았다. 눈물은 멈추지 않았다. 잠시 피하고 싶었다. 몇 분간 고개를 숙이고 세면대에서 흐느꼈다. 몸속 구정물을 눈물로 정화시켰다. 하지만 몸속에 구정물이 가득 찬 듯했다. 찬물로 얼굴을 빡빡 씻었다. 언제부터인가 화장실은 나에게 도피처가 되었다. 나를 숨기고 싶을 때마다 나는 쪼르르 화장실로 달려갔다. 거울에서 억지로 웃는 나를 봤다. 숨을 깊게 들이쉬었다. 자리로 돌아와 앉자마자 할머니는 어떠냐고 물어봤다. 그녀 얼굴에서 삽시간에 웃음이 사라졌다. 얼굴이 굳어졌다. 눈빛이 어둡게 변했다. 곡기를 끊어서 걱정이에요. 너무 좋지 않아요. 겨우 미음을 떠먹이거나, 영양제 링거로 지탱하고 있어요. 하지만 나보다 먼저 떠날 수 있을 거 같아 내게는 다행이에요. 깜짝 놀랄 정도로 담담하게 말을 했다. 그녀의 말투는 종종 나를 당혹하게 만들곤 했다. 흑맥주를 급하게 마셔버렸다. 그녀는 내 얼굴을 쳐다보며 오히려 걱정스럽게 물었다. 변호사님, 무슨 일 있어요? 혹시 몸이 아프신 거 아녜요? 얼굴이 어두워요. 괜찮아. 별일 없어. 눈길이 날카로워지지 않았다. 법정에서의 냉정한 변론으로 호가 난 자부심이 허무하게 무너졌다. 내 변론은 후배 변호사들에게 새롭게 유행되는 패션 같은 것이었다.

맥주 그만 마시고 이제 나가요. 많이 기다렸잖아요. 그녀는 엄마처럼 내 손을 잡고 일으켰다. 손길이 서늘했다. 순간 오싹했다. 다리에 힘을 줄 수 없었다. 허벅지에 경련이 왔다. 한 병 마저 마시고 가자. 음악도 좀더 들으면서. 변명이 힘없이 새어나왔다. 법정에서의 내 모습은 이미 사라졌다. 그녀와의 네번째 만남이었다. 그녀는 엄마처럼 나를 이끌고 카페를 나섰다. 나는 어린 애처럼 그녀 손길에 질질 끌려 나갔다. 서늘한 그녀 손길이 내 몸에 닿자 내 몸도 서늘해졌다. 몸속 따스함이 순식간에 식어버렸다. 잠시 기다려봐. 카페에서 그냥 맥주 마시며 음악만 듣고 오늘은 헤어질까? 떨면서 겨우 말을 꺼냈다. 찬바람보다 더 차가운 그녀 체온이 내 온몸으로 퍼졌다. 안 돼요. 할머니가 위독해서 당분간 변호사님을 만날 수 없어요. 그녀는 단호하게 말하고서 나를 질질 끌면서 모텔로 들어섰다. 엄마처럼 편하게 나를 끌고 가다니! 그녀 뒷모습이 무서웠다. 짤랑거리는 머리칼이 안개처럼 눈앞에서 어른거렸다. 처음 모텔에 왔을 때처럼 어리둥절하고 어색한 모습은 전혀 보이지 않았다. 그때 그녀는 내가 하라는 대로 움직이며 고개 숙이고 다소곳이 있었다. 이제는 카운터에서 룸키를 받자마자 바로 빼앗더니 앞장서서 엘리베이터를 탔다. 그녀를 바로 볼 수 없었다. 그녀는 해맑게 웃기만 했다. 5층까지 올라가는 동안 나는 고개를 숙이고 차가워진 몸을 느꼈다. 걸음이 제대로 옮겨지지 않았다. 룸에 들어서자 그녀는 얼굴 가득 웃음 지으며 스스럼없이 오리털 점퍼를 벗었다. 제가 먼저 욕실에 들어갈게요. 룸의 온기는 느껴지지 않았다. 말은 잃은 지 오래됐다. 그녀의 행동 따라 고개만 끄덕였다. 룸 조명을 낮췄다. 내 행동을 들키고 싶지 않았다. 텔레비전 볼륨을 크게 높였다. 뉴스 화면을 멍하게 바라만 봤다. 온몸에 가득한 구정물이 부끄럽기만 했다. 아무리 눈물로 정수시켜도 내 몸에서 구정물을 깨끗하게 비울 수 없었다. 들어가세요. 타월을 감은 그녀가 욕실에서 나오며 달래듯 말했다. 그녀 얼굴에는 여전히 해맑은 웃음이 그려져 있었다. 허둥지둥 옷을 벗고 욕실로 들어갔다. 샤워기에서 쏟아지는 찬물 아래 몇 분을 서 있었다. 추위가 느껴지지 않았다. 욕실에서 나가기가 두려웠다. 욕실을 나가자 그녀가 조명을 뿌옇게 낮췄다. 그녀는 침대 위 이불 속에 반듯이 누워 있었다. 그녀는 나를 보더니 이불을 젖혔다. 그녀는 흐트러짐 없이 반듯하게 정돈된 채 벌거숭이로 누워 있었다. 그녀 몸안에서 달빛 같은 물결이 눈부시게 반짝이며 출렁거렸다. 들어오세요. 그녀는 해맑게 웃으며 나에게 손짓했다. 웃음 띤 얼굴이 환하게 빛났다. 그녀 몸안에 담글 수가 없었다. 물결이 맑아서 몸속 깊숙이까지 환히 보였다. 너무 맑아서 도저히 들어갈 수 없었다. 눈이 부셔서 바라보고만 있어도 마음이 두려움으로 가득 찼다. 전번에 어떻게 들어갔었지? 스스로 놀랄 정도로 믿어지지 않았다. 두려워 떨고 있었다. 그녀는 떨고 있는 나를 웃으면서 바라봤다. 괜찮아요. 지난번에도 들어왔었잖아요. 편하게 들어오세요. 차지만 조금 참으시고요. 그녀는 온유하게 말했다. 온유하게 말할 수 있다니? 나를 어떻게 생각할까? 그녀가 무서웠다. 그녀가 생각하는 나를 생각했다. 내 몸에서 구정물 냄새가 역겹게 풍겼다. 구역질이 났다. 달빛 같은 그녀의 물결에 구정물을 섞을 수는 없었다. 내 몸에서 역겨운 구정물이 부글부글 끓었다. 두번째 만남까지 내 몸에서 구정물이 끓는 것을 알지 못했다. 그녀 손길이 내 손을 잡고 달빛 같은 물결에 담갔다. 달빛 같은 물결의 차가움이 손끝으로 느껴졌다. 맑고 차가운 물결은 신이 그녀를 위해 흘리는 눈물처럼 여겨졌다. 더 이상 손을 담글 수 없었다. 물결에서 손을 뺐다. 두려움에 그냥 주저앉아서 엉엉 울었다. 어린애처럼 울었다. 그녀는 울고 있는 나를 웃으면서 바라봤다. 마치 엄마처럼 웃었다. 벌거숭이 그녀가 일어나서 벌거숭이 나를 살포시 껴안고 온유하게 말했다. 나는 곧 흙 속으로 스며들 거예요. 할머니 따라서. 나는 울지 않으려고 애썼지만 계속 눈물이 흘러내렸다. 그녀는 엄마처럼 나를 품었다. 나는 찰랑거리는 그녀의 은빛 물결을 느꼈다.

세번째 만남

그녀와 세번째로 만나기 일주일 전이었다. 한겨울 갑작스런 문상은 지옥행 열차를 타는 기분이었다. 며칠 전 고교 동기 정기 월례회에서 오랜만에 만나 삼차까지 술자리를 함께한 동기의 부고였다. 친구는 급성 심근경색으로 급사했다. 매우 건강했고, 가장 바쁜 친구였다. 친구는 은행 본부장이었고 곧 상임이사로 승진할 예정이었으며, 지역 금융계에서 급부상하는 중이었다. 그 친구와 삼차까지 술자리를 함께하며 떠들었던 말들이 머릿속에 맴돌았다. 오십대 중반 성공한 부류가 즐길 수 있는 생활 잡사들이 일차에서 터져 나왔다. 실패한 동기들의 부러운 시선을 한몸에 받으며 의기양양하게 금융계 전망 등을 떠벌렸다. 이차로 노래방에 가서는 소위 잘나간다는 동기들 중심으로 골프 얘기, 부동산 얘기, 해외여행 얘기 등이 터져 나왔다. 노래는 함께 대화 나눌 수 없는 동기들의 몫이었다. 부르는 노래들이 한결같이 처량했다. 우리는 노래에 아랑곳없이 어깨를 으스대며 온갖 자랑거리들을 늘어놨다. 삼차는 저절로 끼리끼리 모여서 술자리를 옮겼다. 오십대 중반이 되니 부고 문자가 자주 뜬다며 주위 사람들 중 사망한 사람들에 대해 서로 얘기했다. 그 친구는 몇 번이나 건배를 외치며 잘나가는 세상에서 오래 건강하게 신나게 즐기자고 떠들었다. 봄이 되면 골프 라운딩 하자고 서로 핸디 자랑하며 약속까지 했다. 친구의 부고 문자를 보는 순간 내가 관 속에 들어가 있는 기분이었다. 문상 가기 싫었다. 아침에 깨어나자마자 문자를 보고, 썰렁한 집안을 몽유병 환자처럼 돌아다녔다. 관 속에서 빠져나오려고 허우적거리는 악몽처럼 여겨졌다. 누군가가 나를 때리든지, 찬물을 끼얹어주길 바랐다. 하지만 아침 50평 아파트 안에서 나 혼자 헤매야 했다. 그 친구는 그날 건강검진 결과가 너무 양호하다고 으스대며 자랑했어. 혈색도 좋았어. 말투도 당당했어. 심지어 숨겨놓은 여자관계까지 왕성하다고 으스댔어. 죽음의 그림자는 친구에게 전혀 보이지 않았다. 갑자기 누구에게나 죽음이 덮칠 수 있다니! 하루 종일 우울했다. 오전 재판은 승소했지만 평소 같지 않게 마음은 삭풍으로 얼어버린 듯했다. 점심 후 문상 가기 전 법률 사무실에 잠시 들렀다. 사무실에 들어서자 사람들의 깔깔거리는 웃음소리가 들렸다. 그녀가 사람들 한가운데에서 과일즙을 따라주며 웃음을 나누고 있었다. 나를 보자 직원들이 웃음을 그쳤지만 그녀만은 계속 생글거리며 과일즙이 담긴 컵을 건네줬다. 싱싱할 때 잡수세요. 웃음에 실린 목소리는 청량했다. 눈빛은 해맑았다. 얼굴에 퍼진 웃음은 상냥했다. 거절할 수가 없었다. 컵을 받아 과일즙을 마셨다. 웃으며 나를 바라보는 그녀를 찬찬히 쳐다봤다. 그녀가 무서워졌다. 뒷골이 찌르르 감전되는 듯했다. 급히 내 방으로 들어왔다. 잠시 숨이 멈춰졌으며 그녀의 웃는 모습이 무섭게 나를 덮쳤다. 죽음에 대한 우울이 싹 걷히는 기분이었다. 어떻게 저렇게 웃을 수 있지? 몇 주 전 정 사무장이 안타까운 듯 점심 식탁에서 말했다. 정희가 악성 뇌종양으로 시한부래요. 우리도 정희가 너무 명랑하고 활달해서 전혀 눈치를 채지 못했어요. 아직 뇌 속에 3센티미터 정도 암 덩어리가 남아 있대요. 삼 년 안에 사망할 확률이 50퍼센트 정도래요. 수술한 지 일 년이 지났대요. 그런데 어떻게 그렇게 명랑하게 일할 수 있지? 그동안 그녀를 의심했던 스스로가 부끄러웠다. 그녀는 잡무 보던 추선애가 육아휴직을 내면서 일 년 정도 비정규 임시직으로 채용되었다. 처음 그녀를 봤을 때 그녀는 나에게 천둥번개 같은 이미지를 줬다. 누구에게서나 흔히 보는 웃음이 아니었다. 현기증 나게 하는 웃음이었다. 악성 뇌종양 환자라는 소리를 듣는 순간, 그녀는 노란 나비가 되어 내 머릿속에서 날아다녔다. 어릴 적 꽃밭에서 아름답게 날아다니는 노랑나비를 봤다. 나는 두근거렸다. 함께 날고 싶어서 쫓아갔지만 노랑나비는 훨훨 날아만 갔다. 나는 쫓아다니다 어지러웠고, 길을 잃고 헤맸다. 그녀는 노랑나비처럼 하루 종일 내 머릿속에서 어지럽게 맴돌았다. 그녀의 병에 대해 들은 이후 사무실에서 저절로 그녀를 피하게 되었다. 왠지 만나자는 말이 쉽게 나오지 않았다. 간혹 망설이고 있는 나 자신에 깜짝 놀라곤 했다. 사무실에서 매일 부딪힐 때마다 그녀는 노랑나비가 되어 나를 어지럽혔다. 오후 늦게 더딘 발걸음으로 장례식장을 찾았다. 발걸음이 무거웠다. 길게 늘어선 근조화환이 너저분하게 보였다. 그녀의 웃음이 화환에 겹쳐졌다. 화환들이 그녀 웃음에 빛바랜 채 시들었다. 상가는 법석댔지만, 갓 대학생이 된 젊은 상주만이 새파랗게 질린 얼굴로 정신없이 조문객을 받았다. 구석진 곳에서 노모가 엎드린 채 통곡하고 있었다. 몇 년 전 이혼했다는 얘기를 들었다. 급사라서 그런지 상주 쪽 식구가 많이 보이지 않았다. 여동생인 듯한 중년 여자만이 바쁘게 돌아다녔다. 친구가 말했던 얘기들이 산산조각 부서졌다. 건강하게 오래 살며 신나게 즐기자는 친구의 목소리가 허공으로 흩어졌다. 문상 온 친구들과 합석해 소주를 홀짝이며 두세 시간을 떠들었다. 하지만 머릿속에는 그녀 웃음이 노랑나비처럼 맴돌았다. 장례식장을 나오자 겨울바람이 스치며 아내가 떠올랐다. 뉴질랜드에 가 있는 아내에게 전화를 걸었다. 아내는 받자마자 삭막한 목소리로 내 귀를 쑤셨다. 웬일이에요? 그냥, 언제쯤 오나 궁금해서. 사촌 여동생이 해주는 반찬들이 맛없어진 모양이네요. 무슨 말을 이을지 머뭉거려졌다. 쓸데없이 처제 가족 안부만 물어봤다. 언제 갈지 모르겠어요. 아직 당신에게 밥 차려주고 싶지 않네요. 잘난 사람이니까 나 같은 건 오히려 번거롭지 않아요? 톡 쏘는 목소리로 전화를 끊었다. 나에게 가족이 있구나. 위안이 됐다. 하지만 죽은 친구처럼 내 장례식도 썰렁할 것 같았다. 호주에서 아들은 올 수 있을까? 아내는 정중하게 조문객을 받을까? 딸네 부부는 나에 대한 원망을 삭일 수 있을까? 겨울바람이 지독하게 불었다. 불면증인지 우울증인지 밤은 쉽게 지나가지 않았다. 아침마다 세면대에 서면 입안에서 부쩍 늙어가는 소리가 났다. 치아마다 찡찡거리며 세월 흘러가는 소리가 무섭게 들렸다. 그녀 웃음이 노랑나비처럼 가슴에서 나풀거렸다. 치아들이 시큰시큰거리며 나를 괴롭혔다. 제대로 칫솔질을 할 수 없었다. 눈은 휑하게 풀어졌다. 그럴수록 그녀 웃음은 내 가슴에서 더욱 어지럽게 나풀거렸다.

친구가 급사한 지 일주일째 되던 날 아침, 그녀에게 커피를 부탁했다. 그녀는 언제나 웃었다. 해맑게 웃었다. 커피를 가져온 그녀에게 비굴하게 말했다. 오늘 만날 수 있어? 예. 그녀는 망설이지 않고 환하게 웃으며 대답했다. 그녀가 누구에게나 할 수 있는 대답인 듯했다. 기분이 언짢았지만 그녀의 대답을 받아들였다. 그녀가 내 방에서 나가자마자 무서워졌고 후회가 되었다. 지난번처럼 그렇게 하면 될 거야. 승소하기 위해 변론을 교묘하게 만들어야 하듯이. 떨고 있을 나이는 아닌 듯했다. 하지만 그녀를 만날 때까지 하루 종일 뒤죽박죽 보냈다. 겨울 해는 빨리 서쪽으로 떨어졌다. 그녀는 약속 장소인 일식집에서 기다리고 있었다. '죄송해요'라고 시작한 그녀의 말들은 나를 점점 나락으로 떨어뜨렸다. 그녀는 오른쪽 머릿결을 젖혀서 나에게 수술 자국을 보여줬다. 오른쪽 두상에 거의 10센티미터 정도의 수술 자국이 있었다. 원래 꿈이 뮤지컬 배우였어요. 하지만 치매 걸린 할머니를 돌봐야 해서 제대로 정규직을 구할 수 없었죠. 이야기를 더 이상 듣고 싶지 않았다. 괜찮다며 화제를 돌렸다. 그녀의 손을 덥석 잡았다. 차디찬 손이 잡혔다. 그녀는 해맑게 웃고만 있었다. 언제나 느껴왔던 욕망을 느끼고 싶었다. 음흉하게 웃으면서. 하지만 그녀의 손을 잡고 있는 내 손이 떨고 있었다. 오히려 그녀가 내 손을 꼭 잡으며 온유하게 말했다. 빨리 가요.

모텔 룸에 들어서자 그녀가 먼저 스스럼없이 옷을 벗었다. 욕실로 들어가는 뒷머릿결이 노랑나비처럼 나풀거렸다. 그녀가 샤워하는 동안 내 몸과 마음은 뜨거웠다 차가웠다 계절풍처럼 바뀌었다. 처음 느끼는 혼란이었다. 스스로 이해할 수 없는 몸과 마음의 변화였다. 그녀는 초승달처럼 침대에 벌거숭이로 누웠다. 지난번에는 페르시안 고양이처럼 요염해 보였다. 달빛처럼 눈이 부셔 눈을 뜰 수 없었다. 샤워하는 동안 마음속에서 그녀를 페르시안 고양이로 만들었다. 온몸을 팍팍 문지르며 야수가 되려고 주문을 걸었다. 들어오세요. 지난번에는 '예', '아니오' 단답형 대답만 했었다. 그녀 몸안에서 언뜻 달빛 같은 물결이 출렁이는 것을 봤다. 야수로의 변신이 힘들었다. 비상용 비아그라를 복용하고 겨우 변신할 수 있었다. 그녀는 언제나처럼 잠잠했다. 처음 그녀 숨결이 차다는 것을 느꼈다. 나는 허우적거리며 겨우 변신했다. 변신이 끝나자 구겨진 종잇장처럼 침대에 내팽개쳤다. 급하게 가운으로 몸을 가렸다. 그녀는 언제나처럼 천천히 차분하게 옷을 입었다. 지난번에 느끼지 못했던 그녀 얼굴이 보였다. 고혹스러웠지만 병색이 서려 있었다. 내 몸은 시원스럽지 않았다. 처음으로 내 몸에서 구정물의 더러운 냄새를 맡았다. 말을 능청스럽게 할 수 없었다. 그녀는 나를 위로하듯 해맑은 웃음으로 바꾸었다. 사무실 안에서 일어난 일들을 해맑게 웃으며 털어놨다. 할머니는 어때? 살짝 웃음기가 사라졌다가 다시 보였다. 어쩌겠어요. 치매인데 제가 열심히 모셔야죠. 저를 부모 대신 이렇게나 잘 키워주셨는데…… 저보다는 먼저 하늘나라로 가시도록 기도해야죠. 그럼 나도 곧 따라가면 되고요. 천국에서 엄마, 아빠 우리 가족이 다시 모여서 즐겁게 소풍도 갈 수 있겠죠. 그렇게 되는 것이 내 유일한 소망이에요. 그녀 웃음이 노랑나비처럼 나풀거리며 내 마음을 어지럽게 했다.

두번째 만남

그녀는 두번째 만남에서도 거의 말을 하지 않았다. 생글생글 웃는 눈길로 내 말을 기다렸고 따르기만 했다. 그녀의 그런 행동이 나를 더욱 거칠게 만들었다. 뜻밖의 게임을 즐기는 기분이었다. 끝을 알 수 없는 미로 같은 게임에 빠져든 듯했다. 웃음 다음에는 무엇을 보여줄까? 흥분된 채 수수께끼를 풀어나갔다. 어떤 변론을 해야 승소하는지 모를 재판에 임하는 것 같았다. 약속 시간보다 먼저 카페 라디오에 도착했다. 기다리는 동안 뜨거운 가슴을 차가운 맥주로 식혔다. 쓸데없는 짓이었다. 온몸이 너무 뜨거웠다. 들숨날숨은 고장 난 것처럼 씩씩거렸다. 하루 종일 들뜬 마음으로 보냈다. 정변, 오늘 변론에서 왜 말을 더듬었지? 재판을 끝낸 후 친구이자 담당 재판관이 의아한 듯 물었다. 재판뿐만이 아니었다. 아침에 아내가 별안간 뉴질랜드행 비행기 표를 내밀었을 때도 별로 놀라지 않았다. 당분간 뉴질랜드 동생 집에 가 있을게요. 가끔 호주에 있는 아들이나 만나면서. 짜증 나고 역겨워서 더 이상 당신과 함께 있을 수 없어요. 쌀쌀맞은 통보였다. 하지만 귀에 들어오지 않았다. 내 머릿속은 온통 그녀 생각으로 가득 찼다. 아내와 졸혼한 지는 벌써 몇 년째이다. 이혼보다는 편하기 때문이다. 근간 딸네와의 냉전으로 아내와는 더욱 남남 같은 처지로 생활했다. 젊을 때 사업하다 한두 번 실패하는 것은 좋은 경험일 수 있어요. 능력 있는 아버지가 후원한다는 기분으로 도와주면 좀 어때요? 아내는 한숨을 쉬며 애원했고, 잔소리를 해댔다. 나는 사위의 사업 실패를 냉정하게 외면했다. 딸이 울면서 원망해도 모른 체했다. 나의 성공은 피눈물로 이루어졌다. 언제나 면도날이라는 별명이 붙어다녔다. 무일푼에서 성공한 로펌이 되기까지 파란만장했다. 사십대 중반에 검사라는 권력보다 변호사라는 금력을 택했다.

그녀는 약속 시간에 맞춰 라디오에 들어섰다. 이마를 가린 머릿결이 바람에 흐트러졌다. 앉자마자 흐트러진 머릿결을 가다듬었다. 늦가을 바람이 그녀 볼을 발갛게 만들었다. 사무실에서 유독 머릿결을 자주 가다듬는 것을 봤다. 머릿결은 이마의 반 이상을 가리고 있었다. 맥주 마실래? 예. 언제나 웃으면서 온유하게 대답했다. 그렇게 편하게 웃으면서 '예'라는 대답이 나올 수 있을까? 종결지을 수 없는 의문이 절로 생겨났다. 음악 신청하렴. 예. 한 병 더 마실 거니? 아니에요. 이제 나가볼까? 예. 늦게 가도 되니? 예. 단답형의 대답은 웃음과 함께 따랐다. 나는 점점 뜻밖의 게임에 빠지는 기분이었다. 더불어 변론을 준비할 때처럼 조심스러운 의문점이 생겨났다. 헤어질 즈음 사건 종결을 위한 협상이 필요할 것 같았다. 뜨겁게 부푼 몸뚱어리는 터질 듯했다. 더 이상 참을 수 없었다. 웃음 속 '예'라는 대답은 나를 극도로 흥분시켰다. 먼저 샤워하고 나오렴. 예. 들떠서 더듬거리는 내 말 뒤로 온유하게 웃으며 '예'라는 대답이 따랐다. 그녀는 요염한 페르시안 고양이로 보였다가, 앙큼한 여우로 보이기도 했고, 얌전한 집토끼로도 보였고, 귀여운 푸들 강아지로 보이기도 했다. 침대 위 그녀는 내 눈에 온갖 맛난 먹잇감으로의 변신을 거듭했다. 으르렁거리는 들숨날숨 소리에도 그녀는 눈을 감은 채 얌전하게 듣고만 있었다. 입술 언저리에 예쁜 웃음까지 번지면서 나를 받아들였다. 그녀의 웃음은 언제 종결될지 알 수 없는 의문투성이 사건처럼 여겨졌다. 열기 빠진 내 몸은 주글주글 주름투성이로 변했다. 침대 위에 벌거숭이로 누운 채 그녀 행동을 쳐다봤다. 그녀는 언제나처럼 생글거리며 옷을 입었다. 그러고는 나에게 냉수를 건넸다. 잡수세요. 벌거벗은 나를 웃으며 바라봤다. 바닥에 흩어진 옷들을 차근차근 침대 위에 챙겨놨다. 부드러운 손짓이었다. 그녀 웃음을 보며 의문이 생겼다. 직업적인 촉각만은 아니었다. 당황스럽기조차 했다. 누구나 가질 수 있는 의문이었다. 그녀의 웃음을 이길 수 없다는 예감이 들었다. 그녀의 웃음을 이기고 싶지 않았다. 승소할 수 없을 바에는 협상이 필요했다. 할머니가 치매라면서. 할머니 간병한다고 시간제로 일한다면서? 생활이 어렵다고 들었어. 나는 뭐든지 널 도와줄 수 있어. 어려운 일 있으면 서슴없이 말해다오. 나는 꼭 도와주고 싶구나.

몇 주 전부터 그녀에 대해 은밀하게 알아보라고 정 사무장에게 부탁했다. 그녀의 웃음에 대한 의문을 협상으로 빨리 종결짓고 싶었다. 차라리 그녀의 웃음에 깊이 빠지고 싶었다. 그녀는 화를 내지도 않았다. 앙탈이나 애교도 보이지 않았다. 그녀 얼굴에는 변함없이 웃음이 서려 있었다. 하지만 대답만은 또박또박 당당하게 웃음 섞인 목소리로 말했다. 저에게 신경 쓰지 않으셔도 됩니다. 도움은 필요 없어요. 지금 이 정도면 충분히 생활할 수 있어요. 자꾸 그런 말씀 하시면 앞으로 만나지 않을 거예요. 저를 만날 때는 아버지처럼 편하게 만나주세요. 그녀에게서 처음 가장 길게 들은 대답이었다. 어리둥절하고 아리송했다. 종결지을 수 없을 것 같았다. 아버지라는 말이 가슴을 콕 찔렀다. 내가 아버지처럼 느껴졌나? 아버지 같은 기분으로 만나고 싶지 않았다. 그녀가 먼저 방을 나간 후 몸서리칠 정도로 외로움이 갑자기 찾아왔다. 외로움에 몇십 분을 꼼짝할 수가 없었다. 외로움이 무섭기조차 했다. 그녀를 붙잡고 밤새 웃어달라고 애원하고 싶었다.

첫번째 만남

그녀는 처음부터 나를 깜짝 놀라게 했다. 정 사무장이 그녀를 내 방에 데리고 왔을 때, 전날 마신 술기운으로 해롱대던 눈이 번쩍 뜨였다. 잡무를 담당하던 추선애가 육아휴직을 하게 되어서 일 년만 잡무 비정규직으로 근무하게 되었다고 정 사무장이 보고했다. 집안 사정이 있어서 5시에 퇴근했으면 하는 조건입니다. 어떻게 하죠? 번개를 맞은 기분으로 사무장 재량에 맡길 테니 알아서 하라고 얼떨결에 답했다. 지루하던 일상에 흥밋거리가 생긴 듯했다. 해맑게 웃는 얼굴이 내 가슴을 뛰게 했다. 흔하게 볼 수 있는 미소가 아니었다. 그녀가 나간 뒤 그 미소가 잔잔하게 뇌리에 박혔다. 그녀에 대한 여운이 오래 남았다. 입안이 바싹 마른 듯해 보이차를 마셨다. 이력서를 보니 D대학교 영문학과 졸업이며 28세였다. 딱히 특정 회사에 취직했던 이력은 없었다. 왜 비정규직일까? 잠시 의심스러웠지만 대수롭지 않은 사안 같았다. 이후 사무실 근무가 흥미로워졌다. 오가면서 그녀를 힐끔힐끔 쳐다봤다. 그녀는 언제나 웃으면서 열심히 일했고, 동료들과 즐겁게 어울렸다. 그녀가 온 후부터 사무실 분위기가 한층 밝아진 듯했다. 나의 일상도 달라졌다. 심장 박동수가 점점 빨라졌다. 내 몸은 여름보다 더 뜨겁게 달아올랐다. 그녀 쪽으로 자주 눈길이 갔다. 그녀 미소는 보면 볼수록 중독성이 있었다. 어느덧 그녀는 가해자가, 나는 피해자가 되어가는 것을 느꼈다. 나는 피해자가 되고 싶지 않았다. 어떡하든지 피해자에서 벗어나고 싶었다. 그녀는 자신이 가해자로 변신했다는 것을 전혀 모르고 있었다. 오히려 그녀가 나로 인한 피해자인데도, 나는 그녀를 가해자로 만들어갔다. 나만의 재판에서 승소하고 싶었다. 어떠한 수단을 쓰든지, 결코 용납되지 않는 패소는 생각하고 싶지 않았다. 나에게 패소는 있을 수 없는 수치였다. 지금까지 그렇게 살아왔다.

아내는 잔소리를 끊은 지 이미 오래됐다. 잔소리할 때가 당신에게 그나마 정이 남아 있다는 거예요. 이제는 잔소리조차 진절머리가 나요. 똑똑하고 잘난 당신에게 졌고요. 이젠 역겨움조차 느껴지지 않네요. 아내에게서 웃음기가 사라진 지 오래되었다.

아내는 절에 자주 다녔고, 내가 쌓아올린 부와 명성을 이용하며 즐겼다. 나는 면도날이라는 별명대로 부부 생활을 내 방식으로 이끌었다. 주변에서 젊을 적보다 변했다는 소리를 많이 들었다. 대수롭지 않게 여겼다. 오히려 질투라든지, 시기라든지, 피해의 식이라고 단정 지었다. 현실 자체를 언제나 승소하면서 살아야 한다고 여겼다. 내 어릴 적 가난은 지울 수 없는 상처로 남아 있기 때문이었다. 그녀와의 관계는 나만의 재판이었다. 승소하기 위해 전략을 짰다. 우선 모닝커피 배달을 부탁했다. 사무장이 의아하게 생각했다. 그동안은 집에서 가져온 보이차로 가끔 심심한 입안을 달랬었다. 또한 내 집무실에 다른 사람들이 들락날락거리는 것을 싫어했다. 필요할 때만 내 방의 출입이 이루어졌다. 그런데도 아예 비서처럼 집무실 청소나 정리정돈을 위해 오후 한 시간 정도 그녀를 내 방에 있게 했다. 그녀는 언제나 환하게 웃으며 열심히 일했다. 온갖 핑계를 대며 회식 자리를 만들곤 했다. 그때마다 그녀는 당황해했다. 나는 그녀가 꼭 회식에 참석해야 한다고 명령했다. 그럴 때마다 그녀는 웃으며 '예'라는 단답형 대답을 말했다. 간혹 사무장이 놀라곤 했지만 내가 그녀를 딸처럼 대한다고만 여겼다. 모두들 그녀가 어디에서나 누구에게나 귀여움과 사랑을 받을 만큼 명랑하고 예쁘며 착실하다고 생각했다. 나는 가끔 농담을 던졌고 그녀도 웃으며 받아들였다. 그녀가 입사한 지 육 개월 정도 접어들 무렵, 나는 여름보다 더 뜨겁게 달아올랐다. 스스로 그녀와 친해졌다고 여겼다. 카페 라디오에서 가끔 LP판 올드팝을 함께 감상하며 같은 취미에 허물없이 지냈다. 그녀는 누구에게나 그러듯 웃으며 편하게 나를 대했다. 나는 그녀뿐만 아니라 다른 사람에게도 멀쩡하게 보이려고 애썼다. 하지만 내 속은 뜨거워질 대로 뜨거워져서 더 이상 참을 수 없었다. 늦여름 매미가 아직 더운 밤을 울면서 지새울 때였다. 카페 라디오에서 「Without You」를 들으며 그녀에게 속삭였다. 네가 지금 필요하다고. 눈은 마치 먹잇감을 바라보듯 이글거렸다. 입안에 고인 군침을 꿀꺼덕꿀꺼덕 삼키면서 그녀 손을 꼭 잡았다. 그녀는 손을 빼지 않고 나를 초승달 같은 웃음으로 바라보면서 '예'라고 온유하게 말했다. 깜짝 놀랐다. 그리고 가슴 뛰는 소리가 노래보다 더 크게 들렸다. 바로 그녀를 끌고 카페 라디오를 나왔다. 그때만큼은 재판정에서의 내가 아니었다. 정신병원에서 탈출한 환자처럼 허둥대며 그녀를 끌고 갔다. 그녀는 모든 것이 낯선 듯 어색한 발걸음으로 내 뒤를 따랐다. 그녀는 웃음만 짓는 인형처럼 움직였다. 잠시 그녀 입에서 아프다는 신음이 웃음 대신 새어나왔다. 신음은 잠시였다. 신음을 들을 겨를도 없었다. 나의 광기가 사라지자마자 그녀는 급하게 옷을 입으며 할머니가 걱정되어 먼저 가겠다고 모텔 방을 나섰다. 내가 뿜어낸 열기는 여전히 후끈후끈 방 안을 데우며 남아 있었다. 나 스스로가 의아했다. 오랫동안 지켜온 면도날이라는 인상이 여지없이 무너졌다. 그녀의 웃음에 나는 패소했다. 그녀가 누웠던 이불을 들쳐봤다. 흰 요 위에 붉은 점들이 흩어져 있었다. 붉은 점들이 하얀 캔버스 위에 은하수처럼 퍼져 있는 추상화로 보였다. 경이롭고 신비스러워 눈앞에 펼쳐진 그림에 푹 빠져버렸다. 깜짝 놀랄 정도로 너무 아름답고 감동적인 그림이었다. 온몸이 그림에 빠져 경련을 일으켰다. 경련을 멈추고 싶지 않았다. 처음 느껴지는 감동이었다.

다음날 아침, 일찍 사무실로 향했다. 그녀를 뜨겁게 안아주고 싶었다. 그녀는 전화를 받지 않았다. 그녀가 몸이 좋지 않아 좀 늦을 거라는 말을 사무장에게 들었다. 오전 재판을 끝내고 사무실에 왔을 때, 그녀는 언제나처럼 편하게 웃으며 일하고 있었다. 나는 어젯밤에 잊을 수 없는 꿈을 꾼 것 같은 기분을 느꼈다.

마지막 만남 이후

4월은 엘리엇의 시구처럼 잔인하게 나를 괴롭혔다. 산복도로에 부는 바람은 어릴 적 아픔을 후벼 파며 잔인하게 쌩쌩 불었다. 바바리 옷깃을 귀까지 덮어도 4월의 혹독한 바람은 가슴속까지 휘몰아쳤다. 결국 이 산복도로에 와야 하는구나. 쓴웃음이 눈물에 스며들어 입가에 그려졌다. 그녀와의 마지막 만남 이후 잠시 일본으로 골프 여행을 다녀왔다. 화사한 벚꽃도 그녀 웃음만큼 가슴에서 느껴지지 않았다. 여행에서 돌아오자 그녀가 할머니 간병 때문에 사무실에 나올 수 없게 되었다는 정 사무장의 보고를 들어야 했다. 그래? 어쩔 수 없지. 나는 건성으로 대답했다. 마침 그녀에게서 문자가 왔다. 변호사님, 매우 죄송합니다. 그동안 감사했다는 인사를 직접 드리고 그만둬야 하는데, 할머니가 워낙 위독하셔서 변호사님을 만나뵙지 못하고 사무실을 떠나게 되었습니다. 변호사님과 만나는 동안 제가 살아 있다는 것을 느끼게 해주셔서 너무 고마웠습니다. 또한 암 덩어리로 채워진 내 몸을 사랑해주셔서 고마웠습니다. 항상 건강하시고, 행복한 나날을 영위하시길. 즐거웠습니다. 4월의 첫날은 잔인하게 시작되었다. 텅 빈 가슴은 밤새 술을 마셔도 잠으로 채워지지 않았다. 멀뚱멀뚱 뜬눈으로 그녀가 그린 하얀 캔버스 위 붉은 점들로 칠해진 추상화를 그리워했다. 그림 옆에 서서 웃고 있는 그녀가 밤새 내 곁을 아른거렸다. 침대 옆에 수면제 약 봉투가 흩어져 있고 맥주병이 뒹굴고 있다. 이력서에 적힌 주소를 다시 보고는 깜짝 놀랐다. 영주동 산복도로였다. 산복도로로 차를 몰고 가는 중에 어릴 적 아픔이 또렷하게 되살아났다. 그녀의 집은 여전히 내 기억에 남아 있는 낡은 2층 벽돌집이었다. 변함이 없군. 몇십 년이 지났건만. 좁은 골목 계단에 다닥다닥 붙은 벽돌집들. 도시정비 사업이라고 페인트칠만 곱게 한 것 외에는 세월이 멈추고 있는 집들이었다. 내 어릴 적 집도 변함없을까? 어린 시절 그녀 집에서 십여 분 거리에서 살았다. 흙길이 2차선 아스팔트길로 변했고, 가로수나 보도가 잘 정비되었다. 세월의 변화를 아스팔트길에서 느꼈다. 그녀를 하루 종일 보고 싶었다. 먼발치에서 그녀를 바라봤다. 오전 10시쯤 되자 그녀는 휠체어에 할머니를 태우고 나타났다. 먼발치에서나마 눈물이 날 정도로 반가웠다. 아직 찬바람이라 할머니는 털모자에 겨울 외투를 입고 있었다. 그녀는 조심스럽게 휠체어를 몰면서 간혹 할머니에게 소곤거리곤 했다. 나는 탐정처럼 뒤따랐다. 삼십여 분 걸어서 종합병원에 들어섰다. 한 시간 정도 지나자 다시 나타났다. 노인 복지회관에 잠시 들렀다가 근처 슈퍼마켓에서 필요한 물품을 사고 집으로 돌아갔다. 어릴 적 할머니 손을 잡고 산길로 산보 갔던 기억이 되살아났다. 봄날 아지랑이로 덮인 산 길가에 민들레가 피어 있었고 노랑나비가 나풀거리며 날아다녔다. 처음 본 노랑나비에 가슴이 뛰었다. 잡으려고 뒤따라갔지만 나풀거리는 노랑나비에 어지럽기만 했다. 할머니가 헐떡이며 나를 쫓아오며 불렀지만 나는 노랑나비만 쫓다가 길을 잃은 적이 있었다. 노랑나비는 사랑스러웠다. 첫사랑처럼 느껴지면서. 하지만 어지러웠다. 잡고 싶어서 마냥 뛰어다녔으니까. 그날 이후 거의 매일 틈만 나면 밤낮 가리지 않고 그녀 집 근처를 서성거렸다. 망원경으로 그녀를 바라보면서 내 마음에 담았다. 그녀는 거의 할머니 간병을 위한 생활이 하루 일과였다. 가끔씩 2층 베란다에 나와 멍하게 하늘만 쳐다보곤 했다. 피로한 기색이 웃음 없는 얼굴에 보였다. 병색도 보였다. 망원경 렌즈에 그녀의 눈물이 비칠 때도 있었다. 그럴 때면 나도 함께 눈물을 흘렸다. 그녀에게 나는 어떠한 도움도 될 수 없었다.

4월이 지나가는 새벽녘에 잠 못 이뤄서 차를 몰고 그녀 집 담벼락에 다다랐다. 그녀가 여명 속 베란다에 앉아서 흐느끼고 있었다. 울음은 깊었다. 그녀도 울어야 했다. 웃음만 보일 수 없었다. 그녀는 나의 기척을 느낄 틈도 없이 울음에 빠져 있었다. 힘들어. 너무 힘들어. 할머니 따라서 하늘나라로 빨리 가고 싶어. 지금은 할머니가 보고 싶어. 그녀는 흐느끼며 혼잣말로 계속 할머니를 불렀다. 그녀의 소리 없는 절규는 새벽을 힘차게 깨울 수 없었다. 그녀의 새벽은 나락으로 빠지고 있었다. 나도 함께 나락으로 떨어졌다. 그녀를 구할 수 없다는 슬픔이 새벽을 꽉 채웠다. 그녀도 울어야 했다. 밤새 울어야 했다.

'대사증후군 세대'의 고해성사,
그리고 다디단 잠의 희망

정홍수(문학평론가)

 허택의 세번째 소설집 표제작은 중편 「대사증후군」이다. 이 소설은 집요하게 한 인간의 파멸을 그 육체의 병듦과 나란히 놓고 추적한다. 소설의 일인칭 화자이자 주인공은 명문대를 나와 대기업에 입사해 고속 승진을 거듭하며 승승장구하다 한순간에 추락하는 남성 인물이다. 한국전쟁 이후 출생한 베이비붐 세대로, 박정희 개발독재─근대화 시대를 관통하며 삶의 모델을 형성한 전형적인 세대에 속한다고 볼 수 있다. 권위적이고 폭력적인 아버지, 7남매의 넷째, 넉넉지 않은 집안에서 명문대 진학을 통한 계층 상승 등 실제 소설의 인물에게서 그 전형성을 추출하기는 어렵지 않다. 아마도 이 인물은 그중에서도 어렵사리 상층 진입에 성공한 경우라 할 테다. 그러나 이른바 그 '성공'은 경쟁신화의 내면화를 통해 가능했고, 물신적 성공 이외의 가치가 철저히 배제되면서 그 대가는 도덕감이나 윤리감의 마비로 돌아온다. 상투적인 표현을 쓰자면 인간성의 파괴는 불가피하다. 실제 국가 운영이나 대기업의 행태 같은 큰 단위에서의 집단적인 범법과 도덕적 해이 말고도 개인 각자의 일탈과 파탄 또한 심각한 양태로 진행되었다는 사실을 우리는 안다. 「대사증후군」은 그 사회적 전형성을 따라가는 가운데 한 인물을 붙잡고 놓아주지 않은 '허기'라는 징후에 주목함으로써 각별한 문학적 질문을 구축한다. 소설에 따르면 '나'라는 인물에게는 결혼조차 '허기'의 산물이었다.

아내를 만났을 때 나는 모든 것에 허기져 있었다. 몸이든 마음이든 허기져서, 몸은 비쩍 마르고 눈초리는 약삭빠르게 움직였다. 아내가 던져주는 먹이들을 허겁지겁 받아먹기만 했다. 고맙다거나 사랑한다는 생각은 티끌만큼도 갖고 있지 않았다. 너무 굶주려서 싸울 여력도 없었다.(15쪽)

이 허기는 넉넉지 못한 집안의 7형제 사이에서 늘 자기 몫에 대한 갈증에 시달리며 몸에 뿌리내리기 시작했겠지만, '나'의 경우 경쟁신화를 무반성적으로 내면화하면서 스스로의 상승 욕망, 탐욕을 합리화하는 기제로 변형되어 고착되고 만다. '나'는 결혼 이후 거의 아무런 죄의식 없이 지속적인 혼외 관계를 만들어가는데 그 수가 여덟에 이른다. 그리고 그때마다 문제는 예의 그 '허기'다. 회사에서 팀장으로 있을 때 만난 팀원 미스 최가 시작이었다.

나는 처음으로 허기가 비눗방울처럼 사라지는 것을 느꼈다. 나는 그녀에게서 '처음'이라고 할 수 있는 경험을 갖게 됐다. 온몸에서 처음 느끼는 포만감은 미칠 만큼 짜릿했다. 아! 이것이구나. 배가 고프지 않다는 것이.(19쪽)

이 정도라면, '허기'는 이제 상상적 욕망의 지위에 올라섰다고 할 수 있다. 그러면서 소진되지 않는 포만감의 추구는 또 다른 뒤틀린 양태로 드러나기 시작한다. 뱃살에 대한 이상한 집착이 그것이다. 고등학교 때 별명이 '와리바시'였을 정도로 야윈 몸매였던 '나'는 직장에서의 고속 승진에 비례하여 아랫배가 튀어나오는 '거미형 체형'으로 변신해간다. 보통은 건강에 대한 적신호로 받아들일 상황이 '나'에게는 전혀 다른 맥락으로 다가오는데, 뱃살은 신분 상승의 표지로 이해된다(이것은 복부 비만에 대한 사회적 의식이 형성되지 않았던 6, 70년대의 이야기가 아니다). '나'는 그 변신을 즐기기 시작한다. 이 사태가 그 자신 그렇게 부정하고자 했던 아버지의 유전자("게으른 성정")와 무관치 않다는 점에서 '나'의 뱃살 패티시즘은 스스로가 자기기만 속에서 만들어내고자 하는 상상적 허기에 정확하게 대응한다. 상상적 허기는 마음과 정신의 공허일 텐데, 이제 그것은 몸의 문제와 결합되고 '나'의 병듦은 거의 불가역적인 궤도에 오른다. 허택의 소설 「대사증후군」의 그 궤도의 임상학이다. 소설의 소제목들은 임상학의 보고(報告)를 압축하고 있다. 순서대로 적어보자.

'2014년 혈당 300mg/dl 이상, 만성 당뇨병·고혈압·신부전증'—'2008년 혈당 300mg/dl 이상, 대사증후군 응급 환자가 되다'—'청년 시절, 혈압·혈당 정상'—'삼십대 초 혈당 130mg/dl, 당뇨병 경계·혈압 정상'—'사십대 중반 혈당 150mg/dl, 급성 당뇨병·고혈압'—'사십대 후반 혈당 200mg/dl, 급성 당뇨병·고혈압'—'2014년 혈당 300mg/dl 이상, 만성 당뇨병·고혈압·신부전증'—'2009년 이후 혈당 300mg/dl, 급성 당뇨병·고혈압'—'2014년 이후 당뇨 합병증과 저혈당 쇼크에 빠지다'

이 순서는 곧 소설의 플롯이기도 한데, 한 인간의 상승과 몰락을 개발과 성장신화의 한국 현대사 안에서 명징하고 가차없이 요약한다. 도산, 가족 해체, 노숙자의 시간이 도래하고, 소설의 마지막에 이르면 죽음이 눈앞에 있다.

서울 거리 어디쯤에서 쓰러질까? 곧 저혈당 쇼크에 빠질 것이다. 삼청공원일까? 서울역일까? 내가 만든 청담동 H그룹 빌딩 앞일까? 어느 곳에서 뒹구는 송장이 될까? 며칠 후 나는 의과대학

해부학 교실 시체 안치소에 있을 것이다. 가을바람은 언제나 나를 위로해줬다. 겨울바람보다 포근하다. 식어버린 내 몸을 겨울바람에 맡기고 싶지 않다. 가을바람에 묻히고 싶다. 아들에게 띄엄띄엄 문자를 보낸다. '나를…… 의과대학 교실…… 해부 실습용으로…… 기증하렴.'(56~57쪽)

쓸쓸하고 처연하다. 그러니 몸에 인이 박힌 물리적 가난과 허기를 종내 상상적인 것으로 뒤바꾸면서까지 성장과 상승의 욕망, 그 환각의 사다리에 목을 매야 했던 한 세대의 초상이 어찌 객관적이고 중립적인 자리에만 머물 수 있겠나. 저 '가을바람'은 아마도 작가 자신 그 세대의 일원으로서 그 자신의 욕망을 길어냈던 생의 어떤 바닥, 그곳에서 울려나오는 오래된 환각일지도 모른다. 허택 소설이 몸의 상상력에 특별히 민감한 지점을 가지고 있다는 것은 잘 알려진 사실이지만, 이번 소설집에 이르러 그 상상력은 사회적이고 역사적인 지평과 만나는 가운데 좀더 실존적 차원의 복합적 두께를 얻고 있는 듯 보인다. 가령 이번 소설집의 또 다른 가편(佳篇)이라 할 만한 「어깨를 내리다」에서 '너'라는 이인칭으로 끝없이 호명되며 대면을 갈망하는 '용(龍)'이란 대체 무엇인가. 자기기만의 상승 욕망에서 「대사증후군」의 인물과 궤를 같이하는 이 소설의 화자 '나'에게 그 '용'의 존재가 처음 느껴진 순간이 바로 재수생 시절 범죄에 가까운 도덕적 타락이 일어나던 시점이라는 것은 시사적이다. 소설에서 표면적으로는 거의 아무런 죄의식 없이 K에 대한 폭력이 행해지는 것처럼 묘사된 다음이다. 「대사증후군」의 '나'나 「살인 미수자들」의 '아버지'에게서는 거의 보이지 않던 모종의 계기가 여기에는 작동하고 있는데, 그것은 미약한 대로나마 이 세대의 '악'이 '위악(僞惡)'일 수 있는 가능성, 해서는 치유의 가능성을 연다. 아니, 좀더 냉정하게 말해 그 '용'은 아직 현현하지 않았다. 온다면, 그것은 저 「대사증후군」의 '가을바람'과 함께 올 것이다.

　무작정 너를 만나고 싶었다. 서재에 겨우 들어왔을 때, 몸안에 수분의 10퍼센트도 남아 있지 않은 듯 바싹 말라버렸다. 아무리 물을 마셔도 소용없었다. 입술이 타들어가고 가슴이 시커멓게 탔다. 나는 나를 만질 수 없었다. 한 걸음조차 걸을 수 없었다. 어둠은 언제나 면도날처럼 온몸을 할퀴었다. 온몸이 갈기갈기 찢어질 것 같았다. 마지막으로 내 마음을 고백하고 싶었다. 딸아 미안해. 바싹 마른 입술로 겨우 고백했다. 그때 용, 네가 내 앞에 만들어지고 있었다.(130~131쪽)

아마도 더 통절한 반성과 고백의 시간이 필요할 것이다. 용은 정말 그때 "만들어지고" 현현할까. 잘 모를 일이다. 다만 이렇게 말해볼 수는 있으리라. 이번 소설집은 겨우 '대사증후군'으로만 자신의 욕망을 드러낼 수밖에 없었던 한 세대의 처절한 고해성사라 할 만하다. 그러나 그 고해성사는 또한 끝내 미진할 수밖에 없으리라. 무엇보다 작가 자신 여기에 자각적인 듯하다. 손쉬운 용서나 화해를 허락하지 않는 소설의 단호한 서사를 생각해볼 수 있겠다. 건조한 단문(短文)으로 서사의 압력과 긴장을 빠르게 높여가는 방식도 비슷한 맥락이 아닌가 싶다. 그런 가운데 작가가 작게 뿌려놓은 희망과 치유의 가능성이 아주 없지도 않은데, 「발가락 내 발가락」의 할머니가 불러오는 다디단 잠의 이미지가 그러하다.

두텁고 거칠며 무딘 할머니 손이 발가락을 주무른다. 주물거리는 할머니 손안에서 발가락이 따뜻해진다. 발가락 속 실핏줄이 부풀어진다. 잠이 시작된다. 따스해진 발가락에서 잠이 시작된다. 잠이 이렇게 편하게 왔었나?(137쪽)

잠과 꿈을 잃은 사람들. 이 소설에 이르면 그 불면의 앓음은 '대사증후군 세대'를 넘어 우리 시대의 증상 전체로 확대된다. 그러면서 내일이 잘 보이지 않는 젊은이들, 연길의 중국 교포, 베트남 이주 노동자, 상처 입은 중년의 여인 등이 잠과 꿈을 돌려주는 할머니의 집으로 속속 찾아드는 「발가락 내 발가락」의 이야기는 이번 소설집에서 예외적이다 싶게 동화적인 따뜻함에 싸여 있다. 어쩌면 이 동화적 세계는 '대사증후군 세대'가 그 굳고 굳은 "어깨를 내리고" 세상의 타자들을 향해 시선을 돌리는 작은 암시, 작은 희망의 신호일 수도 있을 것이다. 그 희망의 간절함은 작가의 것이기도 하지만, 우리 독자의 것이기도 할 테다. 허택 소설의 앞으로의 행보가 더 깊어지고 더 넓어지기를 기대한다.

  9년. 등단한 지 강산이 바뀐다는 세월만큼 흘렀다. 65세. 지공
도사라는 별칭을 들을 나이가 됐다. 언제나 갈등과 두려움이 겹
치면서 세번째 작품집을 출간한다. 흐른 세월만큼 나의 삶은 여
물지 않는 듯하다. 삶은 단단해야 한다고 깨달을 뿐이다. 이제야
겨우 문학의 껍질을 인지할 정도가 된 듯하다. 또한 삶의 껍질
을 느낄 정도는 된 듯하다. 하지만 문학의 근간을 파헤치기에는
역량이 부족함을 체감한다. 또한 삶의 본질이 심오해 감히 우주
의 진리를 섭렵할 수 없다. 그나마 문학, 특히 글쓰기를 통해 스
스로 인간임을 자각할 수 있어 다행이다. 매우 고맙게 생각한다.
글쓰기에. 글쓰기를 통해. 여러 가지 삶의 모습을 볼 수 있었고,
느낄 수 있었다. 두려움을 가지고. 특히 글쓰기를 통해 한글의
우수함을 점점 깨닫게 되면서 한글의 위대함에 대해 세종대왕님
께 더욱 경의를 느끼게 됐다. 남은 앞날, 한글의 우수함을 더욱

느끼면서, 또한 삶의 정을 더욱 파헤치면서 살아가리라. 필력이 고갈될 때까지 글쓰기를 계속 하리라. 이번 세번째 작품집도 함께한 강출판사와 정홍수 평론가님께 고마움을 표한다. 또한 11월에 작품집이 출간되는 뜻은 11월이 필자에게는 가정의 달이기 때문이다. 결혼 40주년을 맞이하게 되는 필자 부부에게 이번 세번째 작품집을 자축의 뜻으로 드린다.

2017년 11월

허택

수록 작품 발표 지면

대사증후군 _「선택」 5인 중편소설집 2015년 강

살인 미수자들 _「작가와사회」 2016년 여름호

몸속 바람들 _「문학나무」 2016년 봄호

어깨를 내리다 _「5·7문학무크」 2016년 창간호

발가락 내 발가락 _「도요문학무크」 2016년 10호

오늘의 추상화 _「문학나무」 2017년 봄호

여보! 여보! _「도요문학무크」 2017년 11호

매일 포장마차에 출근하다 _「문학무크소설」 2017년창간호

달빛 같은 은빛 물결 _「좋은소설」 2017년 겨울호

대사증후군

ⓒ 허택

1판 1쇄 발행		2017년 11월 30일

지은이		허택
펴낸이		정홍수
편집		김현숙 이진선
펴낸곳		(주)도서출판 강
출판등록		2000년 8월 9일(제2000-185호)

주소		서울시 마포구 동교로 17안길 21(우 04002)
전화		02-325-9566
팩시밀리		02-325-8486
전자우편		gangpub@hanmail.net

값 14,000원
ISBN 978-89-8218-226-6   03810

이 도서의 국립중앙도서관 출판예정도서목록(CIP)은 서지정보유통지원시스템 홈페이지
(http://seoji.nl.go.kr)와 국가자료공동목록시스템(http://www.nl.go.kr/kolisnet)에서 이용하실 수
있습니다.(CIP제어번호: CIP2017030267)